古典文獻研究輯刊

六　編

曾永義 主編

第9冊

沈璟現存傳奇研究

余蕙靜 著

國家圖書館出版品預行編目資料

沈璟現存傳奇研究／余蕙靜 著 -- 初版 -- 新北市：花木蘭文
化出版社，2012〔民101〕
目 2+184 面：19×26 公分
（古典文學研究輯刊 六編；第 9 冊）
ISBN：978-986-254-953-7（精裝）
1.（明）沈璟 2. 明代傳奇 3. 曲評
820.8   101014842

ISBN-978-986-254-953-7

古典文學研究輯刊
六 編 第九 冊   ISBN：978-986-254-953-7

沈璟現存傳奇研究

作　　者　余蕙靜
主　　編　曾永義
總 編 輯　杜潔祥
出　　版　花木蘭文化出版社
發 行 所　花木蘭文化出版社
發 行 人　高小娟
聯絡地址　新北市永和區中正路五九五號七樓
　　　　　電話：02-2923-1455／傳眞：02-2923-1452
網　　址　http://www.huamulan.tw 信箱 sut81518@gmail.com
印　　刷　普羅文化出版廣告事業
初　　版　2012 年 9 月
定　　價　六編 18 冊（精裝）新台幣 30,000 元

沈璟現存傳奇研究

余蕙靜　著

作者簡介

余蕙靜，私立東吳大學中國文學系學士、中國文學研究所碩士，私立中國文化大學中國文學博士。現為國立高雄海洋科技大學基礎教育中心專任副教授，涉獵範圍為古典戲曲、戲曲文獻學，近五年發表論文有〈論阿英史劇《海國英雄》〉、〈傅芸子戲曲論著初探——以〈東京觀書記〉及〈內閣讀文庫讀曲續記〉為範圍〉、〈論傅芸子〈釋滾調〉對青陽腔的推論——以日本內閣文庫發現之五曲本為範圍〉、《論《爭玉板八仙過海》雜劇中的海洋風貌》（99年度國立高雄海洋科技大學「鼓勵教師從事研究計畫」（99AB014））、《論元明清戲曲中的海神書寫》（100年度國立高雄海洋科技大學「鼓勵教師從事研究計畫」（100AB022））等等。

提　　要

　　本書是以明代吳江派代表人物沈璟現存六本傳奇為文本，逐一分析其曲本創作的意義價值。內容共分為三部分，首章〈作者之生平、著作與曲論〉，乃就沈氏一生經歷，觀察其家庭環境對作者的培養，並追溯沈氏對戲曲投入的淵源。第二及三章為本書的核心，分別就文學與藝術兩方面，探討六本傳奇在現今的意義價值。「本事」、「主題」、「文詞」及「布局」四點，是第二章切入六本傳奇的文學視角，當中不僅可以看出沈璟曲本增刪前人之軌跡，亦可了解沈氏透過曲本，所要傳達給讀者的訊息及個人觀點；加之以曲文賓白及布局，沈氏一向予人才所不足，為人詬病，本書將還以沈氏真正的評價。此外，沈璟論曲主要從「場上之曲」的觀點出發，重視搬演效果，排場運作，自是熟手；唱曲論點更於著作中言之鑿鑿，因此第三章排場音律的探討，對沈璟而言，意義尤大。結論則就各章所述總結，並論證後人評價。沈璟以曲論為核心，完成其戲曲作品的創作，使之搬演於劇場上，而在與湯顯祖的論爭上，進一步推動了明代戲曲走向更成熟的藝術領域，對後世的貢獻與影響是十分深遠的。

目次

前　言

　　明初至清中葉，亦即從十四世紀中葉至十八世紀初，我國戲曲藝術又經歷一個新的發展時期。從明初至嘉靖年間，南戲得到了進一步的發展，各種聲腔劇種在民間紛紛興起，在嘉靖三十八年（1559）成書的《南詞敘錄》裡，記載了四大聲腔產生和流傳的地區〔註1〕。其中崑山腔已具備「流麗悠遠」的特色，且以它「出乎三腔之上」的長處，也預示著即將走向更大的發展。到了嘉靖、隆慶年間，魏良輔諸人採取北曲的藝術成就，在原有南曲的基礎上加以革新和創造。梁辰漁將《浣紗記》一劇以崑曲水磨調應用於戲曲舞台的演出，使得清唱「新聲」成為舞台上演唱的戲曲聲腔劇種。《浣紗記》在角色、宮調及結尾排場上，有突破性的長處（詳見張師清徽《明清傳奇導論》，華正書局，頁 28～30），然而文詞方面，卻「始為工麗濫觴」（見清・李調元《雨村曲話》）。此後陸續出現的作品，都未能擺脫文字駢儷風格，以當時諳習音律的李開先為例，所作《寶劍記》傳奇，也需「吳中教師十人唱過，隨腔字改妥，乃可傳耳。」（見明・王世貞《藝苑卮言》）。對於這些弊病，明代戲曲家徐渭等人曾經就此提出尖銳的批評。此外，魏良輔的《南詞引正》（嘉靖二十六年，1547），蔣孝《舊編南九宮十三調譜》（嘉靖二十八年，1549），徐渭的《南詞敘錄》（嘉靖三十八年，1559），何良俊的《四有齋曲說》論曲部份（萬曆元年，1573），也就南曲的宮調音律、曲辭風格、學習宋元戲曲傳統等問題進行探討。但這些尚屬開啓階段的理論，並未讓傳奇作者掌握，使理論得以印證於創作的實際經驗。因此，新傳奇的創作，自梁辰漁創始到萬

〔註 1〕 「惟崑山腔止行於吳中，流麗悠遠，出乎三腔之上，聽之最足蕩人，妓女尤妙此，如宋之嘌唱，即舊聲加以泛艷者也。」

曆初期的三十幾年，依然籠罩在「案頭之曲」的陰影下。

在崑山腔越來越風行，並且創作繁盛，演出頻繁的情況下，其在藝術發展上也愈趨成熟。因著客觀的需要，人們在研究和掌握藝術創作規律的活動之餘，逐漸發展為一種專門的學問。此時出現了許多著名的曲學家，他們對崑山腔的審音、協律、填詞、度曲、演習等規律進行了系統的整理和研究，並寫成專著，對崑山腔的創作和舞台藝術的發展都起了一定的規範與指導作用，從另一個角度推動了崑山腔劇種的發展。其中承繼前人理論加以發展，並影響後世極為深遠的，即為被稱作吳江派領袖沈璟。

對沈璟極為推崇備至的呂天成，在其所著《曲品》卷上文中，不僅詳細地道出沈璟的家世背景，並且述及作品《屬玉堂傳奇》在當時演出的盛況〔註2〕。以彼時詞壇各領風騷的沈、湯二家而言，沈璟似乎是略勝一籌的。由沈璟為首的吳江派，前期有顧道行、葉憲祖、卜世臣、王驥德、呂天成等人，後期有馮夢龍、范文若、袁于令、沈自晉等；另外，贊同沈璟聲律論的還有臧晉叔。顧道行、葉憲祖、卜世臣、范文若、袁于令、沈自晉是明末有名的劇作家，臧晉叔、王驥德、呂天成、馮夢龍皆是戲曲史上著名的理論批評家，在眾人推波助瀾之下，吳江派在當時遂具有浩大的聲勢，而使劇壇斐然向風。

沈璟在當時雖有如此的地位，可惜接著《屬玉堂傳奇》泰半亡佚，使得「顧盼而煙雲滿座，咳唾而珠玉在豪」的盛況難以想像。近來由於戲曲愛好者的努力，部份流失的作品在沉寂曲壇一陣子之後，又再度得以公諸於世，也引發了後人在這方面的研究。論文以政治大學六十七年度中研所孫小英碩士論文《沈璟與湯顯祖之比較研究》，著眼點自二人出發，就其生平、曲論與劇作，及後世評價作一比較。以及七十三年金聖敏《沈璟《義俠記》研究》，乃就《屬玉堂傳奇》中搬演最盛之《義俠記》，從劇作、版本、校勘、演出紀錄作一番探索。期刊方面，台灣地區如呂凱〈明代傳奇尚律崇辭二派比較研究〉（《中華學苑》第十三、四期）、應裕康〈明代戲曲大家沈璟〉（《南洋大學

〔註2〕 呂天成《曲品》卷上云：「沈光祿金張世裔，王謝家風。生長三吳歌舞之鄉，沈酣勝國管絃之籍。妙解音律，花月總堪主持；雅好詞章，僧妓時招佐酒。……嗟曲流之汎濫，表音韻以立防；痛詞法之蓁蕪，討全譜以闢路。紅牙館內，騰套數者百十章，屬玉堂中，演傳奇者十七種。顧盼而煙雲滿座；咳唾而珠玉在豪。運斤成風，遊刃餘地，詞壇之庖丁，此道賴以中興，吾黨甘為北面」。

學報》第七期）；中國大陸如李眞瑜〈關於沈璟戲曲理論若干問題的斷想〉（《中
華戲曲》第二輯）、〈沈璟就學堂一庵考〉（第二十一輯）、朱萬曙〈沈璟三考〉
（同上）等；但鮮少有對其作品作逐一地探討，筆者乃就先輩時賢已有的基
礎上，從其現存六本傳奇﹝註3﹞爲主要材料，以其曲論觀點爲輔，再參閱其他
相關論述互相印證。內容共分爲三個部份：第一章〈作者之生平、著作與曲
論〉，以《明史》、《吳江縣志》、及凌景埏所編《吳江三沈家譜》，就作者一生
經歷中，觀察其家庭環境對其人格的培養，並矻矻於戲曲之淵源。此雖屬外
緣探索，而由於作者三十七歲即辭官歸里，永絕宦途，專研曲學。所來往的
朋友，也都是一些熟識曲學的舊識鄉友，晚年幾近隱居的生活使得其生平資
料並不豐富，但此部份對劇作本身實具關鍵性的影響。不自此入手，即不易
瞭解其作品的精神面貌。有關作者年譜方面，凌景埏先生已有詳細記載，故
不特別列出。

　　第二、三章，乃爲本論文的核心部份。第二章〈沈璟現存傳奇劇本在文
學上的成就〉，分爲四小節。第一節「本事」，依次概括沈璟六本傳奇內容及
故事淵源。從其中可看出沈璟劇作脫胎自前人之軌跡及增加的部份。這其中
自然隱含作者主觀的認定。因此第二節「主題」，即在逆溯各本傳奇背後作者
所要透露的訊息以及觀點。第三節「文詞」，分爲曲文及賓白兩部份。曲文在
抒發情感，賓白在推展劇情，前者以劇中人物所遭遇的不同狀況，後者以豐
富情節特色上，列出數點分別言之。戲劇最重要的因素是情節，而情節產生
的根源，則是人物的行爲，是以第四節「布局」，即以人物爲中心，以出爲單
位，理出沈璟六本傳奇情節發展的線索。此部份沈璟一向予人才所不足的評
論，究竟是否眞正如此，實須就以上所列各處深入瞭解其作品。

　　第三章〈沈璟現存傳奇劇本在藝術上的成就〉。以排場、音律爲主，沈璟
論曲主要從「場上之曲」的觀點出發，重視搬演效果，對排場運作，自是熟
手。唱曲方面，更於曲論著作中言之鑿鑿，因此這個部份的探討，對沈璟而
言，意義尤大。

　　結論則就各章所述，說明沈璟劇作表現，並就後人評價加以辯駁。

　　由於沈璟六本傳奇在份量上實屬龐大，故以各本最易取得的版本，亦即

────────────

﹝註3﹞　《博笑記》全劇共爲二十八出，分述十個不相關聯的故事。不同於傳奇體
　　　　例，應屬雜劇的變體。故曾師永義在《明雜劇概論》一書中將其歸爲雜劇之
　　　　屬，不在本論文討論範圍之內。

天一出版社所刊印為主。各版本之間的比對與曲譜的分析得失，不在本論文討論範圍之內。

　　過去一般人對沈璟的研究多在曲律方面，劇作本身研究則不多見。因此最初接到這個題目時，深覺十分惶恐，幸賴曾師永義的鼓勵及耐心指導，本書方得以繼續完成。在此敬致一份我的衷心感激的心情，並期待博雅君子對這份論文疏漏地方的補充指正。

第一章 作者之生平、著作與曲論

第一節 家世生平

　　沈璟，江蘇吳江人，其八世祖文於元末開始定居松陵。（見凌景埏〈詞隱先生年譜及其著述〉中引《沈氏家譜》，以下簡稱《年譜》）高祖名奎，字天祥，號半閑，《吳江縣志》卷三十孝友記載其以孝友聞。《吳江沈氏詩錄》云：「公爲人篤於孝弟，母夫人苦目眚，醫工謂不治矣，公舐之，數日竟癒。以子漢貴，贈徵仕郎。正德辛未年卒，年五十七。雍正中崇祀忠義孝祠。」曾祖名漢，字宗海，號水西，正德十六年進士。嘉靖初，居官刑科給事中。諫爭皆切時弊，天下翕然稱爲敢言。又課讀弟子甚嚴，因此家風不墜（引自應裕康〈明代戲曲大家沈璟〉，《南洋大學學報》第七期）由於其不畏官場黑暗勢力的強硬作風，以稅的問題和民生疾苦弊端直斥時政之失而受連累，除官回鄉。〔註1〕

　　嘉靖丁未，沈漢卒，年六十八。隆慶初，追贈太常少卿，此事並見載於《吳江縣志》卷二十七、人物四。祖父名嘉謀，字惟恂，號守西，居官至上

〔註1〕《明史》卷二百六、列傳九十四有記載：「沈漢，字宗海，吳江人，正德十六年進士，授刑科給事中，中官馬俊王堂久廢，忽自南京召至，漢論止之。改元，詔書蠲四方通稅，漢以民間已納者，多飽吏橐，請已徵未解者，作來年正課；又言近籍沒奸黨貲數千萬，請悉發以補歲入不足之數，皆報可。嘉靖二年，以災異指斥時政，尚書林俊去位，復抗章爭之。戶部郎中牟泰坐吏盜官幣，下詔獄貶官，漢言吏爲奸利，在泰未任前，事敗，泰發之，泰無罪。因極言刑獄，宣付法司，毋委鎮撫，不納。大獄起，法司皆下吏，漢言祖宗之法不可壞，權倖之漸不可長，大臣不可辱，妖賊不可赦。遂幷漢收繫，除其名，家居二十二年卒。」

林苑署丞，平生有厚德亦能詩，可謂文武雙才。(以上據《吳江縣志》卷三十三藝能傳、《年譜》)爲漢第三子，萬曆庚辰卒，年七十二。祖妣吳縣金氏，萬曆乙亥卒，年六十三。(見《家傳》)

沈璟出自書香門第，其先祖們正直淳厚的家風，也深深地影響他往後的性格發展。再者，所處故鄉蘇州，在當時是新傳奇發展的中心地。戲曲演唱活動十分興盛。明末文學家張岱在其所著《陶庵夢憶》卷五「虎邱中秋夜」中，追憶中秋月夜，明人無論「土著流寓、士夫眷屬、女樂聲伎、曲中名妓戲婆、民間少婦好女、崽子孌童及游冶惡少、清客幫閒、傒僮走空之輩，無不麟集。」絲管繁興，雜以歌唱，明人善歌，由此得見。岱並於篇末言道：「使非蘇州，焉討識者。」清初胡彥穎也說：「自元以來，有北曲、有南曲，而善歌者首推三吳。」(《樂府傳聲錄》)吳人善歌，詞人淵藪，無形之中孕釀著沈璟傾向戲劇的興趣。

沈璟父親名侃，字道古，號瀛山，排行第三。配秀水縣卜氏。四十二歲時，也就是明世宗嘉靖三十二年，歲次癸丑，西元 1553 年，陰曆二月十四日，長子沈璟誕生。幼時即聰穎秀立，資質超凡，尤以能屬對，試之皆應，面無難色，是以博得「神童」的美譽。〔註 2〕

天生資稟優異，加以後天勤學有成，使得他自十六歲補邑員弟子以來，即開始嶄露頭角，受人注目。穆宗隆慶四年，庚歲次庚午，餼於庠。《家傳》云：「其爲諸生也，太守廣平蔡公、司理泰和龍公、御史南昌劉公，皆以國士待之。文譽蔚興，人共指爲異日廟堂瑚璉之器。」

沈璟出身代有顯宦之家，呂天成《曲品》稱其「金張世裔、王謝家風」。曾祖爲《明史》立傳之名官，祖父亦居高位，惟父親沈侃無甚顯著功名，故轉而將重振家風之任寄託在長子沈璟身上。當璟進京欲應試之時，便督促其「此去燕台須努力，莫教血汗後鳴珂」。果然沈璟不負父親所望，於神宗萬曆二年歲次甲戌，西元 1574 年，以二十二歲之齡登進士第，會試三名，廷試二甲五名，並授兵部職方司主事，可謂少年得意〔註 3〕。沈父並以璟貴，封贈奉

〔註 2〕 《家傳》言其：「生而韶秀玉立，穎悟絕人，數歲屬對，應聲如響。授之章句，日誦千餘言，有神童之稱。及長，文質彬彬，師長均冀其將來有所作爲，人咸謂之『廟堂瑚璉之器』。」《家傳》：「及長，頎晳靚俊，眉目如畫，雖衛洗馬、潘黃門不是過也。」「公之垂髫也，奉直公率之遊歸安唐一菴、陸北川兩先生之門，兩先生甚器賞之。」

〔註 3〕 《年譜》：「會試三名，廷試二甲五名，兵部觀政，授兵部職方司主事。」《家

直大夫。神宗萬曆七年，歲次己卯，西元 1579 年，以病癒後補禮部儀制司主事，陞員外郎〔註4〕。萬曆八年，歲次庚辰，西元 1580 年，沈璟二十八歲，會試入闈司貢舉事，遭祖父守西公之喪〔註5〕。隔年轉任吏部稽勳司員外郎〔註6〕。萬曆十年，歲次壬午，璟三十歲，歷考功司員外郎，驗封司員外郎，再以父喪歸里〔註7〕。三年服喪滿後再任吏部驗封司員外郎。〔註8〕

十年多的仕宦生涯，中途或生病，或因丁憂開缺，官運不算十分亨通。但居官期間，他仍然一本服務勤敏之志，留心邊事，將領主名，有手記入夾袋中〔註9〕；又親較宗藩名籍，不假吏手等。並且嚴於考核，細心認真之精神，令人敬佩〔註10〕。並且為求公平起見，免卻人情的困擾，暗訪人才，不使人知〔註11〕。由此瑣微末節中，可以看出沈璟忠於任事之態度。

萬曆十四年，歲次丙戌，西元 1586 年，沈璟三十四歲，此時政治上發生了一件大事。即神宗寵愛的鄭貴妃生下皇三子，帝有意冊封其為皇貴妃。皇長子（即王恭妃所生）年及五歲，仍未立為太子。大臣中先有輔臣申時行等請帝冊立東宮，後沈璟與給事中姜應麟等再有疏請，神宗大怒，降其官職為行人司正。〔註12〕

〔註4〕 傳》：「明年，為南宮第三年，賜進士二甲五名。授職方主事，奉使歸。」《吳江縣志》卷二十八、名臣三、人物五（以下簡稱《吳江縣志》本傳）：「萬曆二年甲戌進士，時年二十二，授兵部職方司主事，以病免。」

〔註4〕 《家譜》：「出補禮部儀制司主事，陞本司員外郎。」《家傳》：「移疾出補儀制主事，陞本司員外郎。」

〔註5〕 《家傳》：「庚辰會試為授卷官。」

〔註6〕 《家傳》：「辛巳（萬曆九年）調吏部稽勳司。」《明史》卷二百六、列傳九十四與《明史稿》列傳第八十五：「萬曆中為吏部員外郎。」《吳江縣志》本傳：「改吏部稽勳司。」

〔註7〕 《家譜》：「調考功清吏司員外郎，旋補驗封司員外郎。十月丁外艱。」《家傳》：「歷驗封考功，壬午冬，丁奉公直公憂。」《吳江縣志》本傳：「歷驗封考功二司，以父喪歸。」

〔註8〕 《家譜》：「服闋起復，仍補驗封。」《家傳》：「乙酉（萬曆十三年）起復，仍補驗封。」

〔註9〕 《家傳》：「為兵禮兩曹時，邊徼阨塞及各將領主名，皆有手記入夾袋中，各宗藩名封等冊，親自校勘，不入吏手，老吏抱牘嘗之，每咋舌退。為吏部詢訪人才，不令人知，若管富陽之選侍御吏，其一也。」
　　《吳江縣志》本傳亦云：「其在兵禮吏三部時，邊徼阨塞及各將領主名，皆有手記入夾袋中。」

〔註10〕 《吳江縣志》本傳：「親較宗藩名封諸籍，不假吏手。」

〔註11〕 同註2：「詢訪人才，不令人知。」

〔註12〕 見《家傳》、《家譜》、《吳江縣志》本傳、朱國楨《皇明大事記》卷四十。

　　這一次左遷的事件，多少帶給他內心深處的一些震撼。在兩年降職之後，萬曆十六年出爲順天同考官，旋即升爲光祿寺丞〔註13〕。在任職考官期間，一向公正無私的沈璟，也不免爲人誤解有循私舞弊之嫌，其中以取中申少師婿李鴻，引起眾人議論紛紛。璟本著「清者自清」的態度，不予表白，及鴻以後成進士，任上饒知縣，不避權貴，表現不凡，談論始息〔註14〕。就在看似前程「否極泰來」的時候，沈璟提出「告病歸里」的辭呈。或許他已看出當時朝廷的勢不可爲，以「身之察察」不願受「世之汶汶者」的心態，毅然決定永絕宦途之念。在此點上，他充分表現出一個儒者的風範。毫不沾戀著「正有可爲」的官場風華，選擇恬澹閒適的鄉居生活，將人生的菁華歲月，投注於詞曲的創作，開啓明代傳奇一個新的局面，直接催生了以後戲曲臻於圓熟的藝術境界。

　　在這段二十年的家居生活中，沈璟專心於詞曲研究，還發生了一些生活上的小插曲。其中有兩件是有關沈璟助人解危之舉。事情發生的時間分別在萬曆十八年，歲次庚寅（1590），范通判以貨郎選署具印，爲眾生員所毆事件，璟以小艇夜走杭州向李同芳請求暫緩考選〔註15〕。而後在萬曆二十九年辛丑（1601），族弟沈佐以無辜牽連坐罪，璟急向縣令劉時俊力陳，後沈佐於獄中以病甚獲釋〔註16〕。萬曆二十九年，歲次辛丑（1601），吳江孔道塘圯

〔註13〕《家譜》：「還朝，爲順天同考官。」又云：「八月，遷光祿寺丞。」《家傳》：「戊子，爲順天同考官。其年八月，遷光祿寺丞。」

〔註14〕《家傳》：「戊子順天之役，公所得士有長洲李鴻者，爲申少師婿，談者以爲私，公不自白；及少師歸，而鴻以乙未成進士，上饒之政，爲世名臣，談者始息。其他祁憲長光宗、郭吏部存謙，皆公戊子門人，尤其表政者。」《吳江縣志》本傳亦云：「爲順天同考官，所得士有李鴻，爲時行婿，言者以爲私，璟不自白，及鴻成進士，知上饒與稅監忤，疑謗始息。」

〔註15〕沈瓚《近事叢殘》卷四「范通判」條：「嘉興府范通判者，常熟人，以貨郎選署具印，因此甚卯急，生員某等君等之。范申文達各台司道府求首事者急，時常撫台居敬巡嘉興，家伯兄往候之，爲座師沈太史有所求，非爲諸青衿，亦非爲范也。有點毒者倡言曰：『范爲吏部舊屬，見軍門乃爲范報怨也。』會學道李公（同芳）將校士至，李亦昆山人，與余伯兄同鄉榜，子是飛語籍籍，或云欲集從，至吳江以爲難，家兄不得已，以小艇夜走杭，請見李，李辭不見，伯兄使人白曰：『但請緩考嘉府耳。』李遂報行，伯兄始得自白。蓋諸生輩自爲不法事，非嫁禍於人無以迫之使相救耳。計亦巧矣。後爲首五人皆坐遣表弟卜宗泰亦預焉，此庚寅年事。」

〔註16〕沈瓚《近事叢殘》卷三「刈產卹孤」條：「沈佐幼時與沈瓚一同上學，後漸長大。一日與客駕艇入都城觀射柳，見一賭徒髮甚短，眾人均曰是賊，故拽入舟中毆之，其人被釋後自縊身死，名陳文法。沈佐遂被逮入獄，先在長州

淤水，往來困難，沈璟與友朋及弟弟亦前往參與築塘工作〔註17〕。可見其雖退隱回鄉，依然熱心參與地方公益活動。《家傳》及《吳江縣志》本傳形容其晚年生活為「和光忍辱」。同時，他並將字由伯英改為聃和，自號詞隱生〔註18〕，也顯示出對人生態度的自我期許。

　　沈璟除創作傳奇之餘，尚能詩、工行、草書，並「精六書學、喜誦讀、遇誤字、悉釐正之，……。」（見《吳江縣志》本傳）可以看出其文采濟濟的一面。

　　在性情方面，除前面所提勤敏負責，為人正直，謙謹而勇於任事（見《吳江縣志》本傳）。人事出無理，必力加捍護，雖得罪諸父昆弟，亦不顧也〔註19〕。但由於其為人善事父母，友愛兄弟、是非分明，因此不僅能為諸弟則，進而進化宗人凌犯之風。〔註20〕

　　在交遊方面，璟因不善飲，且個性內向謙謹，平日往來，皆為詞曲同好。官場同僚則以姜士昌、周道登素有交情。朱萬曙在〈沈璟三考〉一文中，曾引清人周銘所輯《松陵絕妙詞選》沈璟詞作四首中兩首〈姜民部仲文奉使留都便道舊省〉、〈送周文岸太史還朝〉為證（見《戲曲研究》第二十一

縣，後轉吳江縣。又會劉時俊令吳江，初蒞政，閱禁囚，遍審之，至叔問其僚曰：『此囚似有生路者，審案多從寬。』余方臥病莊中，聞之喜無奈，叔急余兄弟送辦揭於劉公……。」

〔註17〕沈瓚《近事殘叢》卷一「劉公築塘」條：「蜀隆昌劉公（時俊）令吾邑，以卓絕之品，行精察之政……又謂吳江孔道塘圩淤水，往來病涉，于是自捐俸及羨餘等三千金，勸富家宦鄉等捐輸者，曰義助。願就役免而助者，曰役助；其犯事在官而輸者，曰事助。南自王匯涇，北抵幾里塘，凡六十餘里。計費四萬餘金，其收於皆鄉紳主之，周太史道登，沈孝廉正宗，家兄（璟）與余皆先後效勞焉……。」查康熙或乾隆《吳江縣志》，劉時俊知吳江縣乃在萬曆二十九辛丑年，在位亦僅一年。

〔註18〕晚字聃和見《家傳》：「晚乃更習為和光忍辱，即惡聲相加，亦笑遣之，不與校。改字聃和，非無謂矣。」《吳江縣志》本傳：「晚乃習為和光忍辱，有非意相加者，笑遣之，因改字聃和以自況。」《蘇州府志》卷一百五人物三十二吳江縣：「晚習為和光忍辱，改字聃和。」號寧庵，自號詞隱生，見《吳江縣志》本傳：「告歸後，寄情詞曲，自號詞隱生。」《蘇州府志》卷一百五、人物三十二吳江縣：「精於六書，兼通樂府，自號詞隱生。」

〔註19〕《家傳》：「公能任事，從祖少西公卒，逆奴私侵其財，宗人競攘其產。公承父奉直公之志，力為悍蓮，置奴于法，雖以此得罪諸父昆弟不恤也。」

〔註20〕《家傳》：「公孝友天植，事王父母，父母，皆得歡心。晚事母卜太宜人，尤盡色養。事諸父、從祖及諸宗長，謙抑卑遜，不異為童子時，久而宗人化之，凌犯之風衰焉。至其為長，寧屈己居下，若示之標準，以作其弟者。其喪葬王父母及奉直公，皆獨任之，不以累諸弟。」

輯，頁 233）。姜士昌與周道登都是當時朝中的官僚，一個中進士比沈璟早，一個比沈璟晚，姜士昌中進士時，適值嚴嵩當權。但是姜士昌以一新科進士，不附嚴黨，實爲可嘉〔註21〕；而沈璟與姜關係甚好，亦見沈璟爲官品格。周文岸萬曆二十六年舉進士，入朝爲官〔註22〕；沈璟於萬曆三十八年卒，這首詩當寫於此段時間；而此段時間又是東林黨人開始他們活動的時期；後來周道登果然得罪於魏忠賢而被削職歸里。同鄉之人，則與顧大典並蓄聲伎，爲香山、洛社之遊。沈、顧二人，皆通聲韻格律，且有顧曲之嗜，故其交甚厚，於曲學上，亦必互相切磋琢磨也。其他如呂天成、王驥德……等，亦以詞曲音律，與沈璟相交善也。在兄弟姐妹方面，沈璟有二弟，及姐妹四人。仲弟瓚，字考通，一字子勻，號定庵，萬曆十四年丙戌進士，授南京刑部主事，進郎中，斷獄平恕，皆能從輕律定罪，而反冤情。爲官正直敢言，一秉先祖及長兄個性。萬曆十九年出任江西按察司僉事。嘗署某州，鹽政羨金，一無所染。居二年，以三十七歲正大有可爲之時，毅然傲效其兄，棄官歸里。主事鄒元標素知瓚有高材，欲引入東林書院，瓚答曰：「我實之不足，豈敢要名。」堅辭所請，可知其爲人光明磊落、高風亮節的操守。家居之時，未嘗以竿牘入公府，遇大事敢言無忌。瓚性承沈氏孝友家風，爲人醇古澹泊，退職後自爲塾師，教其兄子。家中大小事務，子弟教育等，均由沈瓚肩之，後皆顯名。使璟得以日選優伶，放情戲曲，對於沈璟後來曲學研究，助益極多〔註23〕。侍兄疾甚恭謹，沒，服衰絰爲位而哭極哀。瓚並生活自奉節儉，且能周人之急。庶叔佐坐冤獄，悉力營解，十餘年事始白，佐後死，葬之，撫其遺孤，分產之半與之。族屬繁，有不能自給者，瓚捐田三百畝，立義莊歲贍之。家子顧濬爲家奴所陷，坐重辟，瓚知其枉，爲白之縣，時知縣劉時俊清嚴，絕請託，素重瓚行義，立出之，又露簡馳答曰：「使百姓聞吾過。」當時邑人不患官吏加之法，而愧事不直於瓚。除了對親族之照顧外，瓚亦熱心地方公益。萬曆三十六年大水，高田亦皆潒沒，瓚上少保王錫

〔註21〕姜仲文，名姜士昌，《明史》列傳第一百十八有傳，爲江蘇丹陽人，嘉靖三十二年進士，累官南京吏部尚書，在朝不附嚴嵩。

〔註22〕周道登，字文岸，邑清澤人，萬曆二十六年進士，選庶士，授編修，累遷至禮部左侍郎……逆璫魏忠賢用事，道登在朝每與爭執，群小陰行排擯，遂削籍。

〔註23〕見朱彝尊《靜志居詩話》卷十六：「其弟沈瓚，萬曆十四年進士也。退職後，自爲塾師，教其兄弟。一門之內，兄日選優伶，令演戲曲。弟尋章索句，課童蒙，實爲奇異之對照。」

爵書,請蠲征發賑,既得旨,奉行者欲踏勘輕重,瓚復作〈勘災歌〉,諷知縣馮任,任感動;瓚復建災議十二條,任便宜行之,全無活算。終以英才難以自棄,萬曆四十年,撫按交章薦起補廣東按察司僉事,不幸入境疾作,竟於十二月一日卒於任所,享年五十五。後十年,士民祀之鄉賢祠,路人旁觀泣下者。瓚工詩,格調蒼古,亦能詞曲。所著有《靜暉堂集》六卷、《節演世範敷言》一卷行世;尚有《近世叢殘》二卷藏於家,其中也收藏有關乃兄資料,為正史及他書所不見錄者,甚是難得。另有《定庵尚書大義》(見《經義考》)及《沈氏義莊條約》一卷等。〔註24〕

季弟璨,字季英,號宜庵,習武事,萬曆十六年戊子中浙江武試解元,官至廣東潮州府總兵。《家譜》:「公萬曆戊子浙江武試解元,選台頭營標下中軍把總,陞授墨峪關守備,復調崔黃口;壬寅陞保定騎營遊擊將軍;丙午陞廣東潮州府參將,尋陞總兵,未任,以疾告歸;天啟壬戌年九月十六卒,年六十。」

姐妹四人,長適監生周祇,次適秀水縣舉人卜二南,次適秀水縣監生戚藩,次適陳慶生。

夫人閔氏,浙江烏程縣人。側室有二,為唐氏、李氏〔註25〕。夫妻相敬如賓,家室和諧。《家傳》云:「與閔宜人白首相莊,終身無頳顏詬語,斯皆人情所難也。」有子二、女三。

長子自鉉,字稺聲,號南榮,早卒。《家譜》:「自鉉側室唐氏出,萬曆癸未年(十一年)八月十八日生,治書,補邑庠廩生;萬曆乙卯年(四十三年)七月六日卒,年三十三。」又《吳江縣志》卷二十八、名臣三、人物五沈璟傳下附子自鉉:「子自鉉諸生,有文行,周忠毅宗建推重之。」

次子自銓,字稺衡,號雲東,萬曆丙午舉人,《家譜》:「自錐閔氏出,萬曆乙酉年(十三年)六月十一日生;丙午舉應天鄉試一百二十八名,崇禎己巳年(二年)五月十六日卒,年四十五。」

長女大榮,適太倉舉人王士騄,能詩文,兼善草書。《沈氏詩錄》云:「大榮晚年學佛,自號一行道人,嘗為宛君(葉紹顒室)序遺集。」

〔註24〕 參閱《吳江縣志》卷二十八、名臣三、人物五,《蘇州府志》卷一百五、人物三十二,與凌景埏〈詞隱先生年譜及其著述〉、〈鞠通先生年譜及其著述〉諸書。

〔註25〕 《家譜》云:「公配烏程縣閔氏,萬曆庚辰封安人,壬午加封宜人,萬曆庚申卒,年六十八,提學御史楊公廷筠誌墓。側室唐氏,同年卒,年五十七。」

次女倩君，適浙江烏程監生范信臣，能詩。

幼女靜專，字曼君，適同邑諸生吳昌逢，工詩，能詞曲，《沈氏詩錄》云：「曼君適諸生吳昌逢，遭家坎坷，爲詩詞多淒激之音。昌逢，字適之，故所著名《適適草》。亦好學佛，自號上慰道人，撰《頌古》一卷。」

沈璟二子均爲側室所出，三女之中，長女大榮，次女倩君俱閔氏夫人出。幼女靜專，則由側室李夫人出。

伯英二子，多賴其弟瓚親自教導，皆有文行。三女均能詩，有善草書者，有工詞曲者，絲毫未遜於二子，誠難可貴。

沈璟於明神宗萬曆三十八年庚戌（1610）正月十六日卒，年五十八〔註26〕，葬在本鄉附近的陳思村〔註27〕。五年後，神宗、光宗相繼駕崩，皇儲校嗣位，是爲熹宗，次年改元天啓，將當時對國本建言的大臣，都有封贈，沈氏被追贈爲光祿寺少卿，算是一份遲來的榮典。

第二節　著　作

沈璟自萬曆十七年致仕還鄉之後，即謝絕一切人事的牽累，專心於詞曲的研究並傳奇的創作。因此有關這方面的著述十分可觀。傳奇有屬玉堂十七種；改曲有《還魂記》、考訂《琵琶記》等；選曲有《南詞韻選》、《北詞韻選》等；論曲有《論詞六則》、《遵制正吳編》、《唱曲當知》等；曲譜有《南曲全譜》、《古今詞譜》等；散曲有《情癡寱語》、《詞隱新詞》：《曲海冰青》等，皆爲審音家所宗。沈璟又能詩文，有《屬玉堂詩文稿》四卷。今略述其著作如后。

一、《屬玉堂傳奇》十七種

沈璟所作傳奇，以其書齋屬玉堂命名，稱爲《屬玉堂傳奇》。據王驥德《曲律》與呂天成《曲品》兩書著錄，《屬玉堂傳奇》十七種爲《紅葉記》、《埋

〔註26〕見凌景埏《詞隱先生年譜及其著述》。又《吳江縣志》云：「（沈璟）以疾乞歸，歸二十餘年卒，年五十八。」《家傳》謂：「丙午，次子自銓舉於鄉，人皆爲公喜，公乃不久遘疾，三年餘不起。」丙午爲萬曆三十四年，三年餘後不起，即爲萬曆三十八年。

〔註27〕其墓地所在，據《吳江縣志》卷之十墓域（義冢）營建五條：「卹贈光祿寺少卿沈璟墓在陳思村，司業沈懋孝誌。」又《沈氏家譜》云：「葬本邑二十九都思邨肥字圩，司業沈懋孝誌墓。」

劍記》、《十孝記》、《分錢記》、《雙魚記》、《合衫記》、《義俠記》、《鴛衾記》、《桃符記》、《分柑記》、《四異記》、《鑿井記》、《珠串記》、《奇節記》、《結髮記》、《墜釵記》、《博笑記》等。焦循《劇說》所載沈璟傳奇，多出《翠屏山》、《望湖亭》、《耆英會》三種；高奕《新傳奇品》又增《一種情》一種，稱二十一種，黃文暘《曲海總目》、王國維《曲錄》等皆沿用此說。但《翠屏山》、《望湖亭》、《耆英會》三種乃沈璟從子沈自晉所作；《一種情》即沈璟《墜釵記》俗名。故知焦循、高奕等人說法皆爲誤。茲依呂天成《曲品》所錄的次序所言如下。

（一）《紅蕖記》：存

取材於唐代傳奇小說《鄭德璘傳》，全劇共四十出。明·沈自晉《南詞新譜》入譜詞曲傳劇總目中，於《紅蕖記》下云：

> 詞隱先生作，刻本托名施如宋，非也。觀其末曲，用離合體，寓吳
>
> 江沈璟伯英六字可見。

此本久佚，民國五十五年，鄭騫先生於美國獲得《紅蕖記》全本照片，民國六十年，根據照片，影印行世。鄭先生並考證此本確定爲明萬曆間金陵陳氏繼志齋刻本二卷。每卷首行均標曰「重校十無端巧合紅蕖記」。上卷及下卷版心題曰「紅蕖記」。正文半頁十行，行二十字。曲文大字，賓白小字，雙行眉欄，有音釋註語。內有圖十二幅，鐫刻精美，首幅有「新安何龍畫，宛陵劉大德鐫」字樣。書後附有吳梅跋語。

（二）《埋劍記》：存

取材於唐代傳奇小說「吳保安傳」。全劇共三十六出，分上下卷，各十八出。明金陵陳氏繼志齋刊本，每卷首行均標曰「重校埋劍記」。上卷及下卷版心均題曰「埋劍記」。正文半頁十行，行二十字，曲文大字，賓白小字，雙行眉欄，有音釋註語。內有圖十二。民國十九年八月，國立北平圖書館借鄞縣馬氏不登大雅文庫藏本影印。

（三）《十孝記》：殘存於曲譜中

此記演閔損、緹縈、韓伯俞、郭巨、薛包、黃香、張孝、張禮、徐庶、王祥等十人的孝親事，故名《十孝記》。每事三出，十事則當有三十出。沈自晉《南詞新譜》云：「《十孝記》係先詞隱作，如雜劇體十段。」吳梅《霜厓曲跋》卷二：「深甫（高濂字）尚有《節孝記》，分上下二卷，上卷賦陶潛〈歸去來辭〉，下卷賦李令伯〈陳情表〉，合而成書，別是一體。其詞吾未見，不

敢評驚，自有此體，而葉六桐之《四艷記》，徐天池之《四聲猿》，沈寧庵之《十孝記》，皆從此出矣，實與傳奇正式不合也。」

（四）《分錢記》：未見

全書已佚，不得求見其詳細內容。惟於沈自晉《南詞新譜》卷十八商調引子中，存一首〔逍遙樂〕曲文。

（五）《雙魚記》：存

所譜事本諸元雜劇馬致遠之《半夜雷轟薦福碑》，並綴以劉皡與邢春娘婚事。沈自晉《南詞新譜》云：「（《雙魚記》）詞隱先生作，刻本托名施如宋，非也。」全劇共三十出，上卷十六出，下卷十四出。明繼志齋刊重校本，每卷首行均標曰「重校雙魚記」。上卷及下卷版心題曰「雙魚記」。正文半頁十行，行二十字。曲文大字，賓白小字，雙行眉欄，有音釋註語，有圖十幅，通縣王氏藏。

（六）《合衫記》：未見

《曲品》：「苦處境界，大約雜摹古傳奇。此乃元劇公孫合汗衫事，曲極簡質，先生最得意作也。第不新人耳目耳；余特為先生梓行於世。」似當時曾有呂天成刻本，如今此記完全亡佚，隻字不存。

（七）《義俠記》：存

此記係取《水滸傳》中武松故事而譜出者，以武松義而俠，故名。其情節略當《水滸傳》二十二回至三十回，稍加潤色而成。《屬玉堂傳奇》，此記最為盛行，今尚傳唱，其中有關該劇搬演記載，詳見政治大學七十三年中研所碩士論文金聖敏《沈璟《義俠記》研究》，第六章第一節「劇本搬演及其對後世的影響」，就明清及崑劇、皮黃等諸譜記載有詳細說明，此不再贅述。茲將今世所傳的《義俠記》版本，依據各家著錄，列舉如下：

1. 繼志齋刻本：二卷，明萬曆間刊本。依傳惜華《明代傳奇全目》，自己所藏。周明泰《明本傳奇雜錄》也云：

萬曆間繼志齋刻本，二卷，凡三十六齣。卷前有封面，左右兩行大書鐫「重校出像點版義俠記」，中行小字標曰：「繼志齋原版」。卷首有萬曆壬子清明日陳大來手書重梓於繼志齋中，及萬曆丁未中秋日東海鬱藍生題之義俠記序一篇。次為總目。……正文半頁十行，行二十字，曲文大字，賓白雙行小字，每卷首行均標曰：「重校義俠記」，上卷或下卷版心題曰：「義俠記」，眉欄上有音釋，每卷書中插圖六

幅，傅惜華氏藏。

此本現在通行者有二，一是 1954 年古本戲曲叢刊初集第八十種內所收的影印本；二是 1958 年傅惜華編《水滸戲曲集》中所收的標點校印本。

2. 環翠堂刻本：二卷，明萬曆間刊本。依傅惜華《明代傳奇全目》，是鄭振鐸藏。

3. 富春堂刻本：二卷，明萬曆間刊本。中央研究院傅斯年圖書館有微卷本。首行標云：「重校義俠記」。八行二十一字，在繡刻演劇殘存五十二種內。此本在周明泰《明本傳奇雜錄》、《松崖室現存雜劇傳奇版本記》、鄭振鐸插圖本《中國文學史》、張師清徽《明清傳奇導論》等中皆有著錄。

4. 文林閣刻本：二卷，明萬曆間刊本。國立中央圖書館藏，在繡刻演劇殘存四十五種內，不著編人。張棣華《善本劇曲經眼錄》云：

> 附圖，雙面，圖全缺。缺圖在卷上一下二上，十一下十二上，二十二下二十三上，卷下三下四上，十六下十七上，三十二下三十三上。……卷前有目錄。卷首大題「重校義俠記卷某」。

此記在傅惜華《明代傳奇全目》、《松崖室現存雜劇傳奇版本記》、周明泰《明本傳奇雜錄》、鄭振鐸插圖本《中國文學史》等均有著錄。

據張棣華《善本戲曲經眼錄》，富堂春、文林閣等皆屬金陵書坊。其云：

> 此劇集（即繡刻演劇）原有十套，每套十種（按：「十」概是「六」之誤），共計六十種，……由金陵書坊分刊合印。金陵書坊包括唐氏富春堂、唐氏世德堂、文林閣、文秀堂等家。……而每家書坊所刻各劇本，亦有各家共同形式。

> 富春堂：版匡高十九‧五公分左右，寬十三‧一公分。花欄、白口、黑魚尾。半葉十行，每行二十一字。有圖，單面。

> 文林閣：版匡高二十一公分左右，寬十四‧五公分。單欄，白口、無魚尾，有眉欄。每半葉十一行，每行二十字，有圖，多半雙面。

中央研究院所藏的富春堂本也缺圖。

5. 汲古閣刻本：二卷，又名六十種曲本。有明末崇禎間原刻初印本及清代修補本。原刻本封面題云：「繡刻義俠記定本」。清代修補本一百二十卷八十二冊，現藏於中央圖書館，張棣華《善本劇曲經眼錄》云：

> 匡高二○‧三公分，寬十三‧一公分。每半葉九行，每行十九字。白口，左右雙欄。……總目分子丑寅卯辰巳午未申酉戌亥十二集，

每集五種，共計六十種。

《義俠記》即其中酉集所收錄。現在流傳的各刊本中，此本最有名，各家著錄中，幾乎都有此本的著錄。自開明書店根據初刊本及修補本標點校印之後，此本最廣爲流行。

其他尚有碧翠堂刻本（周明泰《明本傳奇雜錄》所載；按：此是否環翠堂之誤，不敢確定）、文風堂刊本（張師清徽《明清傳奇導論》所錄）等。

（八）《鴛衾記》：未見

全劇亡佚。沈自晉《南詞新譜》卷一仙呂入雙調中，尚存一支〔勝葫蘆〕曲文。

（九）《桃符記》：存

據《曲海總目提要》卷十三，《桃符記》乃演劉天儀與裴青鸞雜合事。此劇流傳的版本，傅惜華《明代傳奇全目》列舉六種；分別是(1)清康熙六十一年（1722）鈔本，傅惜華藏，二卷。(2)清乾隆間宋體字精鈔本，馬彥祥藏，不分卷。首行及版心俱題：「桃符記」。(3)清鈔本，北京圖書館藏，二卷，上卷。(4)上卷南府鈔本，下卷補鈔本。(5)清鈔本，梅蘭芳藏，二卷。(6)孔德學校圖書館鈔本，首都圖書館藏，二卷。

至於上述所言的第一種傅惜華〈明代傳奇善本七種題記〉中有《桃符記》二卷，爲清康熙六十一年鈔本二冊，其言曰：「此記尚未見刻本流傳，僅存鈔本，然亦罕睹，藏者極希。此康熙六十一年鈔本，凡二卷，共二十七出。上卷十四出，下卷十三出。題出數，未標名。每半頁九行，行三十餘字，至四十字不等。曲文點板，賓白句讀，硃墨燦然。身段排場，注釋亦詳。下卷尾，題字一行曰：『康熙六十一年重陽月中浣日窗前錄就，楊俊生筆，敦倫堂習。』雖爲梨園遺物，然書法遒勁，不類伶工手筆，頗可貴也。」（見《中法漢學研究所圖書館刊》第一號，頁 78）趙景深《明清曲談‧桃符記傳奇》中謂其所見《桃符記》有兩種鈔本：一是《梨園公報》所刊十七折之《桃符記》；一是二十七出之精鈔本《桃符記》。精鈔本前入出與二十四出以下，皆爲《梨園公報》所無。兩本相較，內容雖同，分出與版名，不盡相同。宜因《梨園公報》本或爲伶人之臺本，精鈔本出自讀書人之手，故而精鈔本優於公報也（上海古典文學出版社，頁 88、89）。以上趙氏所言兩種鈔本；前者或許爲《明代傳奇全目》所舉《桃符記》第五種版本。後者則不知爲傅書所列第四或第六種。

　　《桃符記》傳奇，除上述鈔本外，如今故宮尚有國立北平圖書館所藏，即《明代傳奇全目》所舉《桃符記》第四種版本，為清康熙四十七年張仲雲手鈔本《桃符記》二卷一冊，內分二十八折，上卷十四折，上卷末云：「康熙四十七年潤三月念三日錄桃符上卷終，七十三叟張仲雲草筆第三冊記。」下卷亦有十四折，下卷末云：「四月初一日錄下卷終，第三曲記張仲雲草筆。」與康熙六十一年鈔本同是僅題折數，未標名，每半頁九行，行三十餘字，至四十字不等。然此鈔本無點板句讀，字跡潦草，且男主角名字時有不同之處。

　　現天一出版社《桃符記》，乃據宋體字精鈔本影印。全本三十出，不分卷，首行及版心俱題「桃符記」。正文每半頁九行，行十九字。曲文大字，賓白小字。

　　（十）《分柑記》：未見

　　全劇完全亡佚，隻字未存。

　　（十一）《四異記》：未見

　　此記未刊行，沈自晉《南詞新譜》卷十六越調過曲中，猶存〔梨花兒〕支曲文，注云：「先詞隱未刻稿。」後人又仿之作《碧玉串》，亦名《雙玉串》傳奇。

　　（十二）《鑿井記》：未見

　　此劇故事不詳，依呂天成《義俠記》序為未刻稿。沈璟《南九宮十三調曲譜》與沈自晉《南詞新譜》中，存有十二支曲文。

　　（十三）《珠串記》：未見

　　沈自晉《南詞新譜》卷一云：「先詞隱未刻稿。」止收錄仙呂引子〔望遠行〕一支曲文。

　　（十四）《奇節記》：未見

　　此記亦未刊行。沈自晉《南詞新譜》卷一仙呂引子中，只存一支〔小蓬萊〕曲文，並注：「先詞隱未刻稿」。

　　（十五）《結髮記》：未見

　　沈自晉《南詞新譜》入譜詞曲傳劇總目中註謂：「詞隱先生未刻稿」，並於卷十六越調過曲中，收錄一支〔浪淘沙〕曲文。

　　（十六）《墜釵記》：存

　　沈自晉《南詞新譜》入譜詞曲傳劇總目中謂：「《墜釵記》，伯英作，俗名《一種情》。」並收錄一支雙調引子〔風入松慢〕一曲，注曰：「此先詞隱筆

也，特錄之。」凌景埏〈詞隱先生年譜及其著述〉「墜釵記」條云：「有康熙抄本，（北平圖書館藏）分上下二卷。此記即《情史》吳興娘事（劇本作何興娘），王驥德爲捕盧二舅指點修鍊一節，以爲關目。」葉懷庭《納書楹曲譜》外集卷二載「冥勘」、「拾釵」二折；《集成曲譜》振集卷三亦錄「冥勘」一折；王季烈《螾廬曲談》謂其時歌場所流行者，僅「冥勘」一折也。

（十七）《博笑記》：存

此記體例與《十孝記》同，敘述十則不相關的可笑故事於一本之中。全劇共二十八出，分上下卷，各爲十四出。今所見《博笑記》傳奇，爲中央研究院所藏「傳眞社假海寧陳氏藏本景印」本，首有天啓癸亥長至日茗柯生，書於暮香室之刻《博笑記》題詞。次附《詞隱先生論曲》，〔二郎神〕散曲一套，每卷首有圖像四幅。前半頁爲圖，後半頁爲情癡子、無棲殿主等人題詞。卷上首行標曰「新刻博笑記」。卷上次行題「松陵先生詞隱先生編」。次版心題「博笑記」。正文半頁八行，行十九字，曲文大字，賓白小字，版刻圖像俱極工妙。鄭振鐸以爲殆即茗柯生所刊也。其次附詞隱先生論曲，書後並有民國二十一年四月三日鄭振鐸《博笑記》跋。海寧陳氏舊藏，今歸傅惜華氏。

二、改編之戲曲

（一）《同夢記》：未見

沈自晉《南詞新譜》云：「《同夢記》，詞隱先生未刻稿，即串本《牡丹亭》改本。」譜中卷十六越調過曲載〔蠻山憶〕，卷二十二雙調引子錄〔眞珠簾〕等各一支曲文。

（二）《新釵記》：未見

（三）考訂《琵琶記》：未見

王驥德《曲律》雜論第三十九下：「……及考定《琵琶記》等書。傅惜華《水滸傳戲曲集‧義俠記》傳奇題記曰：「嘗改討湯顯祖之《牡丹亭》、《還魂記》，曰《同夢記》；又重訂湯顯祖之《紫釵記》，曰《新釵記》；及考訂高則誠《琵琶記》，惜皆未見流傳。」（應裕康先生〈明代戲曲大家沈璟〉文中引）

三、選　曲

（一）《北詞韻選》：未見

《吳江縣志》卷四十六撰述一書目，載有沈璟《北詞韻選》一書，然未言卷數多少，今亦未見此選。

（二）《南詞韻選》：殘存

《吳江縣志》卷四十六書目：「《南詞韻選》十九卷。」《曲律》亦云：「別輯《南詞韻選》十九卷。」今中央圖書館僅存前十卷，凡二冊，爲明虎林刊本。另吳瞿安舊藏，存卷一至卷十六，及卷十七之大部份，缺十八、十九兩卷與卷十七之套數半套、小令二闋。凌景埏曾展轉由吳瞿安處借鈔，現鄭騫先生已附於《南詞韻選》卷十後。又據卷首目錄視之，十八、十九二卷亦只小令十一支、套數一套，就全書比例言，所缺無幾也。

四、論　曲

（一）《遵制正吳編》一卷：未見

（二）《論詞六則》：未見

（三）《唱曲當知》：未見

《吳江縣志》卷四十六書目：「《遵制正吳編》（一名《正吳音編》一卷，《論詞六則》，《唱曲當知》）。」依呂天成《義俠記》序，牛野商君曾刊行《論詞六則》及《唱曲當知》。

五、曲　譜

（一）《南九宮十三調曲譜》：存

又稱《南曲譜》，或名《南詞全譜》。《吳江縣志》卷二十八、名臣三、人物五沈璟本傳云：「增訂蔣孝《南九宮十三調曲譜》爲《南詞全譜》二十一卷。」王驥德《曲律》卷四「雜論」第三十九下云：「又增訂《南曲全譜》二十一卷。」王驥德《曲律》卷一「論調名」第三云：「南詞舊有蔣氏《九宮》、《十三調》二譜，九宮譜有詞，十三調無詞。詞隱於九宮譜參補新調，又並署平仄，考訂訛謬，重刻以傳；卻削去十三調一譜，間取有曲可查者，附入宮譜後。」

今中央圖書館有《增定南九宮曲譜》二十一卷，附錄一卷。附錄者乃不知宮調及犯各調者，共八冊，爲明末永新龍驤刊本，麗正堂藏本。清康熙間，王奕清等奉敕編《欽訂曲譜》時，南曲部份全採納此譜。如今商務印書館影印，名爲《欽定曲譜》，廣爲流行。

（二）《古今詞譜》二十卷：未見

此譜名僅見《吳江縣志》卷二十八及卷四十六，《曲律》僅云沈璟：「又

嘗增定《南曲全譜》二十一卷。」而未提及《古今詞譜》，現亦未見也。

六、散　曲

（一）《情癡寱語》一卷：未見

（二）《詞隱新詞》一卷：未見

（三）《曲海青冰》二卷：未見

王驥德《曲律》卷四「雜論」第三十九下云：「散曲曰《情癡寱語》、曰《詞隱新詞》二卷；取元人詞，易爲南調，曰《曲海青冰》一卷。」又云：「詞隱所著散曲《情癡寱語》及《詞隱新詞》各一卷，大都法勝於詞。《曲海青冰》二卷，易北爲南，用工良苦。前二種，呂勤之已爲刻行；後一種，勤之既逝，不知流落何處，惜哉。」

上述三本現皆已亡佚，僅部份散曲留存於後人所撰散曲集中。今有凌景埏自《太霞新奏》、《吳騷合編》、《彩筆情詞》及《南詞新譜》中，取出詞隱散曲，計有套數四十套、雜宮調一曲、小令二十三支，其詳目見其所著〈詞隱先生年譜及其著述〉一文中。

七、其　他

（一）評點《沈義甫樂府指迷》一卷：未見

呂天成《義俠記》序云：「半埜主人所梓行者……宋人之《樂府指迷》。」

（二）《古今南北詞林辨體》：未見

此本記載僅見於《吳江縣志》卷四十六書目而已。

（三）《屬玉堂詩文稿》：未見

《吳江縣志》卷四十六書目云：「屬玉堂詩文稿四卷。」依《家傳》，詩文若干卷未刻，其亦云：「夫公之文企班、馬，詩宗少陵。」

由以上可知，沈璟在詩文方面，也有很好的表現。但如同《屬玉堂傳奇》的作品一樣，除了朱彝尊《明詩綜》尚收錄有二首，絕大多數已失傳。不少可研究沈璟的材料，迄今仍未得見，甚爲可惜。

第三節　曲　論

沈璟對曲學獨有偏好，以窮畢生之精力鑽研曲律，尤善於曲律。吳梅在《顧曲麈談》第四章「談曲」部份言道：「先生於音律一道，獨有神悟。審鑠

黍而辨芒杪，一字不肯苟下。」（見該書，商務印書館，頁 175）可見其製曲態度之謹慎。當時文壇上傳奇作品片面地在文辭方面徒逞作者的才華，然而用韻方面卻十分混雜，滿篇堆砌秀雅的文字，卻不宜於場上搬演，逐漸地走向「案頭之曲」的窄路。沈璟認識戲曲創作必須體現「場上之曲」的特質，力矯明代傳奇駢儷派之弊。主張在音律上遵守格律；在用語上推崇本色；在題材上，重視綱常。茲依此三部份，分別探討沈璟曲論的觀點。

一、遵守格律

沈璟辭官歸里二十餘年間，將其心血花在南詞格律的研究與宣講上，且「每廣坐命技，即志優名娼，俱皇遽失措，不減江東公謹。」（沈璟《倩野獲編》卷二十四技藝、搢紳餘技條）「常以爲吳歈即一方之音，故當自爲律度，必嚴守繩墨，夫豈矢口而成，漫然無當，而徒取要眇之悅里耳哉？」（《廣輯詞隱先生增訂南九宮詞譜》、《南詞全譜》原敘）。而「爲挽回曲調計，可謂苦心，嘗賦〔二郎神〕一套。」（王驥德《曲律》雜論第三十九下），香月居顧曲散人則以之爲《太霞新奏》序云：「此套係詞隱先生論曲，韻律之法略備，因刻以爲序。」《博笑記》則題：「詞隱先生論曲」。今將〔二郎神〕一套，以《太霞新奏》本爲主，錄之於後：（括弧中所引乃《博笑記》前所附）

〔二郎神〕何元朗，一言兒啓詞中（一作宗）寶藏，道欲度新聲休走樣。名爲樂府，須教合律依腔，寧使時人不鑒賞，無使人撓喉捩嗓，說不得長才，越有才越當著意勘量。

〔其二（換頭）〕（一作前腔）參詳，含宮泛徵，延聲促響，把仄韻平音分幾項，倘平音窘處，須巧將入韻埋藏，這是詞隱先生獨秘方，與自古詞人不爽，若是（一作遇）調飛揚，把去聲兒填他幾字相當。

〔囀林鶯〕詞中上聲還細講，此平聲更覺微茫，去聲正與分天壤，休混把仄聲字填腔。析陰辨陽，卻只有（在此多有一「那」字）平聲分黨，細商量，陰與陽還須趁調低昂。

〔其二〕（一作前腔）用詩句法當審詳，不可廝混詞場，步步嬌首句勤爲樣，又須將懶畫眉推詳，休教鹵莽，試（在此多有「一」字）比類當知趨向，豈荒唐，請細閱琵琶字字平章，〔啄木鸝〕中州韻，分類詳，正韻也因他爲草創，今不守正韻填詞，又不遵中土宮商，

製詞不將琵琶傚，卻駕言韻依東嘉樣，有病膏肓，東嘉已誤，安可襲爲常。

〔其二〕（一作前腔）北詞譜，精且詳，恨殺南詞偏費講，今始信舊譜多訛，是鯫生稍爲更張，改絃又非翻新樣，按腔自然成絕唱，語非狂，從教顧曲，端不怕周郎。

〔黃鶯兒〕（一作金衣公子）奈獨力怎提防，講得口唇乾，空鬧壤，當筵幾度添惆悵，怎得詞人當行，歌客守腔，大家細把音律講，自心傷，蕭蕭白髮，誰與共雌黃。

〔其二〕（一作前腔）曾記少陵狂，道細論文（「文」一作「詩」），晚節詳，論詞亦豈容疏放，縱使詞出繡腸，歌聲遶梁，倘不諧律呂也難褒獎，耳邊廂，訛音俗調，差問短和長。

〔尾聲〕吾言料沒知音賞，這流水高山逸響，直待後世鍾期也不妨。

在這套套曲中，沈璟首先提出合律依腔的要求。認爲：「寧協律而不工，讀之不成句，而謳之始叶，是爲中之之巧。」（見呂天成《曲品》卷上）在此，沈璟強調戲曲歌唱的藝術特點。曲詞不同於文章之處，乃在其結合了歌唱旋律的進行與節奏的組合，是否具有可唱性即變得十分重要。此種說法，亦見於元・周德清《中原音韻・正語作詞起例》：「（古人）又云：『作樂府，切忌有傷於音律。』且如女眞『風流體』等樂章，皆以女眞人音聲歌之，雖字有舛訛，不傷於音律者，不爲害也。大抵先要明腔，後要識譜，審其音而作之，庶無劣調之失。」歷代許多曲學家都曾注重周氏此一主張，但均未若沈璟發揮的如此極至。但沈璟此語言其然而未言其所以然，使人誤解沈氏縱容「句子不通」，遂招致種種歧見和異議。

其次〔二郎神・前腔換頭〕、及〔囀林鶯〕則說明有關作曲格律的具體內容。前者提出以入聲代平聲、入聲用法，後者爲上聲、去聲不可混用，以及析陰辨陽。這些要點，與周德清《作詞十法》中「入聲作平聲」、「陰陽」和「末句」相當。主要得力於餘姚人孫鑛。在其《與沈伯英韻學書》中，可看出沈氏韻學主要見解已備見於此：

竊謂天地間元有六聲，不知君家休文（指沈約）何以遽定爲四？其云「『天子聖哲』矣。」但平有陰陽，入有抑揚。「天」稍低則爲「田」，「哲」稍低則爲「宅」。「天」清陰也，「田」晴陽也，「哲、

昔」揚也,「宅、席」抑也。「天、田」之與「子、字」,「哲、宅」
之與「聖、省」,俱是一例。故總論則止三聲,平、側、入是也;析
論則平有陰陽,側有去上、入有抑揚。今獨於側分去上,而於平入
則混而爲一,且至於反切俱不分,陰陽而混之,何其忽略也?此惟
詞曲中最易辨。北詞以協弦管,弦管原無入聲,故詞亦因之;若南
曲則元有入音,自不可從北。故凡揭起調皆宜陰、宜去、宜揚,納
下調皆宜陽、宜上、宜抑。兄但取舊南曲分別六聲,令善歌者歌
之,儻宜陽而用陰,宜去而用上,宜抑而用揚,歌來即非本字矣;
宜陰、上、揚而反之,亦然。此豈非天地間自然之音乎?(《孫月峰
先生全集》十二卷)

「作曲之四聲,有時甚寬,有時甚嚴,寬處平仄可以通用,嚴處上去不可更
易。」(《螾廬曲談》卷二「論作曲」,第五章〈論詞藻四聲及襯字〉)而不可
更易之理爲:「四聲在曲中,平入可以相通,而上去不宜相替,……至上聲,
則出口先當低唱,始能遠送,高低迥異,故不能相替也。」如商調〔集賢賓〕
之首句,必要用平平去上平去平,故陳大聲散套用「西風桂子香正幽」,洪昉
思《長生殿》用「秋空夜永碧(作平)漢清」等。(見上書卷一「論度曲」第
四章〈論口法〉)

　　第三,在〔囀林鶯‧前腔〕沈璟揭櫫了句法和用韻的兩個觀點。對於前
者,沈璟特別強調了曲律與詩律的不同之處。南曲曲牌,多襲自宋元詞曲曲
牌而來,但兩者在句式上並非相同。當時的傳奇作者,大多熟悉詩詞格律而
不諳曲律,以至於盲目按照曲牌名填詞而使得兩者混亂。沈璟在《曲譜》中
十分仔細地分別每支曲子的「正字」和「襯字」,舉出規範句法,並強調了
曲律與詩詞格律的區別。如:卷四〔正宮‧玉芙蓉〕批注:「第一句還該用
韻」。宋詞此詞牌的第一句是不須用韻的。同卷〔正宮‧喜遷鶯〕批注:「與
詩餘同,但少換頭。」卷一〔仙呂‧桂枝香〕批語:「第五、六句用韻亦可,
第九句不用韻亦可,但第三句不可用韻。」再如《琵琶記》的〔天下樂〕一
曲爲例,說明「此雖似七言絕句詩,然第三句用韻,不可不知。」而有關
〔步步嬌〕和〔懶畫眉〕首句問題,沈璟於《南九宮譜》中有所說明。該譜
錄「唐伯亨」〔步步嬌〕「(爲)半紙功名(把)青春誤」(括號內係襯字)一
曲,尾注云:

　　「半紙功名」四字,用仄仄平平,妙甚,凡古曲皆然……若用平平

仄仄，即落調矣。即如〔懶畫眉〕起句，當用仄仄平平，而後人多
用平平仄仄……此類甚多，須作者自留神詳察，不能悉舉也。

〔步步嬌〕與〔懶畫眉〕首句均七字，〔步步嬌〕首句定格爲「仄仄平平平平
仄」，〔懶畫眉〕首句定格爲「仄仄平平仄平平」。若按律詩格律，前者當爲
「平平仄仄平平仄」，後者當爲「平平仄仄仄平平」：首四字均由「仄仄平
平」變爲「平平仄仄」。如果按律詩的格律來塡曲句，那麼字音就會與曲牌的
旋律效果不協調。此種現象，在其他曲牌中也存在。如《南九宮譜》列舉的
〔江兒水〕第四句，當用仄仄平平起，後人亦誤用平平仄仄；〔玉交枝〕第五
句，當用平平仄平平仄平，而後人多誤用平平仄仄仄平平，或仄仄平平仄仄
平這兩種律詩句格。因此，沈璟特別指出：「用律詩句法須審詳，不可廁混詞
場。」

後者有關用韻方面，沈璟主張依據周德清之《中原音韻》。明‧沈寵綏
《度曲須知》「宗韻商疑」云：「……至《洪武正韻》雖合南音，而中間音路
未清，比之周韻，尤特甚焉。且其他別無南韻可遵，是以作南詞者，從來俱
借押北韻，初不謂句中字面並應遵仿《中州》也。」

沈璟不僅強調作曲者「審音」、「當行」的重要性，又強調了唱曲者「曉
文」、「守腔」的重要性。希望把戲曲的文字創作與演唱創作聯繫起來，成爲
可以搬演的「場上之曲」，達到其實質的意義。此外，他更不遺餘力地編撰許
多書籍，作爲對於戲曲創作者與歌者講解聲律知識和各個曲牌的規範。如《南
九宮譜》、《南詞韻選》、《考訂琵琶記》（佚）、《古今詞林辨體》（佚）、《唱曲
當知》（佚）、《正吳編》（佚）、《論詞六則》（佚）及〔鶯啼序〕套曲（佚）等。
《吳江縣志》卷五十七、雜錄二、舊事二中，言沈璟訂譜云：「……南曲僅存
毗陵蔣維忠所譜之九宮十三調，每調各錄舊詞爲式，又駸駸失傳。詞隱先生
乃增補而校定之，辨別體製，分釐宮調，詳核正犯，考定四聲，指摘誤韻，
較勘同異，句梳字櫛，至嚴至密；而腔調悉遵魏良輔所改崑腔，以其宛轉悠
揚，品格在諸腔之上，其板眼節奏，一定不可假借，天下翕然宗之。」可知
沈璟在蔣孝《南詞舊譜》上，做了許多改進的功夫。蔣譜僅九宮譜有詞，十
三調譜，仍存其目而未加上曲辭。且譜中滲入北曲，混用北曲名稱，又所收
曲詞或出處不詳，或曲詞出處名稱，標注不一致。沈璟除考訂訛謬，校定蔣
譜錯誤，並增補新調，對近六十支曲牌作了更易修正，調換了舊譜引證不恰
當的曲文近百支（詳見王鍾麟〈蔣孝舊編《南九宮譜》與沈璟《南九宮十

三調曲譜》〉，《金陵學報》第三卷第二期，頁501～562），一個曲牌若有兩種以上的句式，皆以「又一調」方式注出；未能考明本調和犯調來源者，則以存疑處理。與蔣氏舊譜相較，大約增益十之二三，沈譜中曲目下注有「新增」二字皆是〔註28〕。且署平仄音律，分別正襯字，圈出閉口音，兼收又體，即《十三調譜》諸曲。有為世所通用者，亦間採並列其中，附之於《九宮譜》後，併合兩譜遂成其譜焉。是以此譜一出，「南曲即所謂葫蘆有樣，粉面昭然矣。」（李漁《劇論》卷上・「填詞部・結構第一」）南九宮十三調有「南曲門戶」之稱（同上書，「音律第三」），受到許多人的推崇：

> 此書既成，微獨歌工杜口，亦幾令文人斂翰，如規矩之設不可欺以方圓，詎不為詞海之偉觀乎？有可可生前而稱曰：「先生真苦心哉！」（吳郡李鴻《南詞全譜》原敘）
>
> 沈璟《九宮譜》一修，海內才人，並思聯臂而遊宮商之林。（顧曲散人《太霞散曲》）
>
> 北有《太和正音譜》，南有《九宮曲譜》。（沈寵綏《度曲須知》「絲竹存亡」條）
>
> 至其所著《南曲全譜》，唱曲當知，訂世人沿襲之非，劑俗師扭捏之腔，令作曲者知所向往，皎然詞林指南車也。我輩循之以為式，庶幾可不失墜耳。（徐復祚《三家村老曲談》）
>
> 近來知用韻者漸多，則沈伯英之力不可誣也。（凌濛初《譚曲雜箚》）

明代程明善之《嘯餘譜》，於北曲取寧憲王之《太和正音譜》，南曲則採沈譜，至清康熙間王奕清等奉敕編《欽定曲譜》，亦據《嘯餘譜》而用此二譜焉。詞隱之於曲律，中興與提倡之力，不可沒也。

　　除《南九宮十三調曲譜》二十一卷，沈璟又選錄明初以來南曲為《南

〔註28〕如駐馬聽（新增）　　《十孝記》
　　〔駐馬聽〕一向著迷。自有佳兒不自知。把你千磨百滅。碎打零敲。折挫禁持。
　　　　　　去作平平　　去上平平作仄平　　　平平仄入　去上平平　入去平平
　　也知骨肉怎分離。只為毫釐之謬差千里。〔泣顏回〕到如今感悟前愆。待明朝
　　上平仄入上平平　　　平平平去平平上　　　　去平平上平平平　去平平
　　勸取回歸。（《南九宮十三調曲譜》卷八中呂過曲）
　　去上平平

詞韻選》十九卷。陳所聞《南宮詞紀》凡例中談到沈璟所以作《南詞韻選》
云：

> 中原音韻，周德清雖爲北曲而設，南曲實不出此，特四聲並用，令
> 人非以意爲韻，則以詞韻韻之。夫灰回之於台來也，元喧之於尊門
> 也，佳之於齋，斜之於麻也，無難分別，而不知支思、齊微、魚模，
> 三韻易混；眞文、庚青、侵尋，三韻易混，寒山、桓歡、先天、監
> 咸、廉纖，五韻易混；此寧庵先生《南詞韻選》所由作也。

首先，所選南詞前提爲以韻爲主，韻的標準爲周德清的《中原音韻》。以符合
韻書的詞列爲上上、次上二等。在這個原則之下，既以聲爲選詞的第一要件，
文字的工拙與否，便無甚重要〔註29〕。其次，各詞並附有板式，板式標準則
取古人程法以利清唱〔註30〕。吳梅於《吳騷合編》跋中，對其價值之肯定：
「余謂散曲總集，莫富于雍熙，而莫精於《南詞韻選》，他如《南北宮詞紀》、
《太霞新奏》、《詞林逸響》諸書，不過承流接武而已。」對以後韻書的影
響，由此可見。

除了上述二書之餘，沈璟亦講求四聲的唱法〔註31〕，辨土音之冤；以方
音發聲不同，追考《洪武正韻》。土音之嘲始解〔註32〕。且吳人本無閉口音，
沈璟仍於譜中圈出閉口字，如前所舉例中之「禁」字、「怎」字、「今」字、
「感」字等，皆爲閉口字。如果不是諳於聲律之人，何以有此見解？〔註33〕

沈璟關於戲曲格律的理論，是中國戲曲理論（主要是戲曲形式的理論）
發展的一個重要階段，「它的最大貢獻在於第一次爲以崑曲爲主體的新傳奇，

〔註29〕沈璟初刻《南詞韻選‧凡例》：「是編以中原音韻爲主，故雖有佳詞，弗韻
弗選。」《南詞韻選》敘云：「曰南詞，以辨北也；曰韻選，以不韻不選也。……
是選……律與韻俱協者目上上；律諧而韻小假借，若韻嚴而律稍出入者，目
次上。」王驥德《曲律》亦云：「詞隱《南詞韻選》列上上，次上二等，所謂
上上，亦第取平仄不訛，及遵用周韻者而已，原不曾較其詞之工拙。」是取
其聲而不論其義也。
〔註30〕沈璟初刻《南詞韻選‧凡例》中言：「是編所點板，皆依前輩舊式，決不敢苟
且趨時，以失古意。……」王驥德《曲律》論板眼條云：「其（案：指沈璟）
所點板《南詞韻選》，及唱曲當知、南九宮譜、皆古人程法所在，當慎遵守。」
〔註31〕見沈寵綏《度曲須知》「四聲批竅」條：「凡曲去聲當高唱，上聲當低唱，平
入聲又當酌其高低，不可令混。」
〔註32〕見沈寵綏《度曲須知》「方音洗冤」條，及王德暉、徐沅澂同著《顧誤錄》「南
北方音論」條。
〔註33〕同註31，「同收異考」條云：「昔詞隱謂廉纖即閉口先天，監咸即閉口寒山，
若非聲場鼻祖，焉能道此透闢之言乎？」

建立了較為完備的格律體系,適應了自魏良輔改革崑腔、蔣孝編輯南曲舊譜以後建構新傳奇的格律體系,奠定了明、清兩代新傳奇發展繁榮的基礎。」(以上見李真瑜〈關於沈璟戲曲理論若干問題的斷想〉,《中華戲曲》第二集,頁155)他以「興之所至」出發,在前人已有的理論基礎上,提出透闢的見解,具有承先啟後的意義與地位。但任何一種理論,總有其照顧不到的欠缺之處,葉長海在《中國戲劇學史稿》論到沈璟的曲學部份,曾提出其內容嚴重的局限性。第一是「未注意戲劇『演』」方面的規律;其次是「只強調了作曲如何適合唱曲的規律,而未深究唱曲如何適合作曲的突破,因而在理論上常常陷於『斤斤三尺』的困境。」(見第五章〈萬曆時期戲劇學的崛起〉,第三節「沈璟的曲學」,駱駝出版社,頁 205)葉氏所言雖不無道理,然文學理論的發展是漸進的,沈璟當時所面臨的,不是戲曲藝術理論再提昇的問題,而是如何使戲曲作品回歸其本來所屬的特質,也就是使「案頭之曲」成為「場上之曲」。因為「可唱」的本身即包含了「可演」的成份,「唱」的問題若未解決,則「演」的方面也不可能有精進的理論。其後雖有潘之恆的《與楊超超評劇五則》及馮夢龍《墨憨齋定本傳奇》言及表演等內容,然皆篇幅不大,直到清代李漁的《閒情偶寄‧演習部》才真正對戲曲演出藝術規律作系統的研究。至於葉氏所提出第二個弊端的問題,因涉及有關音樂理論方面,不在本論文範圍之內,故不做討論。

二、注重本色

前面已言,沈璟的曲論是「場上之曲」的特質出發,因此在語言文字方面,也主張樸質本色為上品,而以誇飾雕鏤為下。首先從其所編的韻書所選的曲文及評注來看,《南九宮譜》特別注重《琵琶記》、《荊釵記》中演唱最多的曲子,如以《荊釵記》中〔朱奴兒〕一曲為例,指出「此曲句句本色,又不借韻,此《荊釵》所以不可及也。」在對語中也可看出其對質古之辭的推崇〔註34〕。從他本身的作品看來,《紅葉記》與《埋劍記》,不脫「字雕句鏤」

〔註34〕其他尚有引《江流記》兩支明白的曲子評贊道:「二曲雖甚拙,自是不可及……後學不可輕視也。」從下列批注,亦可見其對「本色」語的推崇。
《琵琶記》〔雁魚錦〕:「這壁廂道咱是個不撑達害羞的喬相識,那壁廂罵咱是個不睹事負心薄倖郎……。」眉批:或作「不睹親」,非也。「不撑達」、「不睹事」,皆詞家本色語。
散曲〔桂花偏南枝〕:「勤兒捱磨,好似飛蛾撲火,你特故將啞謎包籠,我手裡登時猜破。」眉批:「勤兒」、「特故」俱是詞家本色字面,妙甚。時曲「你

案頭作品的風格。從《分錢記》至《義俠記》中,《分錢記》條云:「……極力返於當行本色耳。」即有明顯改變。如沈自晉《南詞新譜》卷一。〔仙呂過曲〕所引《雙魚記》中「光光乍」曲:

> 早晚嘴喳喳,讀得眼睛花,今日先生出去耍,大家唱著光光乍。

此曲下小注云:「即以曲名三字入曲,先生最愛此體,特錄之。」在《義俠記》第六出「除兇」,武松所唱的〔得勝令〕一曲:

> 呀!閃的他回身處撲著空,轉眼處又亂著蹤。這的是虎有傷人意,
> 因此上冤家對面逢。你要顯神通,便做道力有千斤重。虎!你今日
> 途也麼窮,抵多少花無百日紅,花無那百日紅!

以口語俗諺入曲文中,使其增加自然天趣。元雜劇與宋元南戲「句句是本色語」(徐渭《南詞敘錄》)的特色,影響了此期作品的藝術風格,自《鴛衾記》後,雖然劇本的主題傳奇有所不同,然而在語言表現上,仍依循本色、當行的風格,完成了格律體系的時代要求,奠定了明、清兩代傳奇繁榮發展的基礎。如《分錢記》,呂天成《曲品》卷下云:「全倣《琵琶》,神色逼似。……」祁彪佳《遠山堂曲品·雅品殘稿》:「楊廣文之《雁魚錦》,賈氏之《四朝元》,楊長文之《入破》、《出破》、皆先生倣《琵琶》處,蓋欲人審韻諧音,極力返於當行本色耳。」另《合衫記》,呂天成《曲品》卷下云:「……曲極簡質,先生最得意作也。」祁彪佳《遠山堂曲品·雅品殘稿》云:「……極意摹古,一以淡而真者,寫出怨楚之狀。」《四異記》中並有「丑、淨用蘇人鄉語」,淨、丑用蘇白是崑山腔的特色,《四異記》下並有呂天成《曲品》及《遠山堂曲品》的註語,指出其所具詼諧效果。雖然王師安祈在《明傳奇之劇場及其藝術》指出「蘇白在表演上的局限,則在於外鄉人是否能聽懂,所以李笠翁所說的「從地起見」是必須考慮的。」然而她仍然肯定「淨、丑可說是在象徵與寫實之分際上的人物,用蘇白——接近自然生活的語言,適足以加強這些特質。」(台灣學生書局,頁311)再如《四異記》「謔笑雜出、口角逼肖。」(見祁彪佳《遠山堂曲品》)《珠串記》的「婦人反唇之狀。」(見祁彪佳《遠山堂曲品·雅品殘稿》)從改變的過程中,也可看出其作品本色的依歸。

三、重視綱常

曾師永義在《中國古典戲劇論集·元明雜劇的比較》一文,以明曲家的

做勤兒」,與此同。

身份、及朝廷對戲劇的態度，是使得明代戲劇充斥倫理教化的原因（以上詳見該書，頁 108～121）。可知「倫理教化」是一般明代劇作的特色。沈璟受當時時代背景、及本身家世環境的薰陶，反映在筆下的作品，也濃重地保留了這部份的色彩。以其現存南曲傳奇作品而言，《太平廣記》中韋楚雲至洞庭水府與逝去的父母相見，只是輕輕一筆帶過，且其重點在彰顯洞庭龍王的異能。然而沈作《紅蕖記》裡卻以多處情節描寫韋楚雲日夜思念父母、期盼相見時日的心態。這固然是明傳奇篇幅較長，可進一層表達人物的情緒感受，但作者刻意著墨於此，亦見其用心所在。

《太平廣記‧吳保安傳》中，郭仲翔予吳保安的一封信，道盡了異奴爲奴的苦狀。但在《埋劍記》中，作者以十四出「士節」、十七出「拒讒」、二十三出「療疾」、二十五出「遘奴」等，表彰郭仲翔一家的忠孝節義。《雙魚記》男主角劉皞一洗馬致遠《薦福碑》中張鎬對世態的不滿，一心期盼著求取功名。《義俠記》裡梁山英雄個個成了義士、忠臣、並極力期待朝廷的招撫政策。其他亡佚作品如《十孝記》，寫黃香、郭巨、緹縈、閔子、王祥、韓伯俞、薛包、張孝、張禮、徐庶等十人孝親之事。是以呂天成於《義俠記》序中言：「先生（按：沈璟）諸傳奇，命意皆主風世」，確是有他的根據。

再看《埋劍記》第一出沈璟另借副末之口所念的一首詞牌〔行香子〕：

達道彝倫，終古常新，友朋中無幾何，朝同蘭蕙，暮變荊榛，又陡成波、翻作雨、覆爲雲。所以先賢著〈絕交文〉、畏人間輕薄紛紛。我思前事、作勸人群，可繼蕭朱、追杜右、比雷陳。

通常傳奇家門的詞牌，若用兩者，通常第一首在虛攏作者大意，以比興、諷寄、感嘆的方式居多。該詞牌即針對當時「人間輕薄紛紛」的敗壞世風，提出其戲曲「作勸人群」之意。再就其所編《南九宮十三調曲譜》多引《臥冰記》及《黃孝子》等曲文，亦可證其重視綱常的觀念。

沈璟的戲曲主張是從舞臺搬演的功能與效果著眼的。在音韻上，嚴格守律，不使歌者撓喉捩嗓；在文辭上，標舉「本色」主張，以拙樸、通俗的語言，使觀眾易聽易懂，以達其作勸人群、整頓綱常的素材，作爲其創作的思想內容。

第二章　沈璟現存傳奇劇本在文學上的成就

　　寫劇的最終目的，固在運用於場上的搬演，但戲劇的表演並非憑空而來，必須有賴於文字的提供與指導。因此在討論戲劇作品時，應同時兼顧文學與藝術兩個部份。後人以沈璟：「寧協律而詞不工，讀之不成句，而謳之始叶，是曲中之巧。」（明呂天成《曲品》卷上）的一段話認爲沈璟不僅縱容他人創作「文句不通」的作品，本身傳奇創作亦文筆枯拙、乏善可陳。事實上，從《南詞韻選》卷中沈璟所選的散曲看來，都可以稱得上是韻律精嚴、文字優美。是以吳梅先生在《跋影印本吳騷合編》：「余謂散曲總集，莫富於雍熙，而莫精於《南詞韻選》。他如《南北宮詞紀》、《太霞新奏》、《詞林逸響》諸書，不過承流接武而已。」鄭騫先生雖然並不十分同意吳先生此語，但亦言：「從這部選本，我們得到一種啟示：凡是律精韻嚴的作品，其文字大都是優美的，越是失律脫韻之作，其文字越是不行。由此可見，『韻律縛人，有才難展。』是懶人或外行的話。……」（見北海出版社所印《紅蕖記》書後跋語）由此可證明，韻律的要求會削弱詞采的展現，是不足以深信的論調。

　　劇本文學所涵蓋的因素頗多，文詞只居其中之一，其他尚包括本事、主題及布局各項。沈氏劇作，多改自前人，因此在故事本身的淵源傳承上，逆溯的過程顯得十分重要。因爲在取捨增刪中自然流露出作者本身的主觀意識。再藉著文詞的舖陳，將情節貫串爲一完整的作品。本章即從此四方面著手，探討沈璟現存六本傳奇劇本在文學上的成就。

第一節　本　事

　　錢南揚《戲文概論》，曾就戲文取材提出如下說法：「戲文劇本雖流傳的很少，但它的本事大半是可考的。」（內容第四、第一章概觀）曾師永義更就我國戲劇的表現方式、觀眾的接受力，與作者對劇本所投注的心思，以及戲劇反映現實社會的特質上，進一步說明古典戲劇取材，之所以跳脫不出歷史故事與傳說故事的範圍的原因（見《中國古典戲劇論集・中國古典戲劇的特質》，聯經出版社，頁 37～40）。今觀沈璟現存六本傳奇，亦在此因襲的主流之中，不能免俗改編前人舊作的傳統。然而，能夠擺脫舊有題材的束縛，完全自出機杼之作，固是不易，即便是在前有可循的慣例下，由於體製的不同，作者在取彼就此的工夫上，也能見其在戲劇方面的表現。今為求敘述明瞭起見，每劇先言梗概，再論其題材之根本與後人的評價。

一、《紅蕖記》

　　《紅蕖記》傳奇共四十出。寫長沙人鄭德璘，往江夏探望表兄古遺民，泊舟洞庭湖畔，結織一賣菱芡老翁，兩人相談甚歡，德璘不知此人即洞庭龍王化身，並贈之以松醪。後韋、曾兩家分別乘船停泊於此，韋女楚雲並與曾家麗玉結為姐妹。適七夕之夜，兩人以紅蕖題字「七月七日采」投於水中戲耍，為進京應試之崔伯仁拾得。次日，德璘見鄰舟楚雲，大悅，題紅綃相贈，楚雲亦以紅箋回謝。次日，韋、曾兩船各自離去，韋家在風浪中盡歿於水，然龍王以鄭德璘之故，送楚雲再回陽界與之完婚。並言德璘日後將為巴陵縣令。不久，鄭往京師調選，果派至該縣。居官期間，適因審定曾麗玉母親食言悔婚一案，使得分別多年的韋、曾兩女再次相逢，並揭開當日由紅蕖而起的姻緣。鄭並鼓勵崔伯仁進京應試。崔果中探花而歸，與麗玉成婚。

　　本劇劇情，係採《太平廣記》卷一百五十二，定數七〈德璘傳〉增刪敷演而成。情節與本劇大致相同，惟崔曾一段姻緣好事多磨，乃沈璟所增加，為原小說所無。呂天成《曲品》謂：「……鄭德璘事固奇，無端巧合，結撰更宜。」王驥德更加以推崇言道：「詞隱傳奇，要當以《紅蕖》稱首。」（見《曲品》卷下）

二、《埋劍記》

　　《埋劍記》傳奇共三十六出，分上下兩卷，各十八出。譜魏州人郭仲

翔，字飛卿。叔父郭元振，封代國公。時南詔蠻作亂，圍姚州急，朝廷拜李蒙爲巂州都督，領兵征討。仲翔爲參軍，其義兄吳保安（字永固）掌軍中書記。仲翔隨大軍先發。臨行，永固贈以珊瑚鞭，仲翔以家藏寶劍答贈。軍至姚州境，主帥不聽仲翔言，連夜劫營，中敵計，大敗，李蒙逃遁，仲翔被俘。永固親往邊塞，探仲翔消息，備歷艱辛，卒得姚州都督楊安居之助，以官絹贖仲翔歸。時仲翔在蠻中已十五年矣。仲翔返魏州，固任彭山縣丞。永固夫婦相繼卒。仲翔至彭山攜其孤兒延孝，護喪返鄉，將寶劍及珊瑚鞭同埋永固墓。

　　本劇內容脫胎自唐人傳奇小說〈吳保安傳〉，該篇見載於《太平廣記》卷一六六，篇末注「出《紀聞》」，列於「氣義類」。王師夢鷗於《唐人小說校釋（上集）》〈「吳保安」敘錄〉一文中曾就該篇與唐代文史關係，以及《紀聞》作者牛肅及注者崔造生平，做詳細的考證（見該書，正中書局，頁 17～21）。吳保安於《新唐書》卷一九一列入「忠義傳」，清嘉慶中編纂《全唐文》，復收吳保安與郭仲翔之書札，而以二人行事，簡編爲小傳分載於書札之前，抑且其中關乎唐景雲至開元時代（約當 710～730）與南詔蠻又一度衝突，故夢鷗師以「其事之眞或僞，亦由於史家視本篇爲實錄或小說而定。」（同上，頁 17）沈璟改原作中「李將軍至姚州，與戰破之，乘勝深入，蠻覆而敗之。李身死軍沒，……」爲李蒙未勝，輕敵敗走。並添加郭仲翔家人、奴僕情節，意在使仲翔「士節」之氣更爲彰顯，言其來有自之故。同時加重原本唐傳奇中著墨不多的保安救友過程。《紀聞》一書所載內容，雖未脫志怪之餘習，而述及郭仲翔、楊安居、以及保安之妻，皆爲性情中人，是以沈璟取此，寫傳奇劇本題材，《曲品》云其：「描寫交情、悲歌慷慨。」其後馮夢龍以其事與羊角哀故事並列，重寫「羊角哀捨命全交，吳保安棄家贖友」（見《古今小說》卷七～八）。《遠山堂曲品》之雅品殘稿云：「郭飛卿陷身蠻中，吳永固以不識面之交，百計贖出，可謂不負生友。飛卿千里赴奠，移恤永固之子，可謂不負死友。世有生死交如此，洵足傳也。」

三、《雙魚記》

　　《雙魚記》傳奇共三十出，分上下兩卷。上卷十六出，下卷十四出，劇情敘述汴京人劉皞，幼與姑父邢公所生表妹春娘訂婚，以白玉雙魚爲聘。不幸父母雙亡，家業漸零替，邢公乃招生在家溫讀。旋與窗友石蘊玉同往大名

府謁父執文彥博。至大名，文方受詔領兵往討貝州妖民王則。生以世亂不能返鄉，在大戶留浩家教讀。時邢公率眷赴曲周縣任，曲周大亂，未入城，夫婦爲賊兵所殺，春娘被略賣人雲裡手賣入揚州妓院。生館於留大戶家，不合，往洛陽訪舊友王員外。王病歿，生復至黃州，擬投團練使蔣士林。至黃州城外，悉蔣已逝，乃往饒州擬投太守范希文，至則范已奉命往延安經略。時資用乏絕，寄寓之薦福寺，寺僧將拓寺中顏魯公書碑文贈生，售作川資。而以生曾題詩毀謗龍神，碑石爲雷轟碎。先，文公舉生爲江夏縣尹；留浩因與生之姓名同音，冒充赴任，途中爲范希文所擒。生又除授揚州司戶，揚州太守宋祈，與生善；司理即石韞玉。生抵揚，與春娘會合成夫妻焉。

本劇改編自元雜劇馬致遠《薦福碑》而來。《薦福碑》寫宋人張鎬數奇，寄居薦福寺，寺僧欲拓寺中顏眞卿所書碑文與之濟貧，夜半碑爲雷電所轟之事。沈作改張鎬爲劉皞；張浩爲留浩；揚州太守宋公庠爲宋子京；洛陽黃員外爲王員外，黃州團練副使劉士林爲蔣士林；張浩先授吉陽縣令，改劉皞先授江夏縣尹。邢春娘事，原本全無。

劇中所云薦福寺，究有或無，仍未有所定論。據明蔣一葵《堯山堂外紀》云：「饒州魯公亭在薦福山，山有唐歐陽詢所書薦福寺碑，顏魯公眞卿，嘗覆以亭，後人因名。」又考《一統志》云：「薦福山在饒州府城東三里，上有薦福寺，魯公亭。」又云：「薦福寺，元季燬，永樂間（明成祖）重建。」則似確有薦福寺與薦福碑。然清俞樾《茶香室三鈔》卷八記「雷轟薦福碑本無其事」一條云：「宋王明清《玉照新志》云：『雷轟薦福碑事，見楚僧惠洪《冷齋夜話》。』去歲，婁彥發機自饒州通判歸云：『薦福寺雖號番陽巨刹，元無此碑，乃惠洪僞爲是說。』然東坡詩已有詩曰：『有客打碑來薦福。』惠洪此書，距坡下世，已逾一紀，恐是先已有妄及之者，非洪之鑿空矣。」則又似無薦福寺碑，而爲後人妄說。觀此二種說法，前者於建碑之處，均有詳細記載。後者僅以婁氏之說證明無此碑，又無任何說明。且以此論定東坡詩中提及薦福碑之事爲受妄說之傳，顯然有以偏蓋全，失之於證據薄弱。然而該碑若確如《一統志》云：「永樂間（明成祖）重建。」何以清人婁彥發機自該地任通判歸，卻云無此碑？則不得而知。

薦福碑事，見宋釋惠洪《冷齋夜話》卷二所載，惟碑本歐陽詢書，而今作顏眞卿；打碑本范仲淹事，今則改作寺僧。其書生本未見名。《薦福碑》雜劇取歷史上人物張鎬（《新唐書》卷一三九）、宋庠（《宋史》卷二八四）作爲

本劇角色，然劇情則爲憑空臆造。沈璟改原作諸人之名，以示純出子虛烏有之杜撰。

四、《義俠記》

此劇敷演武松的故事，全劇共計三十六出。武松起先寄居滄州柴進莊上，雖已與賈若眞訂親，卻因身世飄泊，一無所成，遲未迎娶。後至郵城尋兄武大，途中以景陽岡打虎而爲都頭，並寄住武大家。嫂嫂潘金蓮不守婦道，勾引武松未成，後以王婆居中拉攏，轉與西慶通姦，並謀害武大，武松查明事實眞相，殺死一干奸夫淫婦，向太守自首，發往孟州服刑。在彼處與小管營施恩結拜義姓兄弟，以蔣門神強占施恩快活林，武松爲其打抱不平。蔣聯合張都監設計陷害武松，反被武松殺死於鴛鴦樓。後往梁山途中，於孫二娘十字坡店與若眞母女相逢。因此同往梁山完婚。眾好漢並接受朝廷招安，成爲宋室臣民。

本劇據《水滸傳》第二十二至三十回所描寫的武松打虎、武松殺嫂和醉打蔣門神、血濺鴛鴦樓等爲主要內容，爲了適合傳奇中生旦的故事結構，作者增添了原小說中所沒有的旦角人物——武松的未婚妻賈若眞，並穿插武松夫妻聚散離合的情節。對於武松的出身、教養，以及與柴進的關係，也都做了與原小說改變的更動，削弱了武松性格中叛逆的一面，且正面地肯定梁山英雄豪傑對朝廷的忠誠與報國心願。武松以歷經人間的劫難，最後被迫上梁山的過程，也與原作有所迴異。

五、《桃符記》

《桃符記》傳奇共三十出。劉天儀寓居遊汴京黃公店中，資斧俱罄，乃書春帖賣字，以償賃費；嘗書「長命富貴，宜入新年」二句於桃符，店家訂於門首。傅樞密令堂候官王慶代尋一妾。適裴青鸞一家因年荒至汴京投親未果，裴父病逝，裴母將女兒青鸞賣與傅樞密爲妾。未料傅妻雲氏善妒，命王慶殺青鸞母女。慶與府中軍牢賈順妻酈氏過從甚密，於是與之密商，酈氏言以己意商之於順，縱青鸞母女，取其釵飾，而誑慶云已殺青鸞。使慶詰其情狀，酈氏爲證，言實未殺而縱之，慶遂逼順作休書，以酈嫁慶。順知慶與妻之合計也，欲往告開封府尹，乃爲王、酈二人所殺，投後園枯井中。順之子啞兒目睹此狀，雖痛父，不能言也。青鸞母女出得賈家，半途失散。青鸞先至黃公店，爲店小二見色起意遇害，小二以桃符插鸞髮鬢，沉諸井。青鸞以

城隍告知日後與劉天儀有夫妻之份，乃與其相遇，把盞對飲，並唱和〈後庭花〉詞，天儀不知其爲鬼也。鸞母繼至，聞店中女聲，知爲青鸞，因叩門相索，女忽不見，唯見鸞所書詞及名姓尚留紙上，遂執天儀送府尹包拯，謂其私匿青鸞，時傳忠亦疑青鸞事，以王慶送尹。拯反覆勤問，又啞兒能語，遂使眞相大白。王慶、酆氏、店小二俱正法，青鸞以神丹救活，拯薦天儀授官，忠以青鸞爲義女，配爲夫妻。

《曲品》云：「《桃符》即《後庭花》劇而敷衍之者，宛有情致，時所盛傳。聞舊亦有南戲，今不存。」《後庭花》雜劇爲元人鄭廷玉所作。據羅錦堂先生《現存元人雜劇本事考》所舉例證，說明妒忌之言，蓋有所本（見該書，香港萬有書局，頁135）。然善妒之婦，古來有之，或未必如其所言：「蓋即影借此事。」此外，羅先生以《風俗通》、《荊楚歲時記》、《資治通鑑》等記載，證明以桃符插於門上，百鬼畏之。又以《宋史蜀世家》孟昶自題聯語於桃符之語，言「五代時，又於桃板上題聯語亦謂之桃符。」（同上）說明「桃符」之來源。鄭作以劉天儀與翠鸞唱和〈後庭花〉，故以後庭花爲名，而沈作以藉桃符而獲案，故曰《桃符記》。人名、地名均作更動（如改劉天義爲劉天儀、王翠鸞爲裴青鸞、趙廉爲傅忠、李順爲賈順、張氏爲酆氏、獅子店爲黃公店等）。鄭作王翠鸞乃是皇帝賜與趙廉，趙妻竟敢違逆聖旨殺之。沈作將其改爲傅忠命王慶主動尋訪，使妻雲氏生妒萌生殺機，不僅使得劇情發展較爲合理，另一方面也借此強調了夫妻之間的不合。其次傳奇加重裴氏一家的苦狀，增添了青鸞個人悲劇命運的色彩。鄭作體例是雜劇，主角僅限一人，故於李順處著墨甚多，在表現王慶仗勢欺人處有大段唱腔，但在傳奇中，如此情緒反應僅由一支曲文帶過（第十二出「賈順賄放」〔泣顏回〕）。兩者差異由此可見。雜劇最終以王慶、張氏、店小二伏誅、王婆見賞銀千兩，劉天義獲准免罪進取功名，冤死的王翠鸞予以建墳營葬。在傳奇中，青鸞以天意返人間，與劉天儀諧秦晉之好，顯然不脫傳奇大團圓結局的方式。

六、《墜釵記》

《墜釵記》傳奇共三十一出，內容寫揚州富人何防禦與宦族崔君爲鄰，交情甚厚。崔有子曰興哥，防禦有女名興娘，生同年月。四歲時崔君以金鳳釵一隻爲媒，爲兩人訂下婚約。後崔君遠宦，十五年未曾至防禦家中提親。防禦之妻以耽誤女兒婚事，欲另擇他人爲婿，爲女興娘所拒。興娘久候興哥

未至，患病而亡。臨終，言以金鳳釵聘物爲陪葬。兩個月後，崔嗣宗始至，知興娘已殞，哀痛非常，後居何家書房。某日清明，防禦舉家上墳，興娘亡魂附於妹慶娘轎旁，將金鳳釵墜於地下，爲崔生拾得。是夜，興娘亡魂假稱慶娘，與嗣宗相見，進而要求歡好。嗣宗不得已而從焉。至曉乃去，自是暮隱而入，朝隱而出。一月半後，僕人行錢發覺異狀，嗣宗遂攜興娘逃往呂呈城昔日家僕金榮家。不久，興娘與嗣宗一載冥姻期限已到，興娘謊稱思家，與嗣宗一同返回揚州故鄉。並以金鳳釵交興嗣宗，欲其先見何父，自己留待船中等待迎接。嗣宗到了何家，始明白一切眞相。此時慶娘並亦臥病在床，興娘乃附身慶娘，道出冥司允其與嗣宗一載姻緣之分，並言以妹慶娘續其婚姻，如從所請，妹病即痊，不然命盡此矣。嗣宗後於科舉取得功名，與慶娘成婚，興娘亦隨盧二舅往仙界修煉，永離紅塵俗世。

元雜劇中有無名氏所作旦本《薩眞人夜斷碧桃花》，故事內容敘徐端女碧桃，死後魂附其妹玉蘭之身，與張道南結爲夫婦事相仿。然該劇人名、地名、與故事情節，均與《墜釵記》有異。

此外，《剪燈新話》卷一〈金鳳釵記〉與《情史》卷九所載吳興娘與崔興哥之事，與本劇大致相同。（除興娘之姓與最後結局部份情節安排不同之外）可知《墜釵記》實本此故事再加數演而成。日人近藤春雄在《剪燈新話と唐代小說》一文中，從情節的構想，認爲〈金鳳釵記〉受唐人小說〈離魂記〉及〈枕中記〉影響，可供參考。凌景埏〈詞隱先生年譜及其著述〉「墜釵記」條云：「有康熙鈔本，（北平圖書館藏）分上下二卷。此記即《情史》吳興娘事，（劇本作何興娘）王驥德爲補盧二舅指點修鍊一節，以爲關目。」王驥德《曲律》卷四「雜論」第三十九下云：「詞隱《墜釵記》，蓋因〈牡丹亭記〉而興起者，中轉折儘佳，特何興娘鬼魂別後，更不一見，至末折忽以成仙會合，似缺鍼線。余嘗因鬱藍之請，爲補又二十七盧二舅指點修煉一折，始覺完全。今金陵已補刻。」是知沈璟《墜釵記》因湯顯祖《牡丹亭》而作，中有王驥德補入盧二舅指點修煉一折。後凌濛初所編《拍案驚奇》卷二十三有「大姐魂遊完宿願，小妹病起續前緣」節，即言興娘、慶娘事。今有葉懷庭《納書楹曲譜》外集卷二載「冥勘」、「拾釵」二折；《集成曲譜》振集卷三亦錄「冥勘」一折；王季烈《螾廬曲談》謂其時歌場所流行者，僅「冥勘」一折也（見該書卷四「餘論」，台灣商務印書館）。

第二節　主　題

從第一部份本事的分析中，已逆溯沈璟劇作中「其來有自」之處。且知沈璟在選取前人作品的時候，均做過或多或少修飾及圓潤的工夫，顯示出在同一故事中，劇作家所選擇表達角度的不同方式，其中隱含著個人不同的思想與態度。正如金榮華先生在《比較文學》一書第三章〈題材〉中所言：「……當劇作家採用另一種文學形式重寫一個已有的故事，無論是有意用自己的方法表現自己的重點外，也有一種是在有意無意間把故事作了增刪，在原有的故事中都會注入作者的理念。」（見該書，福記文化公司，頁 56）尤以跨越時代性的作品，差異更可見之。（如李慕白所譯《西洋藝術欣賞》：「每一時代的戲劇常常顯示著同時代的特殊思想，而劇作者個人的態度也同樣地顯示於他的作品中。」幼獅出版社，頁 5）劇作家耗盡心思，以長篇的文字鋪敘、創造出筆下諸多人物，其背後的用意都牽涉到主題的表現。不明主題，不僅文詞部份失去意義，更無法談及布局。由此可見主題在整部作品中地位之重要。

政大六十五年度中研所孫小英及七十三年度金聖敏二位碩士論文《沈璟與湯顯祖之比較研究》、《沈璟《義俠記》研究》，均提出對沈璟劇作主題方面的見解。前者歸納為揚忠、表孝、尚節、旌義、諷世五類（見該論文第四章〈沈璟與湯顯祖劇作之比較研究〉，第一節「主題」部份，頁 101～105）。後者則以《義俠記》一劇含前者前四項主題加以闡釋（見該論文第四章〈《義俠記》本事考〉，第二節「劇情主題」部份，頁 109～115）。今以仔細深究其內容，即知其中有許多觀點是傳奇角色類化所敷演的必然情節。而且忠孝節義的內容原為明傳奇中幾成泛爛的論調，這些僅僅只能算是沈璟劇作中素材的運用，不能成為代表其作品的特色。那麼，是不是誠如另一些對沈作大加撻伐學者們的意見，認為其作品目的無非是三綱五常的翻版、令人憎惡的戲劇教科書罷了？欲論其是耶、非耶，首先必須再回歸到作品本身的探討。由於情節是主題的合理表現，作者在劇中操縱他的人物目的是為了配合情節的急切需要，而所有的情節最後的目的是向主題集中。因此本文試圖從情節分析著手，探尋沈作現存傳奇主題的表現。大致可歸為下列兩方面：

一、天命不可違：以《紅蕖記》、《桃符記》、《墜釵記》等屬於此類。在《紅蕖記》中，鄭德璘與韋楚雲的婚姻、官宦的前途、免於風浪的沉船；韋楚雲一家的落水、楚雲的被救等都與天命有關。副線的發展也在洞庭龍王廟

祝占卜中應驗。《桃符記》裡男主角劉天儀的婚姻功名、與女主角裴青鸞的死而復活、與天儀成婚；旁線王、酆詭計揭發；輔線傅樞密認青鸞為義女等，無一不在城隍的指示下進行。同樣的，在《墜釵記》中，主線崔嗣宗的前程、姻緣，在第五出「謁仙」中經由盧二舅的口中道出，主線之二何興娘的生、死，與崔嗣宗一段冥姻，後修道成仙，遠離塵世，皆由冥司及成仙的盧二舅所主事。

在上述諸劇中，可以清楚地看見，對於封建男子一生中最重要的兩件事——即姻緣的結合與仕宦的前程，均在神明的預定之中。人間男女情愛的過程，也都事先通過神明所謂的「批准」與「安排」。沈璟均將此類情節置於前面部份，使得後面劇情發展，幾乎有意地順應「仙」、「神」所言。人間有不平事，亦難逃天理的制裁。作者對宿命論的觀點十分肯定，並藉著這些觀點說明一個人應該明瞭自己應有的本分，常存「敬天、畏天」的心態，天人方面的關係是處在一種和諧的狀態。

台大六十五年度中研所許惠蓮碩士論文《紅樓夢劇曲三種之研究》中，曾就一般傳奇情節的運用，總結為借鬼使神、因果報應說及命定論三項（見該論文，頁 18～19）。許先生以此三者為「常見的惡套，若在喜劇中出現，便破壞喜劇之興味；若在悲劇中出現，便剝奪觀（聽）劇者對劇中人物之同情，使悲劇效果大打折扣。」（同上，頁 18）其理由在於破壞了戲劇發展最重要的因素——「懸宕」，亦即衝突；劇的衝突既然被削弱，所予人的吸引力自然也就相形見絀。

撇開戲劇衝突不言，許先生指出「借鬼使神」、「因果報應說」及「命定論」三種情節均出現在沈作當中。而前二項又可以看出是自第三者輻射而出。因此張庚、郭漢城所合著的《中國戲曲通史》第二集第八章〈崑山腔的作家與作品〉裡談到沈璟的部份，對其作品在主題思想方面，有以下幾點評語：

以《紅蕖記》而言：該書認為「《鄭德璘傳》把洞庭府君塑造成一個傲然有俠氣，喜怒哀樂一如世人的龍神，並且讓他在鄭、韋的愛情上揚起著促成的作用；《紅蕖記》則把洞庭府君描摹成一個具體執行上天意旨的龍神，用他體現了生死、離合概由天定的思想。……」（同上書，丹青出版社，頁 2～117。以下凡選錄該書內容部份，均只註明頁數），並舉該本第十七出劇情為例，說明「……與《鄭德璘傳》所強調的人情勝過天意，在態度上是有根本

分歧的。」（同上）

其次，以《雙魚記》與元雜劇《薦福碑》主題相同，「借韋（按：應為「劉」）生坎坷之狀，來宣揚禍福無常、善惡有報。邢春娘的副線，固然是由於傳奇體制的需要而增入的，不過她的流落風塵，以及最後與劉皥團圓，也沒有逾越這種思想。」（頁2～117）

第三、在談到《桃符記》敷演元雜劇《後庭花》時，以前者輪迴果報的內容，削弱與沖淡了後者本具有批判統治者的凶殘、橫暴，暴露社會秩序的混亂，以及歌頌包龍圖的智慧等積極因素。（頁2～118）

第四、認為《墜釵記》是以姻緣由天決定為其思想綱領。（頁2～118）

最後總結道：「……總之，《紅蕖記》、《雙魚記》、《桃符記》的主題思想，無非把生活中發生的一切事件——無論離合、禍福、生死，都歸之於鬼神的意志，生活不過是天意的再現。」（頁2～118）

上述兩人所論的觀點，其中第三、四兩項尚稱中肯，結論也是可以被接受的，然而對《紅蕖記》與《雙魚記》的推論似乎有欠允當。以《紅蕖記》而言，張、郭二人對洞庭府君的看法是正確的，但提及唐傳奇〈德璘傳〉的全文精神表現是「人情勝過天意」，在以下兩方面顯然有無法自圓其說的地方：

（一）〈德璘傳〉現收入《太平廣記》卷一百五十二，歸為定數類，果如二人所言，則「定數」二字將如何解釋？

（二）所謂「人情勝過天意」，恐是指原文中「……詩成醊而投之。精貫神祇，至誠感應，遂感水神，持詣府君。……」但這一段文字《紅蕖記》中並未省略。洞庭龍神依舊「在鄭、韋的愛情上起著促成的作用。」此外，在〈德璘傳〉中，龍神同樣預言著鄭的官運前途。而鄭在發現崔希周所題〈芙蓉詩〉，明瞭這一段姻緣際會的巧合後，接著的一段文字：「……德璘歎曰：『命也。』然後更不敢越洞庭。」依舊不出在命定論的思想中。

另外，在談到《雙魚記》邢春娘的副線發展，也與「宣揚禍福無常、善惡有報」的主題有關，是不能令人信服的。此部份將留待後面詳細說明。

二、確定三綱五常所制定之社會秩序與結構關係，為個人立身處世的原則，這種原則不應因客觀環境的改變而改變。此類劇可以《埋劍記》、《雙魚記》、以及《義俠記》為代表。如《埋劍記》中主線之一郭仲翔身陷胡虜，情願犧牲生命，堅絕拒降。後為了顧念母親、妻子，不得已委屈求全。甘願在

異域爲奴，以俟機脫逃。主線之二吳保安爲救友，不惜拋家棄子，獨自在嶲州境內，經營十五年之久，最後得姚州楊都督資助，終於贖出郭仲翔。輔線之一的郭妻顏氏，在得知丈夫戰死的誤傳消息後，矢志守節，且侍奉患病的婆婆，不惜割股療親。《雙魚記》中，主線之一的男主角劉皞，爲了求取功名，歷盡艱辛，卻不氣餒，途中雖因諸多不順，幾欲觸槐自盡，但經長老勸慰後仍往京發展。主線之二女主角邢春娘，自幼與劉皞定親。後在動亂中，父母遇害，流落他鄉，輾轉被賣、墮入煙花，卻依然持守貞潔。《義俠記》裡武松，先是爲兄殺嫂、觸犯刑法之後，他仍然願意接受法律的制裁，往孟州服刑，並婉拒宋江力邀聚義厚意。後在孟州結識小管營施恩，以其意氣相投，爲施恩打抱不平，接著便發生醉打蔣門神與血濺鴛鴦樓事件，武松在迫不得已下終上梁山。最後以接受朝廷招安，終遂梁山諸人心願作結。主線之二女主角賈若眞與母親受盡奔波之苦，然一心期待武松的迎娶。旁線潘金蓮與輔線的張都監等人以不守婦道，存心不良，最後終於導致殺身之禍。輔線的梁山眾人自始不改對朝廷的信心，最後得受招安，還其清譽。以上各劇中男主角都是飽讀詩書、爲爭取功名的讀書人，但是當他們爲了這個目標向人生的道路邁進時，一旦客觀環境發生改變，面臨道德選擇的刹那，他們會自過去的歷史或所學習的經書訓誨中，追求一個適當的行爲典範，作爲自己所應扮演的「角色模式」，沈璟在此提供了可供參考的標準。

　　另外，在舊社會制度之下的女子也是一樣；無論是《埋劍記》中的曾氏，或是《雙魚記》裡的邢春娘，以及《義俠記》的賈若眞，他們遵守著「父母之命，媒妁之言」的婚姻制度。這些既定了的行爲規範，是支持著她們忍受與丈夫離散的悲哀，並發揮患難見眞情的執著（如《埋劍記》中的顏氏）；或者她們對癡情的初衷，並非建基於對男主角的相知相許，而是「從一而終」的心志，使得她們因自己的美色抵禦強豪的蹂躪、忍辱偷生、苟全性命於亂世。

　　從上述可知，沈璟劇作的主題表現爲兩類；一爲接近宿命論——即上天制定人間的秩序；二爲個人須對自己立身原則執著——亦即人間秩序的維持。曾師永義在探討中西戲劇的基礎不同時，曾云：「……西洋戲劇是以人生哲學爲基礎，表現人生內外在的各種層面。而我國戲劇起於民間，以倫理教化和喜慶娛樂爲目的。……而且題材更相沿襲，尤缺乏時代的意義；因此所表現的最多不過是一些傳統的宗教信仰和儒家思想。」（見《中國古典戲劇

論集・中國古典戲劇的形式和類別》，聯經出版社，頁 9）可知「宗教信仰」和「儒家思想」原本普遍存在於中國戲劇中，因爲前者自有其時代因素，後者乃植基於當時的社會基礎上。因爲在封建制度之下，個人生活的行動是遵循著既定的行爲模式，尤其從其筆下男女主角人物的家世背景，必然會經過如此的成長過程。然而宿命論的想法原是一種一元化的理論，後者的人生處世又多在三綱五常的框架中打轉，所選用的題材偏於絕對，遂使得整個作品陷入保守嚴肅的氣氛，蒙上教條的陰影、深爲後人所詬病，這一點是頗爲可惜的。

第三節　文　詞

　　戲曲語言與日常生活的口語有別，前者必須自後者做一番提煉的工夫，然後以之展現戲劇衝突，表現戲劇行動，刻劃戲劇人物，渲染戲劇主題，而且也是劇中溝通的工具，將劇作者的意思傳達給觀眾。戲劇不同於小說，當其演出時，並無任何旁白爲觀眾敘說劇中人的性格、心理、經歷、乃至周遭的環境；同時，觀眾也無法在現場表演的時間中暫做停頓，去思索或考量前面的對白，因此，曲白的描摹，不僅十分重要，亦須兼具直接的了解性。在這方面，沈璟自謂：「鄙意好本色」（見王驥德《校注古本西廂記》附《詞隱先生手札二通》）；及明・呂天成《曲品》卷下云：「先生自謂：『字雕句鏤，正供案頭耳。』」明顯地樹立著其作品文詞的風格。「本色」的概念原自詩論而來，唐代的詩人們經過創作實踐的長期探索，提出一種景慕天然、追求質樸的審美情趣。宋人嚴羽以「本色」一詞概括此種審美情趣，徐渭在《南詞敘錄》中即標舉著宋元南戲「有一高處，句句是本色語，無今人時文氣。」沈璟承繼了此種理論，其所編《南九宮譜》所選的七十多個戲曲劇本，大部份爲「宋元舊編」及明初南戲。而從《琵琶記》及「荊、劉、拜、殺」等五種著名南戲中擷錄的曲文就有三百多首，約佔全部例曲的五分之二。今從其所收曲文的批語中可見其「好古」之辭的傾向：

　　　　此曲質古之極，可愛！可愛！（《臥冰記》〔古皂羅袍〕眉批）

　　　　句雖少，而大有元人北曲遺意，可愛……。（《王煥傳奇》〔薔薇花〕眉批）

　　　　用韻雖雜，然詞甚雅。……（《錦香囊》〔湘浦雲〕眉批）

用韻甚雜，但取其古而得體耳。……（《風流合三十傳奇》〔白練亭〕
眉批）

對於在他本身創作的過程中，今從後人對《紅蕖記》的評語而來，亦知其對
「本色」依歸的轉變：

曲白工美。……先生自謂字雕句鏤，正供案頭耳，此後一變矣。
（呂天成《曲品》）

紅蕖詞極贍、才極富，然於本色，不能不讓他作……（徐復祚《三
家村老曲談》）

此詞隱先生初筆也。……先生此後一變爲本色。（祁彪佳《遠山堂
曲品》）

沈璟提倡「本色」的用意，乃是自戲劇本爲「場上之曲」的特性出發。著重
以樸實易懂的文字，刻劃人物的情感，推展戲曲情節，其目的在求直接訴之
於觀眾。

張庚、郭漢城先生合編的《中國戲曲通史》第二集第八章〈崑山腔的作
家與作品〉時，談到沈璟的「創作方法論及其藝術實踐」中，以《埋劍記》
第十一出「計失」中，兩支由探子所唱〔出隊子〕及〔刮地風〕的曲文，乃
直接襲自元雜劇；並舉《義俠記》第七出「設伏」中，描寫王婆與鄆哥打鬧
的兩支〔撲頭錢〕曲文，認爲沈璟所提倡的「本色」主張，是「從形式出發」、
「取貌而遺神，甚至發展到一味摹勒家常語的地步。」是「以一種偏向代替
了另一種偏向」。並舉呂天成《曲品》與凌濛初《譚曲雜箚》之言以證之（見
該書，丹青出版社，頁 2～122、123）。

張、郭二人所舉曲例，皆非出自傳奇主要角色之口，所謂「生旦有生旦
之曲，淨丑有淨丑之腔」，李笠翁劇論於「詞采」中曾指出「極粗極俗之語，
未嘗不可填詞，但宜從腳色起見。」「如在花面口中，則惟恐不粗不俗，不涉
生旦之曲，……當有雋雅從容之度。」曾師永義在〈評騭中國古典戲劇的態
度和方法〉一文論及曲文部份也提到「蓋高明的作家，必能隨物賦形，無論
本色或文采，都能恰如其分。又戲曲應當沒有不可用的語言。」曾師並提出
五項標準，其中第一即爲「述事如其口出，充分表現人物的身份和性情。」（見
《說戲曲》，聯經出版社，頁 17）此即就人物身份論之，以證明張、郭二人對
沈璟的誤解。

第二點再就聲情而言，《埋劍記》第十一出「計失」中，沈璟以北曲〔黃

鐘・醉花陰〕熟套寫探子報告前方軍情經過。其用意在取北曲伉爽之特質，寫其戰爭背景之場面，並無不可之處。再者撲頭錢本屬淨丑粗曲，彼時正處於爭執場面，且王婆、郵哥均屬市井人物，自然口不擇言，本無可厚非。此外，張、郭二人並引凌濛初《譚曲雜箚》中對步追吳江的作家言：「以鄙俚可笑爲不施脂粉，以生梗雉率爲出之天然……」是知脂粉當敷以面施之面，若東施則有效顰之嫌；且以「生梗雉率」四字評語，實尤欠允當。

此外，孫小英碩士論文《沈璟與湯顯祖之比較研究》第四章第四節「詞采」部份，將沈璟現存劇作與湯顯祖「玉茗堂四夢」的曲詞互相比較，共列出六項。其中第二淒悲涼者，以湯顯祖《紫釵記》第三十三出「巧夕驚秋」與沈璟《義俠記》第十五出「被盜」並列，認爲沈作寫情處，「未若《紫釵》之哀思宛轉，悲切可人也。」；第三「懷春慕情」者，以湯顯祖《牡丹亭》第十出「驚夢」與沈璟《紅蕖記》第三出相較，得其結論爲：「璟作與之相較，詞藻亦秀麗可喜，綺思艷發，第無甚餘味，不如湯劇遠矣。」在論及沈璟寫情曲文中，有藏五音八音者，並引王驥德語，認爲不及顯祖筆力。在第四「離情別恨」中，以《紫釵記》第二十五出「折柳陽關」與《紅蕖記》第二十四出相較，沈不如湯（以上見該論文，政治大學中研所碩士論文，1978年，頁124～128）。

以上孫小英所指四處，表面看來，似乎言之鑿鑿，然仔細深究之，即能明白該論文忽略了曲文所反映出角色的內心情，如：

第一、就孫小英在第二類「淒清悲涼」中所列，《紫釵記》第三十三出「巧夕驚秋」，霍小玉在七夕，懷念遠去的情人李十郎。在此之前，霍小玉與李益，由陌生到邂逅，以至彼此相許，都曾共同擁有過一段纏綿的感情，一旦分離，再加上彼此身份的懸殊，犯著社會上會男女結婚的大忌，小玉雖然孤注一擲的執著，然其內心也十分明白所處的難處，因此發而爲詞自然「哀思宛轉、悲切可人」。

而《義俠記》第十五出「被盜」中，武松未婚妻賈若眞與母親於中秋節賞景，賈母一心指望女兒早日成婚，以了心願。若眞在旁勸慰母親。二人淒涼感懷有所不同，自不可相提並論。

第二、孫先生以《牡丹亭》第十出「驚夢」與《紅蕖記》第三出「懷春慕情」作比較。前者杜麗娘與丫鬟春香共遊後園。這位「生於宦族、長在名門」之女，因久禁錮家中，偶見園中之景，想及「年已及笄，不得早成佳

配」，不禁觸景傷情。而後者乃韋楚雲於漫長旅程中結識鄰船之女曾麗玉，兩人藉紅蕖互相玩耍，全出充滿歡樂氣氛，從曲文中可以感受出那份輕鬆快活之狀，與杜麗娘之「纏綿悱側，動人心絃」自然不同。

第三、沈璟《紅蕖記》中所謂五音八音的曲文，當指第七出韋、曾兩家姐妹共訴傷春惹緒的情懷。沈璟在此別出心裁，一洗曲文中早為人們所慣用的情、愁、淚、夢等字眼，以五音樂曲聲情，暗喻人物內在心情的悲苦。以八音之名自喻脆弱的形骸，捱不得人世的磨纏，經不起歲月的流逝。在詞壇一片綺麗的文風中，此舉可算是別出一格，而同收抒情感傷之效，讀之並無甚「不合之處」，王氏評語未免失之主觀。

第四、孫先生所提之湯、沈二劇比較，前者霍小玉與李十郎為情人分離，後者鄭德璘與韋楚雲屬新婚夫妻的小別，情境不同，自然如孫先生論文中所言，前者表現較委婉曲折，後者的牽愁引恨心緒，較為直接。如果鄭、韋曲文，亦如李、霍之詞，所予人印象不免矯柔造作，徒逞作者才情罷了。

戲劇的內容是靠曲文與賓白來推展，並敘述客觀環境與主觀內在情緒，而由各門角色道出，因此曲白當是二者的綜合表現；在風格上，因角色不同有所分別。以下分別就此兩部份，就沈作中具有代表性的例子，探討其如何用戲劇語言表現人物之間的關係，反映動作的進行，指出人物內在的事件，透露人物的痛苦，成長與意志的衝擊。

一、曲　文

（一）淒清悲涼

首先，在《紅蕖記》第二十六出中，鄭、韋新婚不久，鄭德璘往長安調選，時逢黃梅時節，韋楚雲觸景傷懷，回想浮生飄萍，椿萱見棄與哀怨情緒的交織，躍然紙上，以仙呂集曲〔二犯月兒高〕與〔醉羅歌〕循環疊用組套寫此一情景，讀來字字入情，句句是淚：

〔二犯月兒高〕（旦唱）宿水依篷舍，浮煙泛萍野，奈霜重靈椿悴，恨春入飛花惹索性，當時不遇帝君赦重泉，免得把嚴親捨。今日箇縱有曹娥將誰依藉。爹你仙骨已應賒，怎能勾人世輪迴，也是恩光照長夜。

〔醉羅歌〕（淨唱）奶奶你看春盡春盡花俱謝，雲擁雲擁月全遮，對月看花謾咨嗟，總難把桑榆借，椿庭誰伴松耶柏耶？蘭閨想像，非

耶是耶？休教憶得心兒趁沈江，恨空自結鯨波，千丈再難涉。

〔二犯月兒高〕（旦唱）追想風濤壯，娘兒共勞攘，猶記神明事，存歿通靈響，索性教奴齠齔卻先喪。當時免得見親鞅掌，今日箇反哺慈烏無由終養娘，萱茂苦經霜。怎能勾勉強忘憂，再得庭前笑相同。

〔醉羅歌〕（淨唱）一生一死多磨障，思今思昔見衷腸，但萬里難逢返魂香，況水府也如天上萱堂，憔悴儼若未亡，蘭舟寂寞怳若在傍，猶喜庭幃地下常相傍，烏啼處惹恨長，還愁罷轉淒涼。

另寫曾麗玉為母所迫，逼良入娼的苦狀，如第十五出：

〔三仙橋〕死別的應難再遇，生離的在何處。只怕我自軀弱小，怎當愁萬縷，白日間強把光陰度。又早是黃昏對景長嘆吁，女伴行誰寄斷腸書，紅牋上錯寫牽愁句。〈采蓮曲〉做了送爹行的悲歌楚歙。罷罷罷，只得拼捨下這病身軀。向夢裡尋將他去。苦呵，我縱不去惹閒情，怎割得姐妹們的情緒。

〔普天樂〕（小旦唱）我那親娘呵，罵得我口難開，打得我身無措，也只得抵死相推阻，恨沒箇弟兄當戶，一家兒只有母子相扶，客路裡遭欺侮。若爹爹在日，怎見如此苦，只苦一朝沒子親慈父。……

以今日居悲哀的處境，追想前日的歡樂，濃厚的今昔之感令人覺得浮生若夢，恍如隔世。**聲聲淒切，倍感傷神。**再如《埋劍記》第三十五出「埋劍」：

〔雙調新水令〕（生唱）則見那野狐爰兔動成行，嶺猿啼老松枝上，我這里生芻將絮酒，他那里孤塚隱白楊。不能勾築室居喪，怎慰得夜臺下故人望。

〔北雁兒落帶德勝令〕（生唱）羞殺我祖生鞭折挫多，孤負你秦人策胸懷壯。不能勾向燕然共勒銘，說甚麼凌煙閣雙圖像，幾時見白虎臥高岡，只落得紫氣獄中藏抵多少延津躍，怎消磨斗畔光騰驤，料虎氣須直上飛揚，算龍精難久藏。

〔北收江南〕（生唱）呀！再休題談兵說劍覺神揚，端的是人琴子敬已俱亡，哭教他地老共天荒，把雙眸緊藏，亂紛紛其實怕見那輕狂。

〔北沽美酒帶得勝令〕（生唱）搵不住淚幾行，搵不住淚幾行，服

不盡俺心喪。猛聽啼烏倍慘傷，鎮眼思夢想。想魂氣正飄颺，騎
箕尾似商家賢相噴怒濤，似吳邦良將，首陽山夷齊相傍，休羨那介推
綿上。我呵，見了些月光在屋梁，恍疑兄在眼傍，呀！禁不得千般
惆悵。

寫郭仲翔至故友吳保安墓前埋劍痛悼，其聲情慘痛，聞者爲之酸鼻。本出使
前面描寫吳保安不懈救友的行動得到回應，以聲情磊落、思致纏綿的曲文，
刻劃患難友誼的珍貴。再看《義俠記》第三十二出「挂羅」，武松血濺鴛鴦樓
後，踰城而走的心境：

〔江兒水〕（生唱）我來本是英雄漢，未去收成名利場。被天翻地覆多
磨障。殺得地慘天愁伸冤枉。離了天關地軸纔疎放，奈心急步行不上。
（看科）兩腿酸疼，猶恨無端喫棒。

後武松終於與妻子及岳母，隨梁山等人上山聚義，眾人馬上將行時唱道：

〔甘州歌〕（三旦、丑同唱）村妝適體輕，問玉人何事輕離鄉井，爲
逐雞乘鳳。只索向路途馳騁，（老旦、正旦）愁中日月籠中鳥，身外
乾坤波上萍，（合）蒼山遠、班馬鳴，春風誰見綺羅情。狐狸語、豺
狼爭，忍聽山鳥自呼名。

前者情感裡蘊藏著憤慨、後者遣詞沉著悲壯，表達出梁山眾人入夥之無奈。

王安祈先生在《明代傳奇之劇場及其藝術》一書的餘論中曾經提及：
「……蓋衝突的當頭，在一片倉皇危難中，很難安插大段唱工，只能利用粗
曲或簡明快速的身段，以配合緊急之情勢，而事過境遷後的追憶緬懷，則可
儘量利用悠長緩慢的曲調，配合繁複的身段，以抒無盡之情。」（學生書局，
頁 363）綜觀前面所舉三例中，都是在最驚險的突發事件後，由身歷其境者，
以大段唱腔道出無盡的、深沈的憂思悲情，予人落寞淒涼之感。

（二）懷春慕情

傳奇多是以生旦角色爲主，而才子佳人的結合又往往是劇中男女主角的
結局，因此，無論是自由結合或赤繩繫足，描寫懷春慕情的曲文則顯得十分
普遍。《紅葉記》爲寫因紅葉而起的兩件姻緣，故生旦抒情場面甚多，綺麗情
思之曲觸目皆是：

〔五供養〕（旦唱）你覷那風魔忒罕，我欲避還憐，欲看羞顏。只恐荻
花頭頓白，楓葉淚成丹，愁苗自產。更不被霜威相扦，（背唱）君還
相訪易，奴爲出來難，挫過花星似浪萍分散。

〔江兒水〕（旦唱）惜別心能醉，聞歌意未闌，行吟的應也憐長嘆。料他眼底愁惝恍，全憑句裡情絲攣，似孤雁呼群江岸，不肯停栖，細把寒枝都揀。（第十出）

〔四時花〕（生唱）想他春態暗關情，這眉間恨心間事特地難平，卿卿凌波步懶心自迎，低鬟斂眉含笑驚。坐來時百媚生，輕垂羅袖玉半傾，（白）看那釣和釣絲呵，分明是鍼線引不住停，恍惚見赤繩促急裡憑誰拴定，卻是竿影帶影絲影手影香影。

〔前腔〕（旦唱）睡起不勝情，見舟中客把胸中悶一霎都平。憐卿憑欄眉語神暗迎。我嬌多幾番魂似驚，不由人愁又生。有心和你將肺腑盡傾，只怕風帆霧槳不暫停。今夜彷彿對玉繩，怎得似雙星期定，趁雲影漢影山影水影船影。

〔集賢賓〕（生唱）他嚴妝嫩臉花正明，向薄綺疎櫺、一似奇葩臨寶鏡。你這偷花手段須輕，今夜江空月冷，怕甚麼漁燈相映，我愁坐等，怎做得輕舉飛瓊。

〔簇御林〕（生唱）把漁磯畔當雀屏，七言詩願結百歲盟，紅綃料比牽絲勝，論這萍水相逢呵何用把冰人倩（旦沈生吟科）覷娉婷魂迷色動，應解惜惺惺。……

〔前腔〕雖沒有芙蓉褥雲母屏，這紅殘已訂玉版盟，含情疊做同心勝，我將這釣竿投去呵何用把雙魚倩（生做旦窺科）（旦唱）愧娉婷只有蘭襟蕙思脈脈自惺惺。（第十四出）

寫鄭、韋兩人由「驚遇」到互贈紅綃紅絲作為定情過程，風流柔媚，情意纏綿，文字又十分細膩。再看《雙魚記》第三出「觀魚」中，邢春娘與丫鬟梅香之間的一段曲文：

〔黃鶯兒〕（旦唱）良璧產藍田，倩良工妙手鐫，似鰜鰜比目緣非淺，天那，願他金魚在懸，荊玉比肩，桃花浪暖迎頭變，漫縈牽，素書怎寄形影自相憐。……

〔前腔〕（小丑唱）你心在阿誰邊（旦急藏玉魚科）呀、蒨桃，我沒有什麼心事（小丑指旦袖科）看你那玉魚兒怎護前（旦）罷罷百忙中卻把芳情顯，伊若漏言或妄傳（笑唱）教我女孩家何處藏羞面（小丑笑唱）敢輕宣，你得魚以後休得便忘筌。

　　〔簇御林〕（旦唱）家星散，自無全，想文章未有權，龍頭空自臨淵羨，_{恐辱}抹了金屏選，（合）願天天須教綠鬢早晚中青錢。

　　〔前腔〕（小丑唱）你紅鸞近_看彩鳳聯，算花神漸有權，愁端好把金刀剪，_{休教}減玉體鬆金釧（合唱）願椿萱天長地久，張主百季緣。

梅香的淘氣與天真爛漫，以及春娘的嬌羞靦腆，寫來清新可喜。再看《墜釵記》第三出「閨怨」；何興娘與妹慶娘共遊花園賞景一幕：

　　〔綿搭絮〕（正旦唱）芳心無賴，玉冷曉妝臺，撫景徘徊，_{怕見那}風雨年年長綠苔（小旦唱）覰瑤堦花信相催，正好去尋芳拾翠，消遣情懷，姐姐你爲甚麼翠黛慵描，兩道春愁掃不開。（正旦）_{嗨妹子我有甚麼春愁掃不開。}

　　〔前腔〕（正旦）香塵輕踹、半露弓鞋、淺印莓苔，只見那風暖池塘綠皺迴。（正旦池內照介）呀髻兒歪，_{驀地相挨，這的是}晝長人靜不奈幽懷。（小旦白）_{姐姐，我看你這般光景，莫非心動了。}（正旦白）_{嗨妹子便做到錦帶圍寬，我一點寬心怎放開。}（小旦唱）勸你一點春心且放開。……

慶娘道出興娘的「春愁掃不開」，而興娘本身卻未察覺，及至自池水映出個人容顏後，才感受到自己的「不奈幽懷」。並以綠苔暗喻心中之苦，配合低迴極致越調過曲〔綿搭絮〕，更能表現其委婉含蓄的內心愁緒。

（三）離情別恨

　　先光潛先生在談到悲劇時指出：「對悲劇來說，緊要的不是巨大的痛苦，而是對待痛苦的方式。」（以上見《悲劇心理學》，開明書局，頁207）陳世驤先生亦於〈中國詩之分析與鑑賞示例〉一文中指出：「有的作品雖然勉強冠以大團圓的結局，但仍然無法掩蓋的住全劇深刻的悲劇色彩。」我國戲劇性質雖不能用悲喜二字截然劃分，然而在都以「大團圓的結局」之下，中間亦不乏刻劃人物「對待痛苦的方式」，因爲現實人生中，缺陷遠較美滿來的多。從以下所舉的諸創刊中，可看出作者在這方面遣詞造句的慧心：

　　〔榴花泣〕（旦唱）南山精衛多敢是前身，愁似海怎能湮。我難邀玉帳李夫人，鮫珠在掌空自泣波臣。從前再忖尾生期。悔不將身殉，_{縱難同澤畔行吟，也應如洞庭傳信。}

此寫鄭德璘初聞韋楚雲溺水惡耗，內心十分悲痛，遂作〈弔江妹詩〉以表哀

情。曲文多用典故，然運用貼切，無堆砌之嫌，從其中可見其哀婉淒絕之美。另外再如第十七出中，韋楚雲於洞庭水府辭別父母的一段對唱：

〔尾犯序〕（旦唱）羞恨不能禁，悔殺前番無故攊審，兒女情投怕爹娘逼臨追謎。都只爲盟山誓海，拋閃下溫衾扇枕。兒今去人間，水底消息兩沉沉。

〔前腔〕（末唱）誰能海底去撈鍼，豈料我兒重脫深浸。牛女佳期，恨爹娘商參休悋，忘水府恩山義海戀人，世餘衾剩枕。兒今去應知法網，莫犯此森森。

〔前腔〕（老旦唱）孩提從到今，愛惜眞如掌上奇珠。一旦相拋怎不教爹媽傷心沾襟。阻隔著愁山悶海，不見你鴛衾鳳枕。兒今去爲親祈禱，莫使久陰陰。

人世間眞正的悲情，莫若骨肉別離場面。重逢之日難尋，死別則後會無期。陰陽兩隔，幽冥異途，不僅曲文愁慘，加以「高亢不和」的〔尾犯序〕協侵尋韻曲唱出，亦顯其悲苦，再如《埋劍記》第十出「後發」：

〔啄木兒〕（小旦唱）你不願家貧寒、兒幼年，萬里長征何日轉。撇下俺母子淒涼，況値著逆旅迍邅。盼不到雁書幾時乘風便，搵不了客途畏人思鄉遠，且休誇幕中三語椽。

〔前腔〕（小生唱）我交期定客興偏，說不得追隨塵路遠。孩兒平日與你怎說來，大丈夫將淚眼酬恩，肯把那鐵心空軟。（丑白：你這鐵心腸的，在外倘有些疾病，誰來疼來）（小生唱）噯假如在偶然遭風眩，三朝五日不發汗，卻不道病死爭如能死邊。

〔三段子〕（丑唱）你更無宛轉，出行時胡言淚言，只怕去也枉然，那時節呼天怨天（小旦唱）母親但將好言相勸，蒼天倘若從人願，那時紫誥香車卻不貴顯。

本處爲吳保安欲赴前線參戰，妻兒們的不忍相離。作者以不同方式處理三人面對此一情況時的心情。吳延季年幼，嘆父親遠離，無人依傍。然保安去意已決，只得強忍悲痛。以丑角扮保安之妻，出語率直，卻不失眞性情流露，正與前出「前驅」對照，同寫骨肉分離，皆有動人之處。

此外，第二十五出「邁奴」中，以生末對唱五支雙調過曲〔銷金帳〕，寫郭仲翔戰敗被俘，流落異域，逃脫未成，輾轉再賣，身心所承受比鐵煉更痛

苦的磨折，隔著更鼓的單調節奏，經由主僕二人口中唱出，鮮明地讓讀者感受到那種內心深處淒絕的哀號。

而《墜釵記》中離情別恨部份的描寫則更俯拾皆是。何興娘離開塵世時的含恨告別，但她的恨並沒有隨著死而結束，當她再面臨到第二次與丈夫、親人分離時，情緒上的起伏就顯得更為強烈。從曲文中（第二十四出「舟話」、二十六出「鬼媒」、二十七出「魂訣」），讀來令人盪氣迴腸，本劇雖以大團圓方式做結，然卻無法掩蓋的住全劇深刻的悲劇色彩。

（四）感嘆不遇

此部份描寫劇中男主角仕官未顯之前的窘境，或苦於有志難伸；或礙於父母要求，面對不可知的未來憂心忡忡，如《雙魚記》部份：

〔催拍〕（小生唱）看青雲誰憐布衣，混紅塵偏難遇知，念文公是父執，孔李通家幼提攜，管鮑同心休戀臨岐。

〔前腔〕（生唱）我岳翁休嗟遠離，我尊姑不須淚垂，念窮交有幾，行路悠悠，知我其誰，那文相公呵世誼殷殷忍不瞻依。

〔水紅花〕（生唱）十季書劍任飄蓬，被天公將人搬弄，（小生末合唱）晴雲如絮惹低空，領春風遊韁雙韉，好把愁懷撇漾。不必問塵蹤，休言銘契竟無功也囉。（第四出「秣馬」）

尚有第十九出「泣歧」全北曲文字，由劉暉一人唱出內心積鬱感慨，更見蒼涼悲壯。

此外，《義俠記》裡第二出「遊寓」及二十一出「論交」中，都各自有一段敘述武松與梁山等人對時世的感懷：

〔玉芙蓉〕（生唱）塵埃跡未彰，天地身何往。嘆窮途青眼更誰相向。噯不平氣吐虹霓上，報德心懸日月光。（合）年方壯，論男兒當日強，漫學他楚囚悲憤淚沾裳。（第二出「遊寓」）

〔錦堂月〕（小生唱）黃菊初繁（末唱）清樽正滿（眾同飲唱）秋來暢懷無限，落帽粗豪誰言未若龍山。愛疏林雨後丹楓，想故園霜前白雁（合唱）時難挽，願取黃榜招安，為國除患。

〔前腔〕（淨小旦唱）大哥我兒悍寶劍生寒，雕弓恨軟，誰堪採菊憑闌。士飽秋高，旄頭夜夜羞看。大哥為功名千里雲從，若困守萬夫星散。（第二十一出「論交」）

後出襯以重陽秋景，對景生情，引起無限感慨，隱約透露宋江等人身不由己的難處。吳瞿安先生《霜厓曲跋》中討論《燕子箋》時，曾提丑淨人物的特色：「余謂傳奇中生旦居首，淨丑副之，不知淨丑襯托愈險，愈顯足生旦團圓之不易……」。張師清徽亦就歷來戲劇發展中淨丑角色所扮演的情形，有詳盡的分析。在結論處，清徽師認為戲班中角色為人世間形形色色世態的影像，因此「一場戲演出來，生旦固然不能鬆懈，淨丑也必須出力。……」（見〈論淨丑角色在我國古典戲曲的重要〉，幼獅出版社，頁 93）。沈璟劇作中，丑角有老鴇、妒婦描寫，如以《雙魚記》第十五出「被驅」，〔仙呂・八聲甘州〕與〔解三酲〕各疊兩支曲文，出之生淨對唱，暴露留大戶的暴發戶嘴臉。《義俠記》中第七出「設伏」以淨角扮西門慶，上場一曲光光乍，短短數語，即知其倚仗家財、貪杯好色的劣性。再如《桃符記》扮王慶的中淨，在衝場曲麻婆子不僅自敘性格，亦道出角色名義由來，尤見作者的用心。丑角方面，如《雙魚記》十三出「玉悴」，楊媽媽上場曲商調字字雙和《義俠記》的王婆，在第五出「誨淫」中對武大極盡醜詆之語，叫唆潘金娘「尋個主顧」。第七出「設伏」中，對西門慶的諂媚與賣瓜郵哥的口出穢語，並大打出手，而後在十九出「薄罰」俯首認罪時曲文第三支〔玉交枝〕，表現刻劃人物之餘，亦不失詼諧幽默，頗合丑角身份。《桃符記》裡雲氏，作者以短短兩支曲文，將一個善妒悍婦的形象，鮮明地呈現在觀眾面前。文字簡練，形象生動。楊媽媽的貪財勢利，與王婆、雲氏的「險」，都在使「生旦團圓之不易」上，發揮了綠葉襯托之用。

二、賓 白

　　戲曲語言另一部份——賓白，早先在元雜劇時未若曲文來得受人重視。明代周憲王「誠齋雜劇」首先強調語白重要，王驥德《曲律》三十四則有專門論述賓白的部份，認為：「諸戲曲之工者，其難不下於曲。」到了清代李漁《閒情偶寄》，更將其與結構、詞采、音律並列，且具體地列出八項創作時所須注意的原則：分別為「聲務鏗鏘」、「語求肖似」、「詞別繁減」、「字分南北」、「文貴潔淨」、「意取尖新」、「少用方言」、「時防漏孔」等等；第一、四、七為關乎語言聲韻的問題，第八類則屬情節佈局方面，而第二、三、五即強調文字技巧的掌握。笠翁並言：「務欲心曲隱微、隨口唾出。說一人，肖一人，勿使雷同，弗使浮泛。」其中「說一人，肖一人」，即清徽師所言：「俗角

不可唱雅詞，俊角不宜作儈語，文不粗口，武不文言。」（見《明清傳奇導論》，華正書局，頁 147）也就是說文字技巧的掌握必需顧及角色的身份。因為人物性情乃由此抒發，關目、賓白亦賴以推動。沈璟對賓白的掌握，在雅俗文粗的分別上，大都能配合劇中人物的身份。除了賓白與角色的吻合，更不時以之輔助曲文、推動劇情；或嘲弄諷刺、指桑罵槐。或穿插笑料、調劑場面，又與關目的進展、曲文的互襯、排場的安排，產生密切關聯。如《雙魚記》二十六出「晤言」邢春娘與劉皞相遇的一段，旦角所唱〔黃鐘〕一套曲，便是通過賓白來推動的：

〔獅子序〕：

旦唱：蒙清問增赧顏，念微軀非是他楊家玉環。（悲科）本中州閥閱落了淮甸构欄。

生白：你是中州那一縣人？

旦唱：若問我奮跡處的故產，須從河洛間，問神州望長安，追尋閭閈。

生白：既是汴京人，你父親曾任何職？

旦唱：我嚴父剖符，百里需次居閒。

〔太平歌〕旦唱：補任曲周尹盡室理征鞍。（哭科）誰想道遇了妖民俱死難。

生白：噯，可憐，那時你好險也。

旦唱：指望從容扶襯葬家山，卻教我飄泊幾時還。

生白：你為何直飄泊到此？

〔賞宮花〕旦唱：遭逢巨奸，我孤身在轉販間。

生白：你幾時成人的？

旦白：噯、相公，你見我面上刀痕麼？

生白：果然。

旦唱：我雅莫羅敷操，你休做李娃看。

生白：你把羅敷自比，敢是原有丈夫麼？

旦哭唱：去去不知遊子信，只得落朝朝空上望夫山。

生白：你與丈夫成親幾季了？

〔降黃龍〕（旦唱）羞顏尚鳳弱鶯屛。

生白：你丈夫叫甚名字？

旦唱：他小字符郎，是我舅家枝蔓。

再者如《桃符記》中第十八出「天儀遇鸞」其中一段生唱〔小梁州〕：

（小旦魂敲門介）

生唱：更餘雪夜，孤燈危坐。驀地敲門誰個？

小旦魂白：是奴家。

生唱：（原來是婦人聲音，你來差了。）我是獨居男子，不勞婦女相過。

小旦魂白：我是裴家女兒。

生唱：誰問你吳姬越女，莫不是待月聽琴，整壁把光偷過。卻不道不親授受也，男女避嫌多。

小旦魂白：奴家只點燈兒。

生唱：（你只要個燈兒。）覷定門縫中間接去呵。

小旦魂白：（吹燈滅介）外面風大吹滅了。

生白：吹滅了，再點與你。

小旦白：又吹滅了。

生白：（怎麼又滅了。）請伊自點莫蹉跎。（生開門小旦暗進介）咱來開戶，他還逃躲，擾亂書生程課。

小旦唱：秀才莫把奴訶。

生唱：（覷小旦介）真個是天姿國色，家住何方。

裴青鸞鬼魂欲與劉天儀相見，隔著門，天儀誤以為是鄰家女子的搭訕，只是不理，青鸞卻一再藉故引天儀開門。天儀開了門後，不知身為鬼魂的裴女已入房內，只覺得平白受人干擾，正忿忿之際，才一轉身，眼前即立著一位「天姿國色」的標緻女子。其間場面幾度轉折，氣氛顯得活潑而生動。

其次，有關嘲弄諷刺的描寫，多著力於市井人物的鄙俗，或胸無點墨、或勢利貪財。沈璟借淨丑之口，揭舉出社會的醜態。如《紅蕖記》第三十一出，魏子真再訪曾麗玉處，曾家媽媽告知麗玉已許配崔伯仁，魏便使出財誘伎倆，使老鴇曾媽改變女兒婚事主張：

淨對丑云：不是我老魏誇口，我家裡赤的是金。（以下丑逐句亦唸科）

淨白：白的是銀。（丑科）

淨白：圓的是珠。（丑科）

淨白：方的是玉。（丑科）

淨白：住的是高堂大廈。（丑科）

淨白：喫的是美味膏梁。（丑科）

淨白：可惜沒有人嫁我。若嫁我時，教他滿頭金玉，遍體綺羅，受用盡翠繞珠圍，那憂他珠薪桂，且不要多說，（舉袖科）你看這是甚麼東西？

丑捏云：魏官人，這是甚麼？

淨白：五十兩細絲仁祖。

丑白：銀子。

淨白：官話叫做仁祖。

丑白：官夏。

淨白：這銀子，拿去尋人說親的。（欲下）

丑白：（扯淨科）魏官人且住，還有話講。

淨白：有什麼講？

丑白：你果然如此豪富，我將女兒改嫁你，如何？

淨白：只怕令愛不肯。

丑白：女兒是我親生的，狠打著，不怕不肯，你卻不要變了卦。

第三十三出，曾媽媽便立刻勸麗玉改嫁魏子眞：

丑白：你既知此道理，我有句話兒正好與你說了。近聞魏官人，有的是金銀珠玉，愛的是買笑追歡。那崔秀才，少的是柴米油鹽，多的是窮酸餓醋，要你悔了崔家，嫁與魏宅。我的兒，你我一生受用不盡。

此段活生生地刻劃出曾媽媽只認得錢財、不認得文才，甚至不惜逼迫親生的女兒，唯利是圖。也將魏子眞倚仗財勢，無所不用其極的伎倆表露無遺。

另如《雙魚記》第十五出「被驅」中，劉皞教訓留、賈二少年的貪玩，留大戶出來護短的一段對白：

（生亂打丑哭科）（淨急上）

淨白：人平不語、水平不流。呀！我的兒，爲何這等啼哭。

丑白：先生自家出去閒耍了，怪我們在此跳鬼，把我痛打一場。（哭科）

> 生白：留長者，你看他這些戲具，豈是讀書人所為？
>
> 淨白：這是我學生家傳的，如今傳與小兒。先生，你不要怪他，若打他就是打我了。
>
> 生白：呀！原來宅上家教如此，可知道世世只做得個留大戶。
>
> 淨白：嗳，我做大戶，也有得喫，也有得穿，不像你往他州外府，投奔別人、還鄉不得。

留大戶竟稱鬼臉子戲具為「家傳」，真令人既好氣又好笑。這樣的一個人，當然不能見容於讀書人居其家中。而後其有冒名頂官之舉，也就令人不足為奇了。

透過筆下輕輕的嘲弄，沈璟借由自己所塑造的人物，反映了存在於人類天性中一些惡劣的傾向。當後人再度反覆聆賞咀嚼之餘，對他們因著無知、貪婪，最後所嚐到的惡果，也就能寄予深深的同情與感慨。

再如科諢的穿插，往往居傳奇情節發展時的緩衝，有時也調劑場面氣氛，或在大段唱工後，予歌者稍做休息。其要乃在語出自然、以幽默的表達方式，令觀者發噱。如《桃符記》二十二出「遣取信物」，寫劉天儀受包公之命，欲向鬼魂裴青鸞取一信物的經過：

> 生白：兄往那去？
>
> 張千白：我去不遠，我只在外面地方左右。倘有響動，我來看你。
>
> 生白：我曉得兄的主意。兄只在門外，不肯去遠了。
>
> 張千白：正是。
>
> 生白：兄，你還是去不得的哩。
>
> 張千白：相公這樣怕起來，這官事怎麼完？不要怕！不要怕！
>
> 生白：張兄不要去遠了，張兄轉來，我今晚卻是睡不得的。不免和衣坐而待之。（內打三更鼓介）只聽得牆上土撲簌簌的，房上瓦斯琅琅的，好不怕人。呀！神思昏倦，且睡片時。（小旦青鸞魂上介，小旦扯生介）
>
> 小旦白：秀才。
>
> 生白：唗，你、你站開些。
>
> 小旦白：這是怎麼說？
>
> 生白：難道我認不得你。
>
> 小旦白：你認得我是那一個？

　　生白：認得你是鬼。

　　小旦白：我怎麼是鬼？

　　生白：既不是鬼，爲何兩手常常垂下。

　　小旦白：難道你的手是垂不下來的？

　　生白：怎麼，我的手也是垂得下來的？待我看。

將一個膽小的文弱書生，因著過度害怕而胡言亂語，與前面第十八出「天儀遇鸞」初遇的風流偶儻，完全判若二人，較雜劇《後庭花》更加以發揮了劉天儀拙直可愛之處。此外尚如《墜釵記》十四出「舟適」中，崔嗣宗與何興娘雙雙乘船避往他地。爲掩人耳目，兩人做男子打扮，假稱郎舅。船夫發覺有異，乃謊稱有他船追至，故意驚嚇二人。劇作家在此的用意，非唯僅博得觀眾莞爾一笑，同時也借之調劑前面一路奔逃的緊張場面，如此便不顯得有生硬突兀的痕跡，而予人造作之感。

　　尚有值得一提的是，沈璟亦善於運用賓白，刻劃人物內心的衝突，藉此蘊釀戲劇情境的高潮。如：《義俠記》第十出「委囑」、武松因公事赴東京，臨行前向兄嫂辭行：

　　〔生見小旦科〕嫂嫂拜揖。

　　〔小旦笑白〕叔叔萬福。

　　〔生對士兵白〕你們把這些東西，往廚下整酒去。

　　〔小旦背白〕這廝前日搬了去，如今想著我，卻又回來，正中我的
　　　意了。

　　〔小旦〕昨夜是七夕，要請你來喫三盃，那里不尋得。到今日來得
　　　正好。怎麼要你費錢，且到樓上去坐。〔士兵斟酒科〕

　　〔生〕你們去罷。

　　〔士兵應白〕正是，在他矮簷下，怎敢不低頭。（下）

　　〔生舉盃對小丑白〕哥哥，兄弟今日蒙本縣老爹，差往東京公幹，
　　　須要五六十日才回。有句話兒，哥哥若依得，滿飲此一盃。

武松其實以出公差爲名，告誡嫂嫂要守婦道。潘金蓮卻誤會了他的本意。當她說到七夕之言語帶曖昧時，武松明白嫂嫂對其仍未斷念，因此避開了「到樓上去坐」的回答，只命士兵撤去，但觀者似已預料將有某事的發生。

　　再如第七出「設伏」，西門慶來到王婆所開設茶店的一席對談：

　　〔丑〕呀！大官人萬福貴，足躡賤地，有甚分付。

〔淨〕天氣炎熱，做一個梅湯與我吃。

〔丑〕老身做了一世媒，只不曾與大官人做媒。

〔淨〕我要梅湯，你卻說了做媒。

〔丑〕老人家聽差了，梅湯在此。

〔淨〕你既會做媒，也與我做一個，重重謝你。

〔丑〕大官人要喫梅湯，只怕大娘子要喫醋。

〔淨〕我們大娘子最好，如今也有幾個人在我身邊，只是沒有中意的，你若有好親事，與我說一頭兒，若會做馬百六，我便費些錢也罷。

〔丑背云〕隔壁那話兒，似是一主貨，且不要說破了，慢慢教他在老娘喉下取氣。你看我把些糖兒抹在這廝鼻子上，只教他餂不著。

大官人、遠不遠千里，近只在目前。

〔淨〕在那里？

〔丑〕奴家如何？

〔淨〕又說諢話。

以同意之諧，牽引出王婆欲成就西門慶與潘金蓮一段姦情的陰謀。作者在王婆暗自盤算處巧妙地打住，將筆鋒一轉，以詼諧作結，在內容承接上與前第五出「誨淫」互相呼應，又爲後第十二出「萌奸」預留伏筆，正見作者功力所在。

　　從以上略舉沈作賓白的表現，文詞的展露依然遵循著「場上之曲」淺白易曉的特性。在其平凡通俗的字句中，隱然可見出運用慧心的精神。焦循以《桃符記》裡賓白「遜鄭遠矣」一語對其指責，如果再仔細就兩本劇作加以比對，便可看出，前者在描繪賈順縱放裴氏母（見第十二出「賈順賄放」）的一段，兩人由懷疑賈順的舉動有異，到被證實確有謀害意圖，繼而恐懼討饒，較雜劇第一折李順僅由一段曲文道明被迫於夫人之意，便欲勒斃兩人，顯得更具有引人入勝的戲劇性。再如本論文前面所舉第二十二出「遣取信物」，刻劃劉天儀的情緒反應，都較雜劇第二折中圓熟而饒具趣味。焦氏的苛責並不是很正確的。

　　今從各家著錄的評語中，對沈作亡佚的部份賓白方面，也有對其突出表現的肯定。只可惜不得而見原作。否則必能一窺其整體的精神面貌，而得到更趨完整的確定。

　　然而沈璟劇作在賓白方面不是沒有缺點的。其中丑淨於插科打諢時語出淫辭已犯大忌，而《墜釵記》第二十五出崔嗣宗不見妻子蹤影，於盛怒中責罵船家竟口帶粗語。雖屬心煩意亂，口不擇言，但終究不妥。而《紅蕖記》中時時可見的駢詞儷句又嫌失之太過。其第三十五出主角出場前，先由二位邊角末及小丑扮皂隸的一段插科打諢，內容與該出劇情無甚關聯，又嫌過於冗長無趣，是運用效果適得其反之例。

第四節　布　局

　　所謂布局，乃是指劇作家對劇本情節的架構布置。傳奇動輒三、五十出左右的長篇鉅製，在布局的運用上，必須更賴慧心。李笠翁《閒情偶寄》在「結構第一」和「格局第六」兩章裡談到傳奇的結構，其中以「立主腦」、「密針線」、「減頭緒」、「家門」、「沖場」、「大收煞」及「小收煞」是關於「布局」的論點，十分精闢深要。本節討論沈璟六劇的布局，將以此為重要的理論依據，指出各劇情節的主線、旁線及輔線，並總論其於布局上的優點和缺失。

　　關於沈作六劇的情節，在本章第一節已有詳細介紹；至於每劇各出所包含的內容，以及透過曲套所表現的得失，可參考第三章排場分析。

　　布局既是對劇本情節的處理，而情節的衍生則歸根於人物的性格和行為。也就是說，情節是依循著劇中人物而展現的。基於上述因素，吾人試就人物為中心，以出為單位，來分析與探討各劇情節發展的線索以及彼此之間的關係。

一、《紅蕖記》

　　本劇是由主、副、旁、輔等線所貫穿的整個節。主線的部份主要概括鄭德璘與韋楚雲的情節，副線乃屬崔伯仁與曾麗玉，魏子真為旁線部份，輔線之一為龍王的情節。以下分別敘述之：

　　主線之一為男主角鄭德璘部分。鄭德璘造訪江夏表兄古遺民，於洞庭湖遇假扮做賣菱芡的洞庭龍王，德璘並贈之以松醪。後於表兄古遺民處議親未果，故決定買舟歸去，另圖謁選。在歸途中的洞庭龍王神廟瞥見韋楚雲，頓起愛慕之心。後贈以紅綃為定情之物。次日湖上風浪大作，德璘因獲報未開船，逃過一劫，韋氏一家卻溺水而亡。龍王感德璘曾以松醪相贈，故送沒水

的韋楚雲生還，兩人成婚，並得補巴陵縣令。後於審理魏子眞誣告崔希周之事，遂明白當日紅葉姻緣。本線所括情節有第二、四、五、八、九、十、十三、十六、十九、二十二、二十四、二十七、三十二、三十四、三十五、三十八、四十等十七出。

第二條主線是以韋楚雲爲主的劇情發展。從其跟隨父母乘舟從長沙往湘潭的途中，結識曾麗玉。分別時麗玉並以紅牋題詩相贈。後鄭德璘隔舟拋紅絹予韋楚雲以示好，楚雲另以紅牋相贈。隔日，湖上風浪大作，楚雲與父母俱沒於水中，龍王爲感恩遂送還予鄭完婚。婚後，楚雲往巴陵縣赴丈夫任所途中，再遇龍神，並請求得以見亡父母。到了巴陵縣後，因訴訟案與昔日湖上相遇的姐妹曾麗玉重逢，並揭開當日因紅葉而起的姻緣之事，二人均有幸福的歸宿。本線所佔的情節有：第三、七、九、十、十二、十三、十四、十七、十八、十九、二十一、二十四、二十六、二十八、二十九、三十、三十二、三十五、三十九、四十等二十出。

副線主要劇情是在敘述崔伯仁與曾麗玉的這段姻緣。

崔伯仁方面的劇情包括與魏子眞同舟往湖南幕下應試，中途在湘潭江上停泊之時，拾得曾麗玉所擲一片紅葉。後下第歸來，再於湘潭停留，但仍未睹麗玉面，並且同船之友魏子眞亦撇其而去。後歸巴陵家鄉。不數日，聞得城戶某家女子有出示詩兩句，欲覓續詩之人。伯仁著友人裴生前往一探究竟，果爲前日所擲紅葉女子曾麗玉，當時即訂下婚約，欲擇日備禮迎娶。後曾母爲財所誘毀婚，鬧到官府處。鄭因受理此案而結識伯仁，伯仁受其鼓勵，先與麗玉成親，後赴選場參加朝廷應試，高中探花，受翰林職事，與麗玉同往拜謝鄭德璘夫婦提攜之恩。本線所佔情節爲：第六、十、十一、二十三、三十五、三十六、三十七、四十等八出。

副線之二屬曾麗玉的劇情：自其隨父母乘舟於湘潭江上巧遇韋楚雲，二人結爲姐妹，並以筆題字於紅葉瓣上，擲於水中，爲崔伯仁拾得，且在龍王廟中祈祝未來。後崔伯仁再度返回湘潭水上，是夜，麗玉聽見伯仁所吟之詩，然兩人始終未曾相見。不久，麗玉返回湘潭故鄉，父親病逝，曾母爲家計強逼麗玉與己同做煙花，麗玉答以詩句能對者方得接客爲由，並云當日採得紅葉之事。魏子眞假冒崔伯仁之詩爲己作，但爲麗識破，其後伯仁聞此事前來，二人當下即訂有婚約，擇日再娶。不料，曾母受魏財賄賂，復逼麗玉毀婚。幸鄭德璘審斷此案，不僅與伯仁成婚，並與昔日湖上相遇姐妹韋楚雲再

次相逢。本線所佔的情節有：第三、七、九、十、十五、二十、二十五、三十三、三十六、三十七、三十九、四十等十二出。

　　旁線部份則爲有關魏子眞的情節。從其與崔希周同船往湖南幕下應試未果，回程時因不耐希周於湘潭停留，逕自離去。後訪煙花冒用崔希周之詩而爲曾麗玉揭穿詭計，憤而離去。又得知希周與麗玉訂親之事，以錢鈔哄鴇母毀婚，爲崔希周之友裴生所傷，向官府投告曾母與裴生賴婚劫殺，經太守鄭德璘判定有罪，杖責二十。本線所佔的情節部份爲第六、十一、二十、三十一、三十三、三十四等六出。

　　輔線爲龍王部份，自其與鄭德璘相遇於船上，受德璘贈以松醪。後以帝命沉溺一干人等，再從鄭德璘投水的〈弔江姝詩〉知楚雲爲其所愛，感鄭君曾予以相贈，遂命二郎神送楚雲歸德璘，後再助楚雲往見水府的父母。本出所含的情節有第四、十二、十四、十七、二十八等五出。

　　本劇雖然篇幅長達四十出之多，然而整個故事所穿插的地點其實只有三地：即長沙、巴陵、及湘潭。在上卷，故事一開始，將長沙的鄭德璘、韋淡成一家；及巴陵的曾撇古一家，魏子眞、崔伯仁集中在湘潭一處，產生了一些事件，然後從湘潭這個地點再回到原來的地方。從原事件中繼續蘊釀以後的情節，在重心的安排上，主線人物都集中在長沙往湘潭的路線上，副線則爲巴陵往湘潭。上半卷的故事起伏地點是在湘潭回長沙的路上，下半卷則在長沙到巴陵，最後所有人物聚集在巴陵一處做結。在故事地點的安排上，可謂條理清晰，主、副線分明。

　　作者在上卷部份，集中心力描寫男女主角的辛苦結合；下卷部份，則是慢慢將主副兩線集中一起的趨勢。上半場副線情節只進行約三分之一，並插入旁線的糾結，以魏子眞冒認詩句的詭計被拆穿作結，就安排而言，是一個暫時的收束。麗玉還未與崔伯仁見面，但作者在安排魏子眞訪煙花前先遇著崔伯仁，似乎給觀眾預感戲劇高潮將要發生。

　　而在主線部份，鄭德璘經過千辛萬苦，才得與死裡重生的韋楚雲共偕連理，至此，似乎已經到了戲劇的高潮頂端。到了下半卷，主線劇情似乎只是順應情勢發展（鄭德璘入京調選，與韋楚雲入龍王府，見亡逝爲水仙的父母，都不算是劇情的起伏，因它對全劇的發展無決定性影響）。反而是副線方面呈現複雜變化的發展情勢。崔、曾的結合，其中波折迭起，後因訴訟與主線合二爲一。這樣的安排顯得有些本末倒置，因爲主線應是一部戲劇中的主

要情節，其間的起伏，應該置於下卷各部份。且四十出劇情中，訴情部份顯然過多，例如韋楚雲思念亡逝父母的心情，不斷在劇中重複；如龍王讓楚雲死裡復生之事，又在二郎神送楚雲至鄭德璘處借北曲再一次申訴說，易令觀者生厭。

本劇埋伏與照應之處如下：

第三出中，曾麗玉採得紅葉一束，題「七月七日採」於上，擲在水中。為後第六出崔伯仁於舟中拾得，成就二人日後姻緣之始。

第四出鄭德璘贈松醪於喬裝賣菱芡的洞庭龍王，為後第十八出洞庭龍王曲赦韋氏之命的伏筆。

第九出龍王廟祝對韋、曾兩家各人所卜之預言，皆為後面劇情中的伏筆。如言韋淡成夫婦「韋客夫婦，一連二箇覆，灾禍在即目。」為後第十四出韋氏夫妻同沒海底之伏筆。韋楚雲：「一覆帶二聖，先災後歡慶。」為後第十九出沒水的韋楚雲被灌口二郎神送至鄭德璘處，並與之成婚。曾父：「覆與陽連擲，到頭沒子息。」為後第十五出由曾麗玉口中以暗場交待父親去逝。

第九出鄭德璘自江夏訪表兄返回長沙寓所的中途，因風高浪惡，在湘潭泊舟，並往洞庭龍王廟中閒步時，遇韋、曾兩家入廟求籤，因而得見韋楚雲，為後第十出兩人互贈訂情之物的伏筆。

第六出崔伯仁與魏子真同船往湖南幕下應試，在湘潭江上，崔伯仁拾得紅葉一片，並隨即賦詩頌與魏子真聽，此為後第二十出魏子真竊取伯仁之詩的伏筆。

第十出中，崔伯仁在江上閒行之時吟誦紅葉之詩，為曾麗玉聽見，此為後第十五出麗玉以能續此詩者方得出見伏筆。

第十七出中洞庭龍王告訴沒水的韋楚雲，鄭德璘日後將做巴陵邑宰。為後第二十四出中韋楚雲告知鄭德璘他調之地可能為巴陵縣的伏筆。

第二十六出鄭德璘調往巴陵縣，為第三十四出審理魏子真訴訟一案之伏筆。並因此認識崔伯仁，明白當日紅葉所結的姻緣。

第二十九出中，成了水仙的韋淡成夫婦與楚雲二度相逢，並交與金銀器皿，囑其「憑伊賣取換梁皇懺，也教咱受陰功不盡感。」後第三十二出中鄭德璘聽取妻子之言，將其交與龍神廟祝，看誦經懺；第四十出中韋楚雲言：「昨夜奴家夢見爹媽說道，受了經懺功德，已將生天，這都是相公所賜。」

第二十五出中崔伯仁雖與曾麗玉訂親，但伯仁仍然擔心曾母反對，故對麗玉言：「你母親日後不變了卦嗎？」爲後第三十一出曾母果信魏子眞言，意欲毀婚之伏筆。

二、《埋劍記》

本劇以唐朝南蠻邊亂爲故事發生的背景，整個劇中人物的離合分散，都由邊亂而起，在時間上前後相隔達十五年之久，地點從魏州到南蠻的遠寨。在上卷部份，所有情節與人物的主要發展，主要是由魏州往南蠻的遠寨集中，到了下卷一開始，仍然持續這種南移的行動（如郭仲翔再被賣至遠寨，吳保安仍爲贖友計劃盡力，吳妻與子一路尋找保安）。劇情進展到了二分之一時，郭仲翔被贖，所有的重心又續往北方——中國本土的魏州移動。因此雖然地點橫跨兩地，甚爲遙遠，然而中間的奔波過程均以暗場及口說帶說，重要事件的波瀾發生大多不脫魏州、巂州、及遠寨等地。

本劇由主、副、旁等線所構成，依次分析如下：

主線之一爲代表男主角郭仲翔爲主的劇情。自其爲叔父代公薦與金吾將軍李蒙爲參軍，共討南詔蠻亂。李蒙卻因輕敵敗走，郭仲翔奮力抵抗，終因寡不敵眾而被俘。幾次脫逃未成，被蠻酋轉賣至遠寨，終後得吳保安以絹疋相贖，方得回到家中，與母親、妻子團圓，其後保安夫婦雙亡，仲翔除將當日所贈信物寶劍相埋，並薦延季代己爲代州司戶。後朝廷授吳延季爲彭山縣尉，仲翔仍任代州司戶，以彰其不污叛蠻之功。本線所屬含看劍、舉觸、推轂、解攜、前驅、計失、士節、混跡、（第十九出未著名題目）、瀕危、全交、惜別、歸里、狂奔、痛悼、埋劍、恩榮等十七出。

主線之二是以吳保安爲主的劇情。自其爲魏州義安縣尉時，因聞南詔作亂，欲投效朝廷征蠻軍，建立邊功，於是向鄉人郭仲翔毛遂自薦，兩人意氣相投，結爲莫逆之交，並互贈寶劍、珊瑚鞭以爲信物。仲翔向征蠻將軍李蒙薦吳保安爲掌書記。保安未及治得行裝，故遲行數日。未料戰敗消息傳來，郭仲翔被俘，保安得知此消息，爲了籌得絹疋相贖，不惜拋妻棄子，在巂州境內經商十五年，並取得姚州楊都督資助，以七百絹疋，贖得郭仲翔歸，保安並受封爲彭山縣尉，攜妻兒前往赴任。本線所含情節，包括決策、解攜、後發、敗聞、對泣、瀕危、殖貨、慢藏、除孽、柔遠、全交、惜別等十二出。

　　輔線之一為代表郭仲翔妻母的劇情。自郭母鼓勵助其子求取功名，至代公薦其為李蒙將軍軍隊之參軍，後送子遠征，苦候無歸。郭妻之父顏公以誤傳仲翔戰死消息，勸女兒顏氏改嫁，但不為所動。顏氏後得知丈夫並未陣亡，於是盡力事奉婆婆，等候其歸來。其間婆婆生病，顏氏以金刀割股療疾。且以家境日益艱辛，並欲賣丫頭輕雲以維持生計時，恰巧傳來丈夫將自南蠻贖歸消息。其後一家團聚，郭母與顏氏並受朝廷冊封為太孺人與孺人。本線所含情節包括：看劍、前驅、婦功、拒讒、療疾、固窮、歸里、恩榮等八出。（第三十二出「狂奔」中雖有郭母與妻顏氏出場，但均屬旁襯性質，主要的劇情仍在描述郭仲翔對吳保安之子延季的幫助，故不列入）

　　輔線之二為代表吳保安妻兒的劇情。自其反對吳保安隨軍遠征南蠻始，至保安一去十五載，杳無音訊，因此母子決定一路尋找。奈迫於環境生疏，遂至於異鄉流浪，賴子延季向楊都督求援，楊都督於是安頓吳氏母子，並與贖友歸來，受朝廷冊封為彭山縣尉之吳保安相見。後吳氏夫婦先後亡故，子延季無力扶雙親靈柩歸葬，求助於父親生前好友郭仲翔，仲翔遂薦舉於朝廷，得續承父親彭山縣尉遺職，以慰亡父之靈。此線所賅情節包括後發、羈棲、柔遠、惜別、居廬、痛悼、埋劍、恩榮等八出。

　　旁線為代表以南蠻為主的劇情，自其稱亂以來，到設計使李蒙軍隊誤信圈套而潰敗，並俘虜郭仲翔等人，酋望國王欲以清平官誘降仲翔，然不為所動，後改為奴僕。但由於仲翔三番兩次逃脫，是以酋望將其賣至遠寨。本線所賅情節部份，有稱亂、計失、士節、瀕危、遘奴等五出。

　　本劇主要鋪寫郭仲翔歷經危難、忍辱負重；吳保安敬其人格高尚，不惜救友的經過，因此郭妻顏氏雖居旦角身份，然劇情發展上，卻屬旁襯部份。主要角色實為郭、吳二人，但劇中穿插副角較多，且本劇故事背景由魏州遠至南蠻，時間則相隔十五年之久，但由於主線分明，因此在情節佈設上，稱得上有條不紊。

　　作者在本劇上半部結尾處，以「懸疑」方式處理各線的情節部份。就主線之一的郭仲翔而言是「混跡」——郭仲翔在南蠻為奴，上山牧牛，卻隨著山中猿猴蹤跡來到一處隱蔽棲身之所，待潛逃回鄉，他會成功嗎？就主線之二的吳保安而言是「對泣」——楊都督告知吳保安打聽贖救郭仲翔之事，他將如何進行此事？此為第二個懸疑。就輔線之一的郭家妻母而言是「拒讒」——二人誤信顏公所言郭仲翔已死消息，此時常予接濟的代公又患病，她們

將如何維持家計呢？此爲第三個懸疑。就輔線爲二的吳保安妻子而言是「敗聞」──吳保安聽得前線歸來王老實訴說戰爭失利消息，一意前往桃州尋找楊都督共商對策，無心顧及家鄉中妻兒，他們該如何知道保安行蹤呢？此爲第四個懸疑？到了下半部，這些懸疑一一解開，各線逐漸合併收束，在收束之餘，再以主、副線激盪製造一小高潮，以至最後「恩榮」大收場。作者在敘述幾條主要的情節線時，採取了交錯的進行方式。也就是說，假如我們將此圖各出依次聯結起來，將會得到一條波動的曲線。如此演出時，在耳目上也是極富變化和調劑的。

同樣的《埋劍記》亦有埋伏與照應之處，條例如下：

第二出「看劍」中，郭母囑子早些求取功名，爲後第六出「推轂」中，郭代公薦姪兒郭仲翔爲李蒙部隊中參軍一職之伏筆。

第四出「舉觴」中，郭代公壽日時，金吾衛將軍李蒙前來道賀，爲後第六出「推轂」中，郭代公攜仲翔往訪李府，並請其推薦仲翔爲參軍之伏筆。

第八出「解攜」中，郭仲翔與吳保安結爲莫逆之交，並互贈信物爲念。吳贈郭之珊瑚鞭，爲後第十六出「刀攘」中，顏公憑王老實所賣之珊瑚鞭，而妄自揣測女婿已亡之伏筆。

第十五出「對泣」中，楊都督告訴吳保安蠻夷擄人爲奴，可用絹匹贖回，與後第十九出蠻夷酋長告訴郭仲翔，願意以七百匹絹布釋其自由相呼應。

第二十一出「瀕危」中，郭仲翔被捉回時，與昔日家僕郭順見面，並告知郭順通知楊都督以七百匹絹布來贖，爲後第二十二出中，吳保安自贖回的人所帶郭順口信之伏筆。

第八出「解攜」中，郭仲翔贈吳保安寶劍一把，並言明「此劍每彰靈異，能辟邪魔。」後第二十六出「除孽」中，吳保安果然憑寶劍斬蛟。

《埋劍記》布局主腦分明，埋伏照應亦相當細膩，全劇情以表現患難友誼爲主。在下卷第三十出「惜別」中，吳保安完成救友行動，並接受朝廷冊封，欲攜妻兒同往彭山赴任，郭仲翔也將趕往故鄉，家人團聚。此時劇情看似已漸收束，作者卻在這時又製造一次波瀾，以第五出父母雙亡的孤哀子吳延季的悲慘困境，表現郭仲翔多年之後仍然不忘故友相助之恩，呼號奔喪，並薦延季爲官，最後再以第三十六出「恩榮」做一個總的大團圓。在劇情結構上，自「居廬」到「埋劍」，出出節奏緊密相聯，並不顯得鬆懈散漫，反而十分具有衝激性。此時安排的團圓劇結尾，要比在第三十一出「歸里」之後

更能突顯出「恩榮」的意義來。然而本劇同樣也難免有瑕疵之處；如第二十四出「慢藏」，寫吳保安押運布疋往贖郭仲翔途中遇到兩個騙徒，偷去一箱布疋，使得救友行動失之交臂。作者如此安排或許是為了表現吳保安的豪邁之氣，以及救贖行動的不易，然而全篇對話部份甚長，且與主題無直接關係，夾雜在第二十四出「慢藏」與第二十五出「邁奴」之間，顯得十分突兀。此外，顏公對女兒逼迫改嫁，如果安排在郭代公死後，郭家經濟陷入窘困之時，則將更具衝激性。

三、《雙魚記》

有關組成本劇架構的主、輔、旁線，茲依次分析如後：

主線之一為以男主角劉皞為主的劇情。從其偕友人石蘊玉前往大名府見文彥博始，恰逢貝郡縣民王則聚眾謀叛，劉皞回程受阻，暫居留大戶家，待與姑父邢公相見。後聽信誤傳消息，邢公一家路上罹難。此時文相公平亂有功，於朝廷薦舉劉、石二人為官。正值留大戶不耐劉皞久住，百般相辱，皞憤而離去。任官命令傳至，留大戶卻以冒名頂替，使得流亡的劉皞命運多蹇、一波三折，更險些遭留大戶派人滅口。後得薦福寺長老資助，並留大戶詭計被識破，繩之以法；劉皞復官，同時尋得未婚妻子邢春娘成婚，並納春娘煙花姐妹李苕英為妾。本線所含情節，包括過從、秣馬、幕賓、適館、轅下、被騙、妨友、攘官、泣歧、嘲詠、遁亡、擒奸、獲報、聞命、晤言、伸志、宜家等十七出。

主線之二為以女主角邢春娘發展的劇情，從其睹物思人之始，至隨父往補任曲周縣途中，父母為亂民所殺，流落他鄉的春娘不幸遇歹徒，被騙賣入煙花，歷經種種坎坷，後於官妓表演中，與失散多年的未婚夫劉皞相認，從此脫離樂籍，共結連理，並薦昔日煙花姐妹李苕英為劉皞作妾。本線情節，含觀魚、銓除、野哭、迷途、玉悴、拒媾、毀服、晤言、述懷、宜家等十出。

本劇輔線部份甚人物眾，依次為文相公、趙老實、寺僧等。這些人物在本劇所占的份量，為輔助以劉皞為主線的情節進展。文相公安頓劉皞於留大戶處，後平亂向朝廷薦舉劉、石二人為官。趙老實本為留大戶所差皀隸，前往暗殺劉皞，後經劉皞告知整個事件經過，遂揭發留大戶非法陰謀。僧人在薦福寺相助多難的劉皞前往京師的盤費。本線所該情節包括幕賓、師中、弓

招、毀服、逋亡、擒奸、伸志。(第三十出「宜家」雖有石蘊玉祝賀劉皞婚禮，然該出重點在劉皞與邢春娘二人，故不列入)

輔線之二為楊媽媽、李媽媽及李母之女苕英的劇情。此劇情輔助主線之二女主角邢春娘的劇情發展。寫邢春娘被賣入煙花後，老鴇楊媽媽以李氏母女勸其接客，繼以威逼相迫。但所幸苕英相勸，與春娘結為姐妹。後苕英以春娘即將他適，孤獨落寞，為春娘所知，以苕英為劉皞妾，歡喜收場。本線所賅情節，包括玉悴、拒媾、述懷、脫籍、宜家等五出。

旁線為貝州亂民王則聚眾謀叛，與留大戶冒名頂替官職的情節。王則於貝州稱亂，後為文相公平定，凌遲示眾。留大戶對文相公所派來暫住的劉皞心生不滿，終於設計將其趕走。後又以與劉皞姓名同音之故，冒名頂替朝廷冊封的官職，並派皂隸趙實殺害路上相遇的劉皞。待趙實佯稱已殺，再欲滅口時，被趙實拆穿謊言，適遇范希文往延安途中，范差人將之押往與劉皞審理，杖打四十，牢中再待處理。本線所含情節包括冠警、野哭、適館、師中、被驅、攘官、嘲咏、擒奸、聞命、伸志等十出。

本劇輔線、旁線所代表的人物雖然眾多，然而仔細觀之，全劇實以劉皞、邢春娘為主的劇情發展，輔線、旁線代表整個劇本中的天災與人禍。最後本劇的收束也在天人方面取得妥協。情節架構雖較複雜，然而整個佈設，卻繁而不雜、有條不紊。作為本劇劇名的白玉雙魚，雖並無明顯貫串劇情，然而卻成為人物離合象徵的意義，如(1)對愛情的認同、(2)受難時精神的支柱、(3)誤會解開的關鍵、(4)愛情得到結果的證明等，也都一一含設於全劇內容當中。

同樣的，《雙魚記》也有細膩的埋伏和照應，茲條列如下：

第九出「適館」，劉皞至留大戶處，兩人互見面後對彼此的不滿，種下了以後第十五「被驅」，留大戶與孩子們合計將劉皞氣走之伏筆。

第十六出「拒媾」，邢春娘為拒見客，以刀自殺，但後以尋劉皞下落，於是答應鴇兒見客。為後第二十出「毀服」，春娘和石蘊玉相見之伏筆。

第二十一出「嘲詠」中，劉皞欲投奔其父門生范希文處，遇雨暫宿古廟。由於諸行不順遂，在神明前有所抱怨，觸怒廟中南海赤鬚龍神，為後第二十四出「獲報」中龍神將薦福碑轟碎，使其無法拓碑之伏筆。另，劉皞在廟中小憩片刻後，在出發往饒州路上，適遇見留浩，留浩因作賊心虛，而萌第二十二出「逋亡」，殺害劉皞動機之伏筆。

第二十二「毀服」，邢春娘與石蘊玉相見，但彼此皆不相識，僅申述其冰清玉潔之志。為後第二十八出「伸志」，石蘊玉明白真相後，追憶此事，推崇春娘「志節不污」之言。

以上所論，皆本劇用心所在，然而亦有美中不足之處。如在第二十出「毀服」中，邢春娘鳴珂巷中與微服出訪的石蘊玉相見，兩人在一問一答中，春娘道出了她的辛酸。但作者並未善加利用，以造成戲劇效果，反而只在後面第二十八出「伸志」中，石蘊玉的一段簡短對白中輕輕帶過，成了不能免俗的表彰志節，甚為可惜。其次在第二十六出「晤言」中，劉蝉起先因好奇而詢問官妓楊念奴的身世，卻未料竟是誤傳已死的未婚妻邢春娘，此時對劉蝉而言，應該是一個很大的心境起伏。但試觀該出劇情中，楊念奴（即邢春娘）將所有遭遇都說盡之後，劉蝉隨即假意與之調戲一番，並言：「聽他訴說，分明是我的妻房，我因見他墮落煙花，只怕污我名節，故此不敢相認。如今既能守志，便與他完聚也無妨。」可見劉蝉已知眼前的人便是邢春娘，然而在說出這段話時，卻顯得如此平靜，不見一些情緒上掙扎（包括驚訝、懷疑、喜悅等）後所作的行為，除了暴露才子與妓女之間的差異之外，並無任何動人之處。第三則為在第二十七出「述懷」中，突然插入李苕英訴說孤寂落寞之感，春娘於是促其成劉蝉之妾，如此情節安排，實顯多餘且突兀。因為李苕英與楊念奴的情感，在前齣並無明顯地篇幅敘述。此外，對於劇中劉蝉與石蘊玉兩人之間的友誼描寫，遠不如《埋劍記》中郭仲翔與吳保安來得深刻。

四、《義俠記》

構成本劇之主、輔、旁線，茲依次分析如下：

主線之一為代表武松為主的情節。自其寓居於滄州柴進的東莊，到郓城投奔哥哥武大。中途以打虎建功，並以此機會與哥哥武大相認，遂住在武大家。但因嫂嫂潘金蓮不斷勾引示好，武松隨即離開哥哥家。後武松因公幹往赴東京，返途中卻發現武大被潘金蓮一行人所謀害。於是武松殺卻一干人等，為兄復仇。以此觸犯刑法，刺配孟州牢城。在牢中與小管營施恩結拜兄弟，以此捲入施恩與張都監、蔣門神的恩怨中。張蔣設計陷害武松，武松殺二人於鴛鴦樓，與未婚妻子賈若真母女相逢於孫二娘的十字坡店中，同往梁山完婚。梁山好漢們並接受朝廷招安，成為宋室臣民。本線所概括的故事情

節，包括遊寓、除兇、旌勇、叱邪、委囑、悼亡、雪恨、薄罰、論交、釋義、締盟、取威、厚誣、全軀、報怨、挂羅、首途、家榮等十八出。

　　主線之二為以賈若真為主的劇情。武松少年飄泊，致使若真一再于歸無期，然其志甚篤。中間雖有媒婆提親，均為若真與母親所斥退。某中秋夜晚，賈氏母女財物為偷兒所竊，只得假扮道姑，尋找武松，途中在十字坡遇孫二娘搭救，暫住於清真觀，後與武松相見，同往梁山泊投靠宋江，共諧連理。本線所含故事情節，包括訓女、孝貞、被盜、再創、解夢、首途、家榮等七出。

　　輔線部份之一為代表梁山泊眾好漢發展的劇情。這裡概括的有讓武松在年少飄泊江湖時，暫時落腳處的柴進，後因牽連高唐州李逵打死殷天錫事件，其弟殷天瑞前來捉拿，宋江聞知，率梁山眾好漢攔截，救其上梁山。此外，尚有孟州小管營施恩，與潞州蔣門神爭奪快活林酒店，為蔣所傷。因早先收得宋江修書一封，共邀武松聚義，適武松前來服刑，二人結為義姓兄弟，後共赴梁山。以及宋江遣眾弟兄接應柴進、武松，與聚眾操練兵馬，對抗楊戩、童貫等人，最後在接受朝廷招安中結束。本線乃在表現武松與梁山群雄之間的關係，所概括的情節包括遊寓、邁難、奇功、論交、失霸、釋義、締盟、首途、訓旅、恩榮等十出。

　　輔線之二為蔣門神、張都監與張團練等人為主的劇情。潞州蔣門神強佔快活林中施恩所開設的酒店，後為武松所傷。張團練派人接蔣門神回家療傷，並拜訪張都監，於是張都監設計陷武松於死地，反被武松殺死於鴛鴦樓。本線主要在表現官逼民反的過程，所概括的情節為失霸、締盟、取威、再創、秘計、厚誣、全軀、報怨等八出。

　　旁線為以潘金蓮為主的劇情。潘金蓮早對賣餅為生的丈夫武大有所嫌棄。某日，武大帶打虎的弟弟武松歸來，金蓮一見傾心，進而百般挑逗不果，反被武松教訓。後來西門慶因金蓮挑簾時竹竿脫落誤中，遂對金蓮一見傾心，以隔鄰開設茶坊的王婆為媒，成就兩人一段姦情。然事跡敗露為武大所知，金蓮依王婆之計，毒殺武大，隨即焚屍滅跡。後為查明真相的武松所殺。本線所屬情節包括誨淫、叱邪、巧媾、雪恨等四出。（第十出「委囑」中雖有潘金蓮出場，然該出重點卻在武松暗示嫂嫂要守婦道，故不列入）

　　本出故事實際上是以武松為主的劇情發展，所有的人物出現，所有事件發生的經過，都在表彰武松性格中的「義」與「俠」的特性。吾人再試看整

出故事發生的背景：分別是滄州→鄆城→孟州→梁山。由滄州到鄆城，是殺虎；鄆城到孟州，主要在「雪恨」一事；而孟州往梁山，寫武松上梁山的心志。前二處所發生的事件，都在為通往梁山一途做準備。因此本出輔線、旁線所造成的變化雖波瀾橫生、眩人眼目，然經仔細推敲後，當知作者主要以此說明，主角武松從種種人生磨難之後，如何對政府執法者失去信心，走上落草為寇的心路歷程。

同時在本劇上半部結尾處，作者在各條情節上安排了「懸疑」，作為暫時的收煞；就男主角武松而言是「雪恨」──他替哥哥報仇，殺了一干奸夫姦婦，至此可說達到上半部的最高潮，真可謂大快人心，然而他私自殺人，將會受到法律如何制裁？就女主角賈若真而言是「被盜」──賈若真母女於中秋夜晚財物被劫一空，決定前往陽穀縣尋訪武松，她們的未來又如何呢？此為第二個懸疑。就輔線之一的柴進而言是「奇功」──柴進上了梁山，與武松的友誼關係可說暫時告一段落，他們會再見面嗎？武松與梁山關係是否就此結束？此為第三個懸疑。到了下半部，這些懸疑依舊產生錯綜的變化，此時又加入第二條輔線貫穿其中。以致第三十出「報怨」，可謂為下半部情節的高潮處。後作者將筆鋒一轉，逐漸收束，在結尾前「訓旅」的梁山好漢又出現劍拔弩張之勢，在情節佈設上為繼「報怨」高潮後的小振盪，最後再化干戈為和平，以「家榮」為大收場，在安排上可見作者功力之處。

本劇亦有埋伏與照應的穿插，條列如下：

第五出「誨淫」中，王婆聽到潘金蓮對丈夫不滿的抱怨時說道：「……我替你悄悄尋個主顧如何？」為後第十二出「萌奸」中，西門慶對潘金蓮一見傾心，央王婆為其與金蓮做媒時之伏筆。

第七出「設伏」中，西門慶來到王婆所開茶坊飲茶，並央王婆作媒，適賣瓜的鄆哥來到，與王婆發生爭吵。種下後來第十四出「巧媾」中，鄆哥發現西門慶與潘金蓮的姦情之後說道：「王婆，你這老咬蟲，只教你閉門家裡住，禍從天上來。」為第十六出「得傷」，鄆哥報知武大捉姦之伏筆。

第十出「委囑」中，武松因公幹赴東京，臨去前向武大夫妻辭行，在兄弟相別中，武大語出不祥，自言不久將死，為第十六出「得傷」中，潘金蓮毒死武大之伏筆。

第二十出「如歸」中，賈氏母女在十字坡遇張青、孫二娘所開的黑店休息，受其照顧，為後第三十三出「首途」中，武松與賈氏母女相遇之伏筆。

第二十一出「論文」中，武松與張青夫婦結拜爲兄弟，張青夫婦並言：「萬一彼處住得不穩，便與施恩同來聚義如何？」爲後第三十三出「首途」中，二人同奔梁山之伏筆。

作者以捏造的人物賈若眞的情節，與潘金蓮做一明顯對比。如第三出「訓女」與第五出「誨淫」，刻劃出兩人性格操守之迥異。而在「誨淫」與第九出「孝眞」中，王婆與趙媽媽都是提親者，但是潘金蓮的笑意與賈若眞的堅拒，造成兩人日後不同的命運。再看第十四出「巧媾」與第二十六出「再創」，亦爲作者有意造成對比局面。在「巧媾」一出中，西門慶與潘金蓮的成就姦情，並有王婆的居間撮合。然「再創」中的蔣門神到清眞觀避災，欲調戲賈若眞，幸賴孫二娘教訓一番，方止邪念。

且第九出「孝眞」安排在第八出「叱邪」——潘金蓮勾引武松不成；與第十出「委囑」——武松暗示嫂嫂要守婦道；不難看出作者刻意鮮明兩人性格迥異的經營。此外，第六出「旌勇」中以暗場交待潘金蓮與武松相識經過，緊接第八出「叱邪」中潘金蓮上場的獨白，可知作者明瞭戲劇與小說迥異之處，而省去了許多不必要的枝節部份，使得結構較爲緊湊。

在下卷部份，作者主要在交待三股線的發展，一是與施恩的交往，二是賈氏母女與張青夫婦的相遇，三是武松與賈氏母女的重逢。最後總結於梁山做大收場。從第十九出「薄罰」至二十一出「論交」，此三出在爲以後的情節發展做預備；第二十二出「失霸」至三十出「報怨」，作者以全部精力集中於描寫施恩、蔣門神之間的恩怨，劇情高低潮互相迭起。到了第三十出「報怨」中，武松血濺鴛鴦樓，使得整個劇情升至最高潮，在高潮之後，作者安排第三十三出「首途」，以一小收尾方式緩和前出傾瀉而來的高潮之勢。在小收尾後，第三十四出「訓旅」中梁山好漢操練兵馬，對朝廷即將派來軍隊嚴陣以待，又再度掀起一陣餘波盪漾。此時作者卻巧妙地將筆鋒一轉，使得上述這種對峙緊張的局面，變成以和平方式收場。因之本劇在布局方面可謂極盡變化之能事，但又不失之於頭緒紛亂。

五、《桃符記》

構成本劇之主、輔、旁線等，茲依次分析如下：

主線之一爲代表以劉天儀爲主的劇情。劉天儀自洛陽往汴京參加應試，下榻黃公店中。後盤纏用盡，以賣字聯爲生。某日大雪外出，住宿朋友家。

後返回店中，當晚青鸞魂見，詭稱鄰女，天儀贈之以〈後庭花〉詞。適青鸞母曾氏闖入，曾女倏然不見，曾氏將天儀訴之開封府。天儀受命於府尹包拯，俟青鸞至索取信物。得一碧桃花，並以此破案。青鸞亦以神丹復活，二人結為夫婦。本線所屬情節包括「天儀遊學」、「天儀下店」、「窮途賣字」、「天儀遇鸞」、「包公首斷」、「遣取信物」、「青鸞還魂」、「召對金鑾」、「配合團圓」等八出。（「包公謁廟」、「暮夜迷失」、「張千緝事」、「青鸞枉斃」等雖有劉天儀出場，然皆非以其為主之劇情。故此不列入）

　　主線之二為以裴青鸞為主的劇情。由於年荒歉收，裴青鸞隨父母自洛陽來到汴京，投奔友人。裴父不久病故，臨終叮囑青鸞早日擇人他適。後為傳樞密之妾。傳妻雲氏妒甚，派人殺之。主事者賈順從妻酆氏之言，縱青鸞母女，取其釵飾。曾氏母女倉猝逃遁，昏黑中相失，青鸞獨至黃公店叩門來寄，店小二以天儀之寓留宿焉。半夜，欲與姦，青鸞不從，小二時斧怖之，立死。死後鬼魂至城隍處訴說冤情。得知陽壽未盡，將與劉天儀有夫妻之份。天儀隔日回黃公店，青鸞鬼魂假稱鄰女，與之相見，並以〈後庭花詞〉相唱和。適母曾氏發覺，青鸞逃逸。日後冤情終為開封府尹包拯所破，拯並言之城隍以神丹活救青鸞，城隍托夢與傳樞密，令其收青鸞為義女，與劉天儀配為夫妻。本線所含情包括：「裴公尋親」、「媒妁說親」、「夫人托慶」、「賈順賄放」、「暮夜迷失」、「青鸞枉斃」、「冥府彰明」、「尋女投宿」、「天儀遇鸞」、「遣取信物」、「包公三斷」、「城隍陽丹」、「青鸞還魂」、「配合團圓」等十四出。（「夫人托慶」與「尋女投宿」雖不見青鸞出場，然前者為「賈順賄放」之前端，後者為揭開冤死之關鍵，故列入）

　　輔線之一為代表開封府尹包拯，與城隍為主之劇情。此二者分別為陰陽二界的執法者，表彰權威公正。在本劇中使兩件冤情得以昭雪，並促成青鸞復活，天儀任官，以及兩人姻緣。本線所賅情節部份為：「包公謁廟」、「冥府彰明」、「包公首斷」、「張千緝事」、「二斷啞詞」、「差拿酆氏」、「包公三斷」、「城隍賜丹」、「召對金鑾」、「配合團圓」等十出。

　　輔線之二為代表傳忠為主之劇情。自其壽日堂候官王慶代為尋妾，為於買得裴青鸞之際，青鸞卻下落不明。傳忠詢問王慶，王慶推託與夫人，忠不得已，請開封府尹包拯承辦此案。後以城隍托夢，收死而復活之青鸞為義女，招劉天儀為婿。本線所屬，含：「傳忠慶壽」、「媒妁說親」、「傳忠究因」、「城隍賜丹」、「青鸞還魂」、「配合團圓」等六出。（「城隍賜丹」與「青鸞還魂」

雖無傅忠上場，然均為提及城隍托囑傅忠之事，故列入）

　　旁線為代表以酆氏為主之劇情。酆氏為傅樞密府中軍牢賈順之妻，育得一啞兒。酆氏與堂候官王慶私通。某日，傅妻令慶殺青鸞母女，慶相商於酆氏。酆氏為慶畫策，以己意商之於順，縱青鸞母女，取其釵飾，而誑慶云已殺青鸞。使慶詰其情狀，酆氏為證，言實未殺而縱之，慶遂逼順作休書，以酆嫁慶。順知被妻所誆，欲告開封府。酆氏與慶乃殺順滅口，投後園枯井中。包公斷案，派人拘得酆氏，適啞兒忽開口作證詞，酆氏終不能抵賴，判定秋後正法。本線所屬，含：「酆氏設計」、「賈順賄放」、「奸淫狎儒」、「遣啞探慶」、「張千緝事」、「二斷啞詞」、「差拿酆氏」、「包公三斷」等八出。（「張千緝事」與「二斷啞詞」中酆氏雖未出場，然均涉與偵破酆氏詭計之情節，故列入）

　　在上半部兩條主線分向進行，到了下半部各線逐漸向主線集中，先收束旁線，最後四線合一。

　　在本劇上半部的結尾處，作者不像《埋劍記》那樣安排許多懸疑，卻是把情節下降至最低潮；就男主角劉天儀而言是第八出「窮途賣字」──劉天儀下榻黃公店中準備應試，無奈旅費不足，只得依店小二之議，暫時賣字為生。就以女主角裴青鸞為主的劇情而言是第十四出「青鸞枉斃」──裴青鸞與母親失散後，投宿於黃公店中，為店小二見色起意害死。就以輔線之一城隍包拯為主的劇情而言是第七出「包公謁廟」──城隍托夢與劉天儀日後姻緣及功名之事，尚無明顯事跡印證；而包公這位人間的執法者，還未介入王慶、酆氏謀害賈順一案審理中。就輔線之二以傅忠為主的劇情而言是第九出「媒妁說親」──傅忠以衙中議事，令王慶帶青鸞母女見夫人，卻不知夫人授意王慶殺害二人。而以酆氏為主的劇情則是第十五出「奸淫狎儒」──酆氏詭計為夫賈順識破，一時情急竟將賈順勒斃，只得把屍體投入後園井中。這些低潮到了下半部開始上揚，使情節達到高潮，又逐漸收束，以至結局。從圖表中，可以看出人物離合的關係，而在劇情進展中，又不致予人雜亂無章之感。

　　本劇一開始，兩條主線分頭發展，作者循序漸進的安排各組人物陸續登場，然後再透過裴青鸞母女為主的劇情，衍生出其他相關的事件，再由這些事件挑起腳色與腳色之間微妙的關係，最後由包公收束各個事件。包括劉天儀的任官、裴青鸞死裡重生、以及兩人姻緣的結合。

本劇埋伏與照應之安排處，見以下分析：

第二出「傅忠慶壽」，夫人雲氏自述性情時言道：「貌似花，心太狹，不堪容麗娃。婦女無非麻與瞎，若大當朝樞密家，喜則打，怒則殺。」種下後第十出「夫人托慶」中欲害裴青鸞母女之動機伏筆。另，王慶上場道白：「軍牢賈順渾家，與我有些行逕，兩下他愛我貪，恨殺那人隨定，如今日夜尋思，只要送他送命。」爲後第十五「奸淫狎懦」殺賈順之動機。

第七出「包公謁廟」，城隍托夢與劉天儀時言道：「休說那眼中無形無影，怎知那鬢邊花起死回生，看你奪錦彤廷，那更射雀金屏，一世榮枯，總賴詞盟。」（〔折桂令〕），與後第二十八出「青鸞還魂」與二十九出「召對金鸞」、三十出「配合團圓」等相呼應。

第六出「裴公染恙」中，裴父深知自己將一病不起，叮囑妻子曾氏注意女兒婚事。並言道：「……倘若有官宦人家，憑媒說合。只得嫁與他作妾也罷。」爲後第九出「媒妁說親」中，裴母答應媒婆以女兒青鸞爲傅忠作妾之伏筆。

第十五出「奸淫狎懦」中，啞兒眼見酆氏與王慶謀害父親賈順，爲後第十六出「冥府彰明」、二十三出「張千緝事」、二十四出「二斷啞詞」、二十六出「包公三斷」中，成爲破案關鍵人物的伏筆。

第十六出「冥府彰明」中，城隍對裴青鸞言命該與劉天儀爲妻，允其還魂。與後第二十六出「包公三斷」、二十七出「城隍賜丹」、二十八出「青鸞還魂」、三十出「配合團圓」等互相呼應。

本劇與沈璟其他現存南曲作品相較，不同之處在於該劇各出均不甚長，且對白多於曲文。各門角色都有其發揮的部份，並善於運用暗場收束次要腳色，及省去不必要之冗長劇情，在布局上發揮了精鍊簡潔的優點。

六、《墜釵記》

本劇的主、輔、旁線，茲依次分析如下：

主線之一爲代表以男主角崔嗣宗爲主的劇情。自其四歲時，由其父與揚州何防禦同齡之女興娘以金鳳釵爲聘，訂下婚契，後過十五載，嗣宗欲往揚州問候，順便先拜訪父執泰州盧二舅，向其請教功名、婚姻二事。後嗣宗果至揚州尋得何家，然興娘卻因思念成疾而亡。是夜，興娘鬼魂謊稱慶娘，與嗣宗相見，並於書房同居。後爲書僮行錢發覺，兩人雙雙乘舟投奔昔日僕人

來富家。過一載，攜興娘返家，興娘於慶娘身上還魂，嗣宗並與之訂婚，後於科舉應試，高中探花，與慶娘結爲連理。本線所屬的部份，含：「敍釵」、「偶仙」、「鬧殤」、「冥勘」、「上墳」、「捉奸」、「舟適」、「猜遁」、「遊廟」、「別僕」、「魂訣」、「餞試」、「選場」、「圓結」第十四出。（第十三出「捉奸」雖無崔嗣宗上場，但劇情與其有關故列入）

　　主線之二爲代表以何興娘爲主的劇情。由於自幼與崔嗣宗訂婚，後崔家一直遲遲未迎娶，其間何母有意將女兒興娘許配與其他人家，然爲興娘所拒。後興娘思念嗣宗成疾而逝，但仍以鬼魂、假託慶娘之名與嗣宗見面，成爲夫妻。以家僕行錢發覺，二人逃至呂城來富家。經一載之餘，興娘在人間期限已滿，在返回冥界之前，附身慶娘，說明此事原委，以促慶娘與嗣宗續配姻緣。並以半仙之分爲盧二舅收爲弟子，遠離紅塵俗世。本線所屬部份，含「閨怨」、「病話」、「香兆」、「鬧殤」、「拾釵」、「捉奸」、「舟適」、「投僕」、「遊廟」、「魂釋」、第二十一出、「別僕」、「舟話」、「鬼媒」、「魂訣」、第三十出、「圓結」等十七出。

　　輔線爲代表以盧二舅爲主的劇情。自其於第五出「謁仙」出場後，對來訪的崔嗣宗告知婚姻與應試之前途。後爲玉帝昇上仙班，且以何興娘有半仙之緣，故收爲弟子，度其出家。本線所屬，含：「偶仙」、「盧仙」、第三十出、「圓結」等四出。

　　旁線以何慶娘爲主的劇情發展，由其與姐姐庭前散步的閒談中正式登場，到夢中被盧生以仙術召喚，以彈空與崔嗣宗見面。後姐姐興娘病逝，亦染病在床。興娘並以鬼魂爲媒，與崔嗣宗成爲夫妻。本線所屬，含：「敍釵」、「謁仙」、「病話」、「香兆」、「話夢」、「慶病」、「圓結」等七出。

　　本劇題目爲《墜釵記》，又名《一種情》，指的是何興娘對崔嗣宗執著的感情，不因時間、生死的改變而改變。本劇在一開頭，即說明崔嗣宗與何興娘在十五年前（即兩人四歲時），已訂下婚姻之盟。何興娘對崔嗣宗可謂只聞其名，不見其人。然而憑著「受金鳳釵爲聘」的信諾，展開了一連串的劇情。興娘的死，是爲了崔嗣宗十五年的音訊杳然，思念成疾。興娘化做鬼魂與崔嗣宗相見，是爲了「與崔嗣宗有一載魂魄夫妻之分。」（十八出「魂釋」）後興娘附身慶娘，是爲了持續這場緣份，直到何家父母促成崔嗣宗與慶娘的姻緣之後，方隨盧二舅修道成仙，全劇至此結束。就地點來說，其間雖穿插泰州（崔嗣宗拜訪盧二舅）、呂城（崔嗣宗與何興娘逃至來富家）等地，主要劇

情集中在揚州何宅。可謂線索清晰，條理分明。

本劇共分為三十一出，第二至十八出為上卷部份，在此，作者安排了許多懸疑；就男女主角而言，是第十八出「魂釋」——崔嗣宗偕妻何興娘至周王廟中祈祝，身為鬼魂的興娘為神明所斥，在驚慌中道出了與嗣宗一載夫妻魂魄之分，為嗣宗聽得，百般生疑，興娘忙為掩飾，他將如何得知日後事實的真相呢？何興娘回冥界期限已近，須與丈夫永遠訣別，她該怎麼辦呢？就輔線盧二舅與旁線何慶娘而言，是第十二出「話夢」——盧仙翁雲遊四方，但慶娘與婢女倩兒夢中，盧二舅都居關鍵人物，他會如何解開這個謎？崔嗣宗已離開何家，慶娘可能與他再諧姻緣嗎？到了下半部，各線再繼續衍生出錯綜複雜的情節，並藉著主、旁線的交錯進行，將這些懸疑一一解開，最後在「圖結」中大收場。

本劇亦有埋伏與照應之處，茲分析如下：

第四出「家閧」中，何興娘斷然拒絕母親將其改嫁他人之意，並言：「誓死不改他人婦」，為後來全劇的發展重心，與後出許多劇情相呼應。

第五出「謁仙」中，崔嗣宗向盧二舅詢問功名之事，盧二舅答道：「後二載，看花杏苑，到頭來列戟天」，為後第二十九出「選場」崔嗣宗科舉應試及第之伏筆。

第七出「香兆」中，何興娘臨終之前，要求母親將崔家聘物金鳳釵插在頭上，並言：「兒身死後是崔氏人……」（〔玉交枝〕）為後第十一出「拾釵」，何興娘之亡魂與崔嗣宗相見時之信物，及第二十五出「鬧釵」中，何父告知崔嗣宗所持金鳳釵，原為亡女興娘陪葬之物時，始明白一載所伴者，原為興娘鬼魂。

第十七出「遊廟」中，崔嗣宗欲攜妻子前往周王廟中祈祝，保正（即昔日家僕來富）予以勸阻，言道：「……一向在此，無人知覺，倘外出閒遊，恐有泄漏，反為不美。」然嗣宗執意前往，為第十八出「魂釋」，興娘果因鬼魂之身入廟燒香，導致觸犯神道而昏迷，返家之後，保正遂言：「咳，天那，我說不要出來」之伏筆。以及第十九出「慶病」，慶娘病中言道夢見姐姐與姐夫同往周王廟，以及第二十三出「神囑」，何父派蒼頭往該廟中祈祝，最後第二十六出「鬼媒」，何父以神明所言不誣，差人至廟中進香叩謝。

本劇描寫何興娘對崔嗣宗恒久不渝的愛情。然而幽冥異途，這樣的婚姻註定是要以悲劇收場。作者在安排兩人姻緣將盡之時，由於崔嗣宗的毫不知

情，更突顯出何興娘獨自一人面對紅塵中的愛恨情淚，種種痛苦掙扎的內心情緒翻騰，如二十三出「神囑」、二十四出「舟話」、二十五出「鬧釵」中所表現夾雜在不願與丈夫分別，而又礙於冥界所予還魂回返人間的時間已至的矛盾心情；第二十六出「鬼媒」中與親人永遠訣別，以及忍痛幫助其妹慶娘與嗣宗成婚之舉，第二十七出「魂訣」與丈夫的永遠分離；以上幾出的安排，是下半卷的高潮戲，一環緊扣一環。對於結構而言，笠翁所謂：「一人一事」、「顧前顧後」、「埋伏照應」、「血脈相連」、「前後貫通」，在本劇中得到了很好的印證。然亦難避免有所瑕疵之處。如全劇在第五出「謁仙」中，由盧二舅上場唱完〔北雙調‧新水令〕後的一段道白中，吾人已知興娘將死，由慶娘與嗣宗續此姻緣。但這樣一個故事情節，卻不斷地出現在第六出「病話」、七出「香兆」、十一出「話夢」、二十三出「神囑」、二十六出「鬼媒」；借著興娘、慶娘、丫頭倩兒、蒼頭、崔嗣宗等口中不斷地重覆。作者無非是強調此一個安排，是在眾人的共識中進行的，然卻易予觀眾生厭之感，殊為可惜。

就以上各本對布局的分析，可對沈璟作品有一清晰概念。在「立主腦」方面，笠翁認為，作劇當以一人一事為主腦，其餘枝節，皆由此而生，以求思路不分，文情專一。今觀沈璟六本傳奇中，《紅蕖記》以鄭、韋紅蕖姻緣為主；《埋劍記》敘述郭仲翔參加朝廷征討南蠻之役，身陷彼邦，歷劫歸來之經過。《雙魚記》則寫劉皞在仕宦之前顛沛流離的際遇；《義俠記》刻劃武松如何從反對梁山到上梁山，以及受朝廷招安的心路歷程。《桃符記》一劇以一件謀殺的終始，展開一連串的情節。《墜釵記》表現何興娘對崔嗣宗執著的感情；可知作者十分遵守「一人一事」的原則，因為中心意旨若未能掌握，容易喧賓奪主，無法突顯全劇重心。

在頭緒繁簡方面，從前面所分析的各線情節看來，亦無枝蔓蕪雜之嫌。如在《埋劍記》中，吳保安夫婦雙雙亡故，吳延季求助於郭仲翔，看似劇情的衍生，實則為呼應劇名，並以表現仲翔不忘故友之心。重點仍在郭仲翔身上。而《雙魚記》中，邢春娘被陷害賣入烟花而命運轉變的重要時刻，被鴇母楊媽媽的迫害不從，也表現了她對貞操的堅持。因此雖然客觀環境的改變（從家鄉隨父親至曲周縣），人物的加多（楊媽媽、李媽媽與李苔英），但主要仍以刻劃邢春娘的個性為主，是以都有細膩的描寫。然而作者以暗場交待春娘被宋祈收為官妓，得與劉皞相見，一來減省不必要的蕪雜劇情，二來可

收先驚後喜之效（如果作者提將這樣的情節安排在前面幾出，則缺乏曲折的趣味，而落入團圓窠臼之嫌）。可知沈璟作品劇情脈落單純清楚，又善於運用簡易的情節作出多樣的變化，並且避免了頭緒紛繁的弊病。唯在劇情穿插部份，常常出現重複的情節，如果重複的情節是以不同的方式表達，尚可使觀眾不厭其詳，並能產生突顯主題的效果，然而試觀本劇兩本傳奇，皆由各門腳色口白曲文道出，內容幾乎雷同，實有拖沓之弊，是其作品布局中疏忽之處！

對於編劇組織所需注意之事，笠翁在「密針線」提及必需瞻前顧後，以埋伏照應，使得全劇線索能夠脈絡相通。劇情發展不致露出破綻，或勉強補綴，而生矛盾，這是傳奇作者所需顧慮周全之處。綜觀該六本傳奇中，各本均有埋伏與照應之處。有的出現在上半部，特別是開頭主要人物出場的幾出；或看似不重要的細節，而其後事件的發展，卻與此有關。在在都顯示出作者在經營全劇時審慎之處，是不容令人忽視的。

此外，在收煞方面，上半部末出為「小收煞」，其發展往往居全劇最高潮，為作者最用心之處，此時情節的暫攝，必須注意到「宜緊忌寬、宜熱忌冷」。綜觀沈璟於六本傳奇在小收煞部份，運用了懸疑、暫時的收束、以及未獲解決的低潮三種方式作為上半卷結尾，除因《紅蕖記》一劇頂點於前半部發展太過，下卷便折而緩緩降下，雖後略有小起伏，但泛波瀾之妙。若主線頂點移於後方，急轉直下而收結之，必使全劇更形生動。其他各本，皆謂得宜，收束手法既不侷限一偶，所造成各劇藝術特色便呈現不同風格，富於新鮮變化。

至於大收煞，各本幾乎都以逐漸收束做結，亦即劇情自然發展、水到渠成。雖不能免俗以才子佳人聯姻的團圓窠臼，但尚能「無包括之痕，有團圓之趣」。

第三章　沈璟現存傳奇劇本在藝術上的成就

　　沈璟深諳曲律，尤強調「場上之曲」的特質，特別重視戲劇搬演的效果。因為，在達到觀眾欣賞的情緒中，除了有賴劇作家借著曲文、賓白刻劃劇中人的性格、經歷，推展悲歡離合的情節之外，排場與音律更是不可忽略的因素，因為「傳奇中一場一場的佈置，原是發展整個故事形式的基本骨架，場面一亂，或是不夠完全，那麼這部劇本，便要解體。」（以上見張師清徽所著《明清傳奇導論》，華正書局，頁 109）其次，音樂運用的得失，更直接關係到戲曲是否能夠打動人心，使得几案上所具備的種種奇觀，得到更進一步的發揮。本章以下就此二部份，探索沈璟傳奇劇本在藝術上的表現。

第一節　排　場

　　明傳奇是以不同曲牌連接而成的樂曲，稱之為「曲牌體」。北雜劇及南戲所確定下來的曲牌聯套的結構形式，發展到崑山腔時期，已臻於完善成熟的境地。不僅突破了北曲宮調的限制，亦使南曲在量眾多的情形下，能夠保持布局上的完整性和貫串性。此一宮調運用的靈活變化，是與出場人物、戲劇情節互相配合，是以排場不僅為音樂的安排，亦與劇場上的情節，角色運用相關。此就其六種傳奇中，每劇各出曲牌的使用，聯套與情節變化的配合、用曲粗細與上場角色的協調，總論其分場運用的得失，並略述其變動排場的手法和特色。分析理論依據則以張師清徽《明清傳奇導論》第四編第一章〈傳

奇分場的研究〉及〈南曲聯套述例〉（《文史哲學報》第十五期）二文爲主；
另參考吳梅先生《南北詞簡譜》中對各曲牌性質的說明，與許之衡先生《曲
律易知》，王季烈先生《螾廬曲談》、曾師永義《詩歌與戲曲》中「說『排
場』」、汪志勇先生《明傳奇聯套研究》等對排場的論述，以及曾師永義《長
生殿研究》第參章對排場的分析方式。

一、《紅葉記》

第一出

千秋歲引　末

此出爲開場，依傳奇通例，由末或副末唸兩闋詞，一以訴說作劇意旨，
一以概括劇情大要。此處獨用〈千秋歲引〉一支，寫作劇者之人生感懷，次
以乾唱方式，點出《紅葉記》全本梗概。

第二出　幽怨文靜過場

黃鐘引子鳳凰閣 生唱 —— 黃鐘過曲漁父第一 生、淨唱 —— 三段子 生、淨唱 —— 歸朝歡 生、淨唱

七言四句下場詩

本出爲全劇之首，以黃鐘一引四過曲協歌戈韻組場。譜男主角鄭德璘乘
舟欲往江夏，探望表兄及訪求姻事。首以黃鐘引子道出鄭所處之心情及欲往
江夏之動機。次以四支過曲，由生、淨二人以接唱方式，寫鄭德璘與漁夫之
人生觀。〔刮地風〕、〔三段子〕，爲無贈板過曲，節奏較快，〔歸朝歡〕屬特曲
曲牌，可代〔尾聲〕。雖然全折只有二人，亦不嫌冗長瑣屑。

第三出　群戲兼行動歡樂大場

南呂引子滿江紅 末、老旦、旦唱 —— 南呂過曲一江風 末、老旦、旦、外丑唱 —— 前腔 外丑同唱、眾接合唱 —— 仙呂入雙調過曲朝元歌 末、旦、老旦同、外、丑同唱、眾合唱、小旦同唱、眾合唱 —— 二犯江兒水 旦唱、小旦接同唱、小旦、旦、合 —— 朝元歌 外、丑、小旦、末老旦、旦眾合 —— 二犯江兒水 小旦唱　七言四句下場詩

本出劇情寫韋、曾兩家因同往湘潭而在水上相遇。兩家姐妹相談甚歡，
遂「以姐妹相處」，並採紅葉自娛。〔二犯江兒水〕，鄭騫先生在北海出版社之
《紅葉記》在此部份的校點上作這樣的註解：「此曲本南調，近作北詞唱者誤
矣。」《南北詞簡譜》（以後稱《簡譜》）云：「此曲例用二支，實是南曲。自
《紅拂》唱做北調，於是有謂此非南詞者，眞大謬也。」是知〔二犯江兒水〕
實爲南曲，其用二支加引尾（或不加）組套，最宜於行動之場面。此處寫韋

楚雲與曾麗玉隔船唱〈採蓮歌〉之情景，次支譜韋、曾二女將採得紅葉題詩撤在水中。集曲多為細曲性質，最宜抒情。劇中情節為後出埋下許多伏筆。二支〔二犯江兒水〕押齊微韻，其餘為用庚青韻。

第四出　健捷北口正場

北仙呂點絳唇^{外唱}——混江龍^{外唱}——油葫蘆^{外唱}——天下樂^{外唱}——

寄生草^{外唱}——么篇^{外唱}——賺煞尾^{外唱}

本出為另一次要人物龍王正式出場，由外扮演，以北曲仙呂調組套，寫龍王假扮賣菱芡者，與鄭德璘湖上相遇，德璘並相贈以松醪春。為日後德璘在婚姻與宦途上，受龍王相助伏筆。

第五出　感歎文靜短場

南呂淨唱春鎖窗^{末、小丑、淨唱}——前腔^{生、末、小丑唱}——針線箱^{生唱}——前腔^{末、小丑唱}——

仙呂過曲解三醒^{生、末、小生唱}前腔^{末、小丑唱}　七言四句下場詩

本出劇情承第二出而來，鄭德璘與漁夫已至表兄古遺民住所，並說明此行目的。以南呂四過曲兩兩疊用協庚青韻組套，末插用仙呂過曲〔解三醒〕二支，韻腳亦隨之移為真文。仙呂與南呂笛色不同，本不能借宮，實因〔解三醒〕過曲性質特殊，《簡譜》云：「此調雖列仙呂宮，而管色卻用凡調、六調，亦如正宮內有〔白練序〕也。」且其「音調非常優美，南詞中無贈之曲似此者少矣。」（見《簡譜》）與南呂宜於抒情性質相近，皆與本出生之感歎，末之勉進氣氛相合。

第六出　訴請中細過場

南呂引子一枝花^{小生、淨、合}——南呂過曲紅衲襖^{小生、淨唱}——五更轉^{淨唱}——瀏潑帽^{小生唱}

——東甌令^{淨唱}——金蓮子^{小生唱}——尾聲^{淨、小生唱}　七言四句下場詩

本出劇情承第二出而來。崔伯仁與魏子真同船前往湖南幕下應試，在湘潭停留之時，伯仁於水中拾得曾麗玉題字之紅葉瓣，兩人遂起雅興賦詩。南呂本宜訴情，此以一引六過曲加尾聲協皆來韻組場，並為後第十出之伏筆。

〔紅衲襖〕為散板曲，正宜於表現崔伯仁聞紅葉觸舟聲之猜疑心情，因散板無固定速度，可依自己感受控制抑揚頓挫，極盡抒情寫意之致。

第七出　訴情文細正場

商調引子高陽臺^{旦、小旦}——商調過曲山坡羊^{旦唱}——前腔^{小旦、旦接唱}——鶯集御林春^{旦唱}

——前腔^{小旦、}_{旦接唱}——琥珀貓兒墜^{旦、}_{小旦合}——水紅花^{小旦}_{旦合}——琥珀貓兒墜^{小旦}_{旦合}——旦、小_{旦接唱}水紅花^{旦、小}_{旦接唱}——尾聲^{小旦、}_{旦接唱}　七言四句下場詩

本出劇情寫韋楚雲念父母年老，無子奉養，不免心懷感嘆愁緒，然曾麗玉卻誤爲楚雲爲姻緣之事無著落煩惱。全出以商調一引八過曲，加〔尾聲〕協車遮韻組場。〔山坡羊〕接〔琥珀貓兒墜〕與〔水紅花〕，爲商調悲哀熟套。此更加以二支集曲〔鶯集御林春〕著重訴情成分。全場腳色只二人，與第二出恰可成一輝映，劇情雖於後出無直接影響，然重點在於訴情，所組場之過曲，非集曲及細曲，《曲律易知》云：「訴情之曲，皆大套長曲，爲全部傳奇重要處，須細心著意填之。……」（卷下，「論排場」），故應屬正場性質。

第八出　行動文過場

^{越調}_{過曲}庭前柳^{生唱}——前腔^{末唱}——前腔^{小丑唱}——章臺柳^{末、}_{小丑合}——前腔^{生唱}——雁過南樓^{末、}_{小丑合}——前腔^{生唱}——江頭送別^{末、}_{小丑合}——前腔^{生唱}——尾聲^{生、小弓}_{末接唱}　七言四句下場詩

本出劇情承第五出而來，鄭德璘居表兄古遺民處多方議親，並無所遇，因此欲返鄉，再圖長安調選。越調一套協魚模韻組場，〔庭前柳〕做上場腳色之衝場曲，〔章臺柳〕至〔雁過南樓〕譜古遺民爲德璘整酒送行。再〔江頭送別〕加〔尾聲〕寫餞行後，一行人至江頭送別。六支過曲皆兩兩疊用，此時對白緊縮，首支由末唱，弓丑接同唱，次支爲生獨唱方式表之。爲下一出劇情之過脈。

第九出　群戲熱鬧過場

^{仙呂}_{過曲}大齋郎^{淨唱}——^{南呂}_{過曲}奈子花^{生唱}——前腔^{末、老旦、旦同唱、}_{外、丑、小旦接同唱}——楚江情^{末唱、}_{老旦合}——北金字經^{旦唱}——楚江情^{外、}_{丑合}——北金字經^{小旦唱}　七言四句下場詩

本出劇情分別上承第三出與第八出而來，寫鄭德璘辭別表兄古遺民後，因風高浪惡，泊舟於洞庭龍王廟中歇息。後韋、曾兩家船也至該廟稍做停留，並請廟祝爲各人前途預卜。德璘遂避於一旁，因之初遇韋楚雲，並爲下一出之過脈。

前三曲實爲各腳色上衝曲，〔大齋郎〕獨協江陽韻，〔奈子花〕改以尤侯代之。後以〔楚江情〕與〔北金字經〕疊用組套，先押庚青韻、次押支思韻，末移宮而換韻甚頻。

第十出　訴情文靜正場

$\dfrac{雙調}{過曲}$步步嬌^{生唱}——忒忒令^{旦唱}——沉醉東風^{小旦唱}——園林好^{小生唱}——尹令^{旦唱}——品令^{小旦唱}——荳葉黃$^{生、旦}$——五供養^{旦唱}——玉交枝^{小旦唱}——月上海棠^{小生唱}——江兒水^{旦唱}——川撥棹^{小旦唱}——尾聲^{合}——$\dfrac{仙呂}{過曲}$醉扶歸^{生唱}——前腔^{小生唱}

本出劇情承上而來，譜韋、曾兩家與鄭德璘離開龍神廟後在水中停舟之經過。德璘在廟中偶遇韋楚雲，然雙方未交一言。此時崔伯仁亦因進士落第回到湘潭，感去歲拾得紅葉，並有神仙託姻緣之事，步途中正吟誦所作之詩，為韋、曾二女所聽，引起一番猜疑。曾麗玉於是將該詩題於韋楚雲紅牋之上以為姐妹分別留念之物。

本出排場共計為二，以〔尾聲〕隔為前後兩部份。首以雙調歡樂熟套〔步步嬌〕協安桓韻組場，次由仙呂加贈細曲〔醉扶歸〕連用兩支，改押齊微韻。鄭德璘與崔伯仁在此折中共兩次上下出現在舞台，作者以韋、曾二女對這兩個交替出現的人物，一是遠觀、二是耳聽，兩種不同方式埋下後出許多重要情節之伏筆，也造成兩人姻緣結合過程之不同。無論在劇情場面都開啓後來許多場面，且生、旦等多數腳色均在場上，所用曲調（含尾）之多為全劇之冠（共十五支曲），應屬正場性質。

第十一出　中細普通過場

$\dfrac{仙呂}{引子}$劍器令^{淨唱}——$\dfrac{仙呂}{引子}$卜算子^{小生唱}——$\dfrac{仙呂}{過曲}$八聲甘州^{小生唱}——前腔^{淨唱}——$\dfrac{羽調}{過曲}$排歌^{小生唱}——前腔^{淨唱}——$\dfrac{中呂}{過曲}$朝天子^{小生唱}——前腔^{小生唱}

七言四句下場詩

〔朝天子〕應為仙呂入雙調，而非中呂過曲，此據曲譜更正。

本出劇情承上而來，崔伯仁為紅葉之緣，在洞庭湖多做停留，同行魏子真卻急欲返家，遂佯做休息，撇下崔伯仁先行離去。

以仙呂過曲組套，中間插入二支羽調〔排歌〕，末以仙呂入雙調過曲〔朝天子〕疊用兩支為小生吊場曲。全出通押尤侯韻。〔八聲甘州〕為加贈細曲，《簡譜》云：「此調與詞絕不相類。按舊格《荊釵》有二式。首曲首句用四字者為快板曲，……首句用五字者為慢板曲。」本句：「只是我英雄不自由」為五字句，應屬慢板曲。羽調〔排歌〕：「舊譜將此調列入仙呂宮，而標題曰羽調〔排歌〕，此大憒憒也。今移歸本調。」是知此調應屬羽調。以次要腳色生、

淨組場，劇情一方面承前而來，並開啓第二十出，組套曲多爲過場短劇，故可視之爲過場性質。

第十二出 勻遽文過場

雙調_{引子}夜行船^{末唱}——雙調_{過曲}雁兒舞^{小丑唱}——風入松^{末唱}——前腔^{末唱}——急三鎗^{小丑唱}——前腔^{小丑唱}風入松^{末唱}——急三鎗^{末唱}——前腔^{末唱}——風入松^{末唱} 七言四句下場詩

本出劇情寫古遺民因神仙託夢，言鄭德璘若得紅箋之後，次日不可開船。古遺民遂遣家僮古怪速往通知。

以暗場交待託夢經過，繼以雙調勻遽行動熟套〔風入松〕與〔急三鎗〕循環疊用，譜突發事件後古遺民的處理態度。明傳奇中以此組套者尙見之於《贈書記》七出「旅病托棲」、《義俠記》十出「委囑」等。〔雁兒舞〕爲快板粗曲，不拘宮調，可做丑淨上場引子。

第十三出 庚青 訴情文細正場

商調_{引子}遶池遊^{生唱}——前腔^{旦唱}——羽調_{過曲}四時花^{生唱}——商調_{過曲}集賢賓^{生唱}——前腔^{旦唱}——簇御林^{生唱}——緩調黃鶯兒^{生唱}——前腔^{旦唱} 七言四句下場詩

〔四時花〕爲羽調過曲，此誤爲商調，今據曲譜更正。

本出劇情上承第十出而來，韋、曾兩家船分路相別，楚雲因頓失女伴，欲借泊舟垂釣，排情遣愁。適鄭德璘船趕至，遇見楚雲，遂以詩題紅綃，拋與楚雲。楚雲拾起，另贈以當日曾家妹子麗玉所題詩之紅箋，回贈德璘。兩人正欲說話之際，卻被韋母喚楚雲聲所驚散，楚雲只得將紅綃繫之臂上，待父母問起時，再擬請人議婚。

〔集賢賓〕聯〔簇御林〕與〔緩調黃鶯兒〕，爲商調訴情熟套。作者先以二支加贈細曲羽調〔四時花〕寫盡鄭德璘對韋楚雲愛慕之情，次以商調過曲寫此一男女定情經過。曲文聲情既細膩纏綿，亦以動作加強兒女嬌羞靦腆之狀，生旦俱在場上，所敷演亦爲全劇重要關目之一，並牽出後來許多情節，故可視之爲正場，全出通押庚青韻。

第十四出 南北神怪大過場

南呂_{過曲}香柳娘^{小丑、老旦、旦}——前腔^{生唱}——前腔^{丑、淨唱}——前腔^{淨、旦唱}——北南呂

一枝花^{外唱}——梁州第七^{外唱}——尾聲^{外唱}

本出劇情與第九出互相呼應。洞庭湖龍王接獲東岳帝君所發天符，有數十人陽壽已盡，須淹死於湖中，其中亦包括韋淡成一家。龍王於是興風作浪，韋遂於驚慌之際，求助於一小漁船夫，漁人不予理會，但目睹韋楚雲臂上所繫紅絹，且聞鄭老爹三字，遂於韋家沒水之後，謊報德璘楚雲託其代傳口信之語。

〔香柳娘〕為南呂宜疊用之曲，適於行動匆促之場面，明傳奇中用此例其多，如《金蓮記》二十六「驚譌」下、《東郭記》三十七「為衣服」下，《贈書記》十八「認女作子」、《南柯記》四十四「情盡上」，《雙珠記》二十二「京邸敘親」、《獅吼記》二十三「冥遊」、《明珠記》二十六「橋會」，《雲箋記》二十二「驛亭奇遇」等。作者以此套譜洞庭湖眾人物遇風險之情形。後眾人俱下，結尾處重歸龍王，改以北曲兩支〔梁州第七〕做吊場曲，以北曲南呂調的感嘆悲傷，唱出人世間禍福因果之理。末以尾作結。

第十五出　幽怨文細短場

正宮引子七娘子^{小旦唱}——正宮過曲三仙橋^{小旦唱}——洞仙歌^{丑、小旦合}——前腔^{小旦唱}

——普天樂^{小旦唱}　五言四句下場詩

〔三仙橋〕為南呂失宮犯調，此處註明為正宮過曲，實誤。《簡譜》云：「此調蔣沈各譜皆列入『未知宮調』內，獨定律（註：《南詞定律》則入南呂）大成譜因之，余亦從其例。」是知此為南呂過曲。《曲律易知》卷上「論過曲節奏」附錄過曲下註明：「按南曲譜云不知宮調，茲從南詞定律補注之。」亦將〔三仙橋〕歸入南呂宮套。而正宮、南呂本不同笛色，此處借用，恐因沈璟不明〔三仙橋〕為南呂過曲之故。

本出劇情上承第十出而來，寫曾麗玉與韋楚雲分別後之情景。曾父身亡，母為家計逼女為娼，〔三仙橋〕為加贈板悲哀細曲，此處疊用兩支寫曾麗玉為母所迫之苦狀是屬靜態的。〔洞仙歌〕二支譜曾家母女相對場面，首支強調曾母之惡態，次支寫小旦反悖母命，是行動的。〔普天樂〕寫曾麗玉之心事，是表示希望而有動態性質的。可知六支過曲分別涵蓋了不同層次的情緒。末以曾母發現麗玉心事，麗玉答應母親有人續得此詩便接客作結，並下開第二十一出之場面。

第十六出　愁悵文細正場

正宮引子破齊陣^{生唱}——正宮過曲白練序^{小丑、生唱}——醉太平^{生唱}——白練序^{生唱}

——醉太平 生、淨 ——賺 淨生 接唱 ——賺 小丑、生唱 ——中呂 過曲 瓦盆兒 生唱 ——榴花泣 生唱 ——喜漁燈 生唱 ——尾聲 生唱 七言四句下場詩

本出排場共計爲二，中以二支賺曲隔爲前後部份，首由正宮協簫豪韻組套，〔破齊陣〕引子爲生之上場，〔白練序〕調最爲美聽，且須與〔醉太平〕聯套（見《曲律易知》卷上，「論過曲節奏」）。二者皆爲加贈板過曲，其循環聯套，另見於明傳奇中《龍膏記》二十五「空訪」，《南柯記》十六「得翁」等。此寫鄭德璘與韋楚雲定情後驚被拆散之心情。曲白極盡細膩抒情。後劇情改變，漁翁告知德璘楚雲溺水惡耗，場面氣氛轉悲。作者以賺曲兩支寫此劇情變化之經過。〔賺〕曲雖爲散板曲，然具隔越排場或調劑笛色之用。（見汪經昌《曲學釋例》，頁 253；及汪志勇《南曲聯套述例》第四章「明傳奇聯套分析」（中）第二節「劇情變化與聯套之分析」，頁 55）後一排場由中呂過曲協眞文韻組場，〔瓦盆兒〕例用首支，與〔喜漁燈〕同爲中呂加贈細曲，〔榴花泣〕爲集曲，三者聯綴加尾聲，以譜德璘悲痛楚雲猝逝與賦〈弔江姝詩〉之經過。〔榴花泣〕與〔喜漁燈〕相聯爲中呂集曲聯綴熟套，其加〔瓦盆兒〕，尚見於明傳奇《贈書記》四十出「易妝避選」、《水滸記》十三出「效款」，《還魂記》四十四出「急難」等。

第十七出　悲哀文細正場

正宮 過曲 錦纏道 末、老旦 ——前腔 旦唱 ——前腔 小生唱 ——前腔 旦唱 ——中宮 引子 尾犯序 旦唱 ——前腔 末唱 ——前腔 老旦 ——南宮 引子 哭相思 旦唱 ——前腔 末、老旦

本出實由二排場組成，中以引子隔爲前後兩部份。首以正宮加贈板過曲〔錦纏道〕協家麻韻疊用四支所組成的短場，寫洞庭龍王對新來鬼犯韋淡一家人的審問。〔錦纏道〕乃狀浪之曲，《簡譜》云：「此音至爲悲狀，宜施諸老生、正末之口。」然此處同出末、旦、老旦、小生之口，可謂創新。蓋取其場面悲壯之故。明傳奇中〔錦纏道〕四支疊用多與其他宮調過曲相聯，如《荊釵記》四十六「責婢」前接南呂〔紅衲襖〕，《金蓮記》十七出「廷讞」、《綵毫記》三十七出「妻子哭別」、《東郭記》二十九「與之大夫」，後接中呂〔古輪台〕。

第二排場改由中呂協侵尋韻組套。由於韋楚雲陽壽未盡，二來洞庭力士撈得鄭德璘〈弔江姝詩〉與發現楚雲臂上紅綃，知德璘亦有意相及，且其日後將爲長沙邑宰，故命巡湖力士送還楚雲與德璘。然韋家二老卻因數該淹死，

須留在龍宮爲水仙。此一過程由大段賓白交待之，第二排場即譜韋楚雲在洞庭湖與父母分別之場面。〔尾犯序〕是中呂加贈板過曲，《簡譜》云：「此調高亢不和，實非佳曲。」蓋取其高亢不和之調，表示骨肉離別之情緒。末以〔哭相思〕作結，再一次加強劇面悲傷之氣氛。〔尾犯序〕數支疊用爲中呂短劇熟套，《曲律易知》：「此套宜短劇用之，如空谷香召折。是過場之顯例。若《琵琶記・長亭》一折，亦屬臨別匆促之時。首二支可用贈板，不贈亦可。」（卷下，「論排場」）其單獨組套者如《琴毫記》二十四出「訪道仙翁」、《四賢記》三十三出「泣夜」、《雙珠記》二十出「夫妻永訣」、《明珠記》二十一出「別母」。與其他宮調曲牌聯綴成套者，另有《還魂記》四十出「僕貞」（前接南呂孤飛雁）、《西廂記》二十五出「病客得方」（後接正宮普天樂）、《西樓記》二十八出「泣試」（後接黃鐘歸朝歡、鮑老催）等等。

第十八出　北口訴情正場

北越調鬥鶴鶉^{外唱}——紫花兒序^{外唱}——金蕉葉^{外唱}——小桃紅^{外唱}——天淨紗^{外唱}——調笑令^{外唱}——禿廝兒^{外唱}——聖藥王^{外唱}——尾聲^{外唱}

本出劇情承上而來，寫洞庭力士將韋楚雲交予二郎神，二郎神將韋氏女水底重生之奇遇再敘述一遍。全出以北曲越調〔鬥鶴鶉〕組套，由外扮二郎神一人獨唱。

第十九出　訴情文靜正場

南呂過曲懶畫眉^{生唱}——前腔^{生唱}——商調引子十二時^{生唱}——二郎神^{旦唱}——前腔^{生唱}——鶯啼序^{旦唱}——前腔^{生唱}——黃鐘過曲啄木兒^{旦唱}——前腔^{生唱}——滴溜子^{二丑唱}——鮑老催^{生、旦、二丑唱}——滴溜子^{旦唱}——鮑老催^{生、旦唱}——鮑老催^{生、旦唱}——尾聲^{生、旦唱}　七言四句下場詩

本出劇情承上而來。二郎神送韋楚雲往鄭德璘船附近，爲鄭發覺，二人於驚喜重逢之餘，始訂下姻緣。

首以南呂細曲〔懶畫眉〕二支獨協齊微韻，寫鄭德璘獨自一人愁悵心情。《曲律易知》云：「〔懶畫眉〕用在前者，不必用引子，宜於生旦出場唱之。」（卷上，「論過曲節奏」）〔懶畫眉〕爲南呂宜疊用之曲，可加引或不加引獨自組套，不用尾聲。前者如《灌園記》二十一「朝英夜候」，後者如《青衫記》二十「遣迎蠻素」、《蕉帕記》二「尋春」、《尋親記》二「對雪」、《玉環記》

十六「范張別皐」下等。此後劇情轉變，鄭德璘遇見裼水而上的韋楚雲，二人互訴情衷，鄭德璘並向韋女求聯婚之舉。排場亦改由商調〔二郎神〕與〔鶯啼序〕各疊二支協眞文韻組套，《簡譜》云〔二郎神〕過曲：「以低腔作美、凡細膩言情之戲，皆宜倚此調。南詞中最耐聽者也。」〔鶯啼序〕亦爲有贈板過曲。後場面未易，作者再改黃鐘過曲仍協眞文韻組套。《曲律易知》卷二云：「……若南曲則微有不同。茲略爲分別言之。……正宮、黃鐘、大石、近於典雅端重，閒寓雄壯。」此借以鋪敘韋楚雲對婚姻過程之決定，並點染歡樂氣氛。〔啄木兒〕爲有贈板過曲，《簡譜》云：「此曲例在首支，音調極諧，大氐用二曲居多。」該二支曲由生、旦二人對唱。後家僮、船家上場，遂改無贈板快曲〔滴溜子〕與〔鮑老催〕循環組套，使場面氣氛變得輕鬆活潑。

第二十出　中細勻遽過場

中呂過曲〔縷縷金〕淨唱——前腔小生唱——前腔淨唱——中呂引子〔天下樂〕小旦唱——

中呂過曲〔剔銀燈〕小旦唱——前腔淨唱——前腔丑唱　七言四句下場詩

〔天下樂〕爲仙呂過曲，今據曲譜更正。

本出以兩個短場組成，中以引子隔爲前後兩部份。劇情部份承前第十五出來。曾麗玉答應母親接客條件，乃爲須吟〈紅葉詩〉一首。適魏子眞離崔伯仁先行返家後，閒來無事，尋花問柳至曾所。於途中巧遇崔伯仁。魏、崔盡釋前嫌過，魏邀崔同往妓院，爲崔所拒，魏遂獨往。〔縷縷金〕爲中呂宜疊用過曲，可兼作引子，並可獨自組套，明傳奇中亦見《運甓記》二十九「斬鳳贖罪」、《錦箋記》七「尋箋」、《琴心記》十八「歸途遇寇」。後魏至曾家，與曾麗玉相見，佯稱〈紅葉詩〉爲其所作，但詭計爲麗玉識破，並拂袖而去。以〔剔銀燈〕三支連續譜此一場面。〔縷縷金〕與〔剔銀燈〕皆爲中呂宜疊用過曲，後者如《金雀記》二十六「報捷」，《獅吼記》六「書招」、《南柯記》十七「議守」、《贈書記》四「特權抄沒」、《八義記》二十三「圖形求盾」、《節俠記》十一「計陷」、《龍膏記》五「起釁」、《紅拂記》十一「隱賢依附」等。此處入聯套，爲屬過場性質（見《曲律易知》卷下、「論排場」）。

第二十一出　歡樂群戲大場

南呂引子〔稱人心〕生、旦合——南呂過曲〔梁州序〕旦、生、眾——前腔生、旦、眾合——前腔眾、旦——

前腔眾、生、眾唱——〔大聖藥〕二丑、生、旦唱——前腔淨、旦、生、眾唱——〔金錢花〕淨、生合——

前腔小丑唱、生、旦、淨、生合、接唱　七言四句下場詩

　　本出劇情承前第十九出而來。寫龍神送韋楚雲至鄭德璘處，今日正式回長沙完婚。〔梁州序〕、〔大聖藥〕、〔金錢花〕皆爲南呂宜疊用之過曲，可獨自組套。明傳奇中例甚眾，〔梁州序〕疊用組套見之於《千金記》三十「延訪」、《尋親記》十「枉招」上，《玉玦記》二十四「傳旨」；〔大聖藥〕爲《玉環記》二十五「韋皋得眞」下，《八義記》三十「醫服」下；〔金錢花〕爲《千金記》七「招集」、《錦箋記》三十「及第」。此入聯套，以譜回長沙前、回長沙後，婚禮進行中，婚禮結束後之不同場面氣氛。〔梁州序〕聲調極美婉，宜用在排場安靜處，《簡譜》云：「《琵琶‧賞荷》用做同場大曲，嫌不稱也。」在本出中亦做同場之曲，亦有稍嫌不足之感。〔大聖藥〕調頗耐聽，此譜婚禮之進行。〔金錢花〕屬淨、丑過脈之曲，例用乾板，然竟有生、旦合唱情形，是否借此以製造場面之喧囂繁華？排場起於引子生旦接唱始，尾聲亦在生旦接唱中結束。

第二十二出　中細行動過場

正宮引子破陣子 ^{末唱} ── 正宮過曲朱奴兒 ^{末唱、小丑合} ── 前腔 ^{小丑唱末合} ── 正宮引子破陣子 ^{生、末合} ── 玉芙蓉 ^{生唱、末、小丑合} ── 前腔 ^{小丑唱、生末合前}　七言四句下場詩

　　本出劇情承上而來，其排場共計爲二，中以引子隔爲前後兩部份。首以正宮引子〔破齊陣〕寫古遺民之上場，回憶先前夢兆之事，與得知表弟德璘攜新婦回長沙完婚，欲往探之過程。由於兼具行動性質，故以無贈過曲朱奴兒兩支疊用譜此一過程。次以〔玉芙蓉〕四支疊用寫古遺民到長沙，與德璘相見，並勉其求取功名之志。〔朱奴兒〕與〔玉芙蓉〕相聯綴爲正宮熟套，另見於明傳奇《贈書記》二十三「雪冤邀寵」，《龍膏記》六「成隟」，全出通押安桓韻。

第二十三出　歡樂文靜過場

南呂引子生查子 ^{小生唱} ── 前腔 ^{小旦唱} ── 南呂過曲繡帶兒 ^{小生唱} ── 前腔 ^{小旦唱} ── 太師引 ^{末、丑小旦唱} ── 前腔 ^{小生、小旦、丑、末唱} ── 瑣窗寒 ^{小生末唱}　七言四句下場詩

　　本出劇情承前第二十出而來，魏子眞爲曾麗玉識破僞裝伎倆後，崔伯仁聽得曾麗玉欲尋人續完的〈紅葉詩〉爲己所作，遂在裴姓友人相偕下特上門求澄清此事。爾後眞相大白，兩人遂締結姻緣，議定他日迎娶。南呂宮調本宜訴情，此處以〔繡帶兒〕、〔太師引〕、〔瑣窗寒〕三支過曲，各疊二支協皆來韻組套，〔繡帶兒〕與〔太師引〕均諧婉可聽，全場在和諧氣氛中進行。

第二十四出　群戲感傷正場

黃鐘引子絳都春（旦、生接唱再合唱）——黃鐘引子西地錦（末、小丑唱）——黃鐘過曲降黃龍（末唱）——前腔（生唱）——前腔（旦唱）——前腔（淨、小丑唱）——黃龍袞（末、丑、生唱）——前腔（旦、淨唱）——尾聲（眾唱、生、旦接唱）——仙呂入雙調過曲攤破金字令（生、末、小丑唱）——夜雨打梧桐（末、生合）　五言四句下場詩

本出劇情上承第二十二出而來。鄭德璘爲進京調選而與新婚妻子及家人分別之場面。〔降黃龍〕過曲，《簡譜》云：「此曲例在首支，音調極婉媚，須用贈板慢唱。」可知此曲特性，甚爲美聽。而與〔黃龍袞〕相連，爲黃鐘熟套，宜於悲哀場面，寫兩人分別後之情景。明傳奇中以此組套之情形者，尚見之於《蕉帕記》二十二「防險」、《邯鄲記》八「驕宴」、《種玉記》八「赴約」、《獅吼記》八「談禪」、《水滸記》十「謀成」、《殺狗記》十七「看書苦練」上，《曇花記》二十八「公子受封」、《金蓮記》三十二「觀聖」等。後眾人俱下，獨留古遺民與鄭德璘弔場，改以仙呂入雙調加贈板過曲〔攤破金字令〕，與〔夜雨打梧桐〕協眞文韻，譜排場之更動。二曲例須相連爲用，可不加〔尾聲〕。

第二十五出　粗細熱鬧過場

雙調過曲鎖南枝（小生唱）——前腔（末唱）——前腔（丑唱）——前腔（小旦唱）——中呂過曲好事近（小生、小旦、丑唱）——千秋歲（末、丑、合唱、小生接唱）——正宮過曲普天樂（小旦、末丑唱）——中呂過曲古輪臺（末、丑、小生、小旦唱）——尾聲（眾合唱）　七言四句下場詩

本出劇情上承第二十三出而來，排場共計二分。首以雙調過曲〔鎖南枝〕疊用四支協庚青韻組場，寫崔伯仁偕裴姓友人同往曾家提親。此爲雙調短劇通用熟套，明傳奇中以之疊用組場者，尚見於《鸞鎞記》十九「勸仕」、《四喜記》九「竹橋渡蟻」、《明珠記》二十七「拆書」、《邯鄲記》四「入夢」、《錦箋記》四「訪姨」、《香囊記》二十七「趕散」。次排場由中呂宮組套，韻腳不變，譜提親後的歡筵。中間插用正宮過曲〔普天樂〕，以寫伯仁對婚事之隱憂，並爲後第三十一出之預留伏筆。

第二十六出　訴情文靜正場

仙呂引子聲聲慢（旦、淨、合唱）——仙呂過曲二犯月兒高（旦唱）——醉羅歌（淨唱）——二犯月兒高（旦唱）——醉羅歌（淨唱）——二犯月兒高（旦唱）——醉羅歌（淨、合）　七言四句下場詩

　　本出劇情上承第二十四出而來，寫鄭德璘赴京後，留下新婚妻子韋楚雲一人在家，目睹楊花飛後、梅雨時節的情景，頓時百感雜集，趙婆在一旁勸解。

　　全出以仙呂宮組場，首用〔聲聲慢〕引獨協齊微韻，譜韋楚雲之上場，再以加贈集曲〔二犯月兒高〕與訴情過曲〔醉羅歌〕循環連用，而由旦、淨對唱方式譜其過程。二曲循環重複三次，韻腳亦連續以車遮、江揚、眞文協之。

第二十七出　歡樂行動短劇

中呂過曲大環著（生、眾唱）——大佛和（生、眾唱）——越恁好（眾、生唱）——紅繡鞋（眾唱）——尾聲（生、小丑合唱）　七言四句下場詩

　　本出劇情上承第二十四出而來，並下開第二十八出場面。寫鄭德璘入京調選，對策第一，授巴陵縣令回應出妻所預言授官一事。京兆尹備鼓樂頭踏，送其榮歸寓所，眾人並予同賀。德璘修書與表兄古遺民，與詞一闋寄妻子，接其同往赴任。

　　〔大環著〕、〔大和佛〕、〔越恁好〕等皆爲同場曲，配之以嗩吶，〔紅繡鞋〕則是瀟灑清爽的疊板快曲，且皆出自眾唱之口，使得場面歡樂熱鬧氣氛透足，全出通押江陽韻。

第二十八出　群戲（先悲後喜）訴情正場

黃鐘過曲出隊子（眾唱）——前腔（旦、淨唱）——前腔（旦唱）——雙調過曲孝南枝（旦、淨唱）——鎖金帳（眾唱）——孝南枝（旦唱）——鎖金帳（眾唱）——孝南枝（旦、淨唱）——鎖金帳（眾唱）

七言四句下場詩

　　〔孝南歌〕應爲〔孝南枝〕之誤名，屬雙調加贈板集曲。

　　本出劇情承上而來，並開展第二十九出場面。鄭德璘修書並差人迎接妻房共赴任所途中，龍王假扮爲水手，和韋楚雲再次相逢，楚雲並懇求龍王攜其入洞庭湖中見亡父母。《簡譜》云：「黃鐘過曲〔出隊子〕爲快板小曲，所以代引子用者，或一或四俱可。此種謂之衝場短曲，大都不拘宮調。如用此曲二支後再接其他宮調大套曲，亦無不可。」此以三支協家麻韻寫韋楚雲、趙婆與眾水手之出場。後龍王假扮水手出現，以及身份被認出後，再以雙調加贈板集曲〔孝南枝〕，與加贈板過曲〔鎖金帳〕循環連用，並協先天韻組套譜此一過程。《曲律易知》云：「集曲與細曲居多之套數，丑、淨斷不宜唱也。」然此處首支集曲

末句有淨所扮趙婆之唱詞，詞甚典雅，殊不合理。集曲本宜訴情，〔銷金帳〕曲，《簡譜》云：「《幽閨》用此調共六支，《琵琶》行孝曲亦同。蓋宜於淒涼境遇獨自訴愁時也。《紫釵》女俠輕財折，即本此出。晉林刪爲二支，失鳴咽低訴之致矣。」本出集曲在描寫韋楚雲之心境，〔銷金帳〕則皆出眾唱之口，表達出在「神仙顯化、幻跡多更變」之下，市井小民的人生觀。

第二十九出　訴情文細正場

正宮
引子燕歸梁^{末、}^{老旦唱}——前腔^{旦、}^{淨唱}——前腔^{末、}^{老旦唱}——正宮
過曲刷子帶芙蓉^{旦唱}——

雁過聲^{末、}^{老旦唱}——傾盃序^{旦唱}——越調
集曲山桃紅^{末、}^{老旦唱}——正宮
過曲一撮棹^{旦、淨、}^{丑、合}——

〔刷子序犯玉芙蓉〕爲〔刷子帶芙蓉〕之誤。

本出劇情承上而來，敘述龍王帶韋楚雲等人至洞庭水府，見著亡親的場面。以正宮協監咸韻組套，首以加贈板細曲〔刷子帶芙蓉〕敘韋楚雲初見亡親時心情。次以〔雁過聲〕、〔傾盃序〕，並借越調過曲〔山桃紅〕譜骨肉重逢後互相詢問之過程。末以〔一撮棹〕過曲收束。《簡譜》云：「此用在套曲之末，所以代尾聲者也。」故不重複再用尾聲。

第三十出　南北訴情文靜正場

中呂
過曲北粉蝶兒^{外唱}——南泣顏回^{旦唱}——北石榴花^{外唱}——南駐馬聽^{旦唱}

——北紅繡鞋^{外唱}——南石榴花^{旦唱}——北十二月^{外唱}——南漁家燈^旦

——北堯民歌^{外唱}——南撲燈蛾^{眾、}^{旦唱}——尾聲^{眾唱}　七言四句下場詩

本出承上而來，寫韋楚雲拜別父母後，龍王送其離開洞庭水府，並交待鄭、韋二人之姻緣際會的經過，且題詩由楚雲轉交予德璘。

以南北合套協眞文韻譜此一場面。北曲唱出龍王氣勢雄壯，南曲則形容韋楚雲婉轉細膩訴情之心。此套較中呂南北合套定式略爲改變，除增八曲爲十曲外，第三支〔北石榴花〕下改〔南泣顏回〕爲〔駐馬聽〕。原〔北門鵪鶉〕爲〔北紅繡鞋〕，〔南撲燈蛾〕爲〔南石榴花〕，〔北上小樓〕爲〔北十二月〕，原〔南撲燈蛾〕爲〔南漁家燈〕。屬中呂宮常用套數。至於南曲，本可依排場之變，作順應修改，如此既可得北詞亢爽，又能盡盡南曲變化之妙。

第三十一出　粗口小過場

南呂
過曲秋夜月^{淨唱}——前腔^{丑唱}——三學士^{淨唱、丑}^{接合唱}——前腔^{丑唱、}^合——大迓

鼓^{淨、合}——前腔^{丑、合}　七言四句下場詩

本出劇情上承第二十五出而來。魏子眞在得知崔伯仁與曾麗玉訂婚，心生拆散惡念。企圖以金錢利誘曾母，曾母果失信於伯仁。

南呂過曲〔秋夜月〕間作引子性質，此寫魏子眞與曾家媽媽上場。另以無贈板過曲〔三學士〕與〔大迓鼓〕各疊組套，以快速場面交待劇情過程，也反映出突發事件的意外性。《曲律易知》卷下、「論排場」云：「〔大迓鼓〕乃一種餘波之曲，不專屬南呂，凡仙呂雙調、仙呂入雙調等曲，餘波均可用之。亦可單用二支，並含過過場性質。」其兩支疊用單獨組套，見之於明傳奇者如：《還魂記》十七「道覡」、《金雀記》十二「指引」、《蕉帕記》五「詢醫」、《玉簪記》二十「詭媒」、《玉合記》三十八「謝譖」，《節俠記》十七「毒媚」等，全出通押蕭豪韻，且爲第三十三出之過脈。

第三十二出　中細文過場

南呂引子步蟾宮 生唱——南呂過曲三換頭 生唱——前腔 淨、生唱——南呂引子步蟾宮 旦唱——

南呂過曲刮鼓令 旦唱——前腔 生唱——前腔 旦唱——前腔 生、旦唱　七言四句下場詩

本出劇情上承第二十七出而來。排場共計爲二，中以引子隔爲前後兩部份，鄭德璘修書迎家眷同赴新上任所，然楚雲因中途隨龍王至水府往見父母，故行程有所耽擱。德璘久候未至，喚龍王廟祝占課評論。以〔步蟾宮〕引及兩支三換頭過曲協歌戈韻組場，譜此一經過。後排場更動，韋楚雲一行人趕至，交付德璘途中龍王所贈之詩，及言婚姻經過；德璘入京調選，以及再入水府得見亡親種種事件中，龍王因感德璘松醪所相助之處等。德璘深爲感動，楚雲並將亡父母所囑攜帶之金銀器皿交予廟祝看誦經懺。仍以南呂宮調組場，韻腳改歌戈爲庚青。〔三換頭〕與〔刮鼓令〕均爲南呂宜疊用過曲，可獨自組套。前者見之於明傳奇《明珠記》三十四「僞勅」。後者如《玉合記》三十九「聞上」、《紅梨記》二十七「發跡」等。此處入聯套，爲適合排場之變換。

第三十三出　粗細行動過場

商調引子憶秦娥前 丑唱——憶秦娥後 小旦唱——商調過曲金落索 丑、小旦接唱——前腔

小旦、丑接唱——前腔 淨、丑接唱——貓兒墜桐花 末唱——前腔 丑唱——前腔 淨唱

七言四句下場詩

本出劇情上承前第三十一出而來。曾媽媽貪愛魏子眞錢財，硬逼女兒麗

玉改嫁於魏。麗玉抵死不從。適伯仁友裴君來到曾家，得知此事，因而出手教訓魏子真惡行，魏以倚仗自家財勢，告到官府。

　　排場共計二分，全出除引子外以集曲組套。集曲本身即具獨立性質，故不必再用引子隔開。〔憶秦娥前〕與〔憶秦娥後〕分別寫曾媽媽與麗玉上場，接著以〔金落索〕疊用三支協蕭豪韻，譜麗玉為母所迫之苦境。〔金落索〕之曲含有悲哀之意（見《曲律易知》卷下、「論排場」），為加贈板集曲，抑揚宛轉，悠邈纏綿，正適合細緻地描繪出劇中人物思想情感。其重複使用，另見之於明傳奇尚有《義俠記》十五「被盜」、《東郭記》三「少艾」、《獅吼記》二十「爭寵」等。次一排場由〔貓兒墜桐花〕連用三支仍協蕭豪韻組場，寫裴君與魏子真衝突之過程，並下啟第三十四出之場面。

第三十四出　群戲熱鬧正場

黃鐘引子南點絳唇前 生唱——南點絳唇後 淨、末接唱——黃鐘過曲賞宮花 生唱——太平歌 淨唱——賞宮花 生唱——太平歌 丑唱——賞宮花 外唱——太平歌 末唱——北雙調過曲清江引 淨唱——前腔 丑唱

　　本出劇情承上而來，魏子真向官府誣告曾媽媽與裴生賴婚劫殺，鄭德璘親自審理此案，發覺其中有異，幾翻查問，始知魏子真諸般惡行與曾媽媽嫌貧愛富毀婚經過，於是將二人各打二十做為懲戒，並令麗玉與伯仁完婚，且邀伯仁於縣中相見。以黃鐘過曲〔賞宮花〕與〔太平歌〕循環連用組套譜此一過程，末以北雙調過曲〔清江引〕二支疊用做結。《簡譜》云：「此曲止用在饒戲中，大套內輒不聯入。」明傳奇以此殿尾組套者，尚有《精忠記》七「驕虜」、《雙烈記》二十七「虜驕」、《紅梨記》五「胡擾」等。

第三十五出　歡樂中細正場

仙呂入雙調字字雙 末、小丑接唱——商調引子解連環前 生唱——商調引子解連環後 小生唱——商調過曲高陽臺 小生唱——前腔 生唱——前腔 小生唱——前腔 生唱——仙呂過曲小醋大 生唱——賺 旦生接唱——長拍 旦唱——短拍 生唱——尾聲 生、旦合唱　七言四句下場詩

　　本出劇情承上而來，崔伯仁至縣府拜訪鄭德璘，德璘問其前日魏子真冒認伯仁詩句之事，伯仁遂將與麗玉因紅葉因緣際會結合過程告知德璘，德璘予伯仁主婚，並勉其進京應試。然伯仁所題紅葉詩句卻與楚雲送己定情之物

紅牋字句相同，心中頗生懷疑。後經楚雲解釋當時經過情形方悟。排場共計二分，首以仙呂入雙調乾板粗曲〔字字雙〕獨協家麻韻，做末、小丑所扮皂隸之衝場曲，經由一番插科打諢後，再以商調引子〔解連環前〕與〔解連環後〕協魚模韻，譜鄭德璘與崔伯仁之上場。〔高陽臺〕疊用四支寫崔鄭相見經過，仍協魚模韻不變。〔高陽臺〕為訴情細曲，《曲律易知》云：「凡用〔高陽臺〕，概不可更接他曲，宜於稍莊重之排場。」（卷下，「論排場」），其四支疊用為最文靜之短劇，明傳奇中尚見之於《龍膏記》二十「訪舊」、《青衫記》二「元白揣摩」，《四賢記》十二「允娶」、《玉合記》三十二「卜居」、《金蓮記》二十八「賜環」、《灌園記》二「王蠋論諫」，《運甓記》六「緘報平安」等，例其眾。後改商調為仙呂宮，韻腳仍協魚模韻。小醋大寫鄭德璘心中懷疑與對妻子之誤解，引起韋楚雲心中焦急與辯白，〔賺〕曲於此正適用於劇情變化之情節。而長拍氣韻沖淡，頗宜慢唱，與短拍聯成一套，音調十分和諧，緊接〔賺〕曲之後，楚雲將與麗玉舟上採得紅葉，並題詩紅牋經過娓娓道與德璘明白之經過。

第三十六出　歡樂群戲正場

南呂引子一剪梅^{末唱}——前腔^{小生唱}——南呂引子于飛樂^{小旦、丑唱}——南呂過曲賀新郎^{小生、眾唱}——前腔^{小旦合}——前腔^{末合}——前腔^{丑、末合}——節節高^{眾、末、丑合}——前腔^{小生、丑、末、合}——尾聲^合　七言四句下場詩

本出劇情寫崔伯仁與曾麗玉完成婚禮之經過。以南呂二引六過曲加〔尾聲〕協蕭豪韻組場。南呂歡樂類聯套情形為：梁州新郎^{四支}－節節高^{二支}－尾聲，此處改〔梁州新郎〕集曲為〔賀新郎〕，想因〔梁州新郎〕為南呂加贈板集曲，不宜丑唱，且全出均為邊角組場，無需用如此極細曲表之。除引曲寫不同角色上場之外，其餘過曲及尾聲均有眾唱部分，場面氣氛極為熱鬧。

第三十七出　悲哀中細勻遽過場

中呂引子滿庭芳^{小生、小旦接唱}——中呂過曲漁家傲^{小旦唱}——會河陽^{小生唱}——攤破地錦花^{丑唱}——麻婆子^{小旦}——南呂引子臨江仙^{小生唱}

本出劇情承上而來，崔伯仁與曾麗玉完婚之後，鄭德璘派皂隸送伯仁赴選場應試，伯仁與岳母妻子話別經過。

漁家傲－剔銀燈－攤破地錦花－麻婆子（省尾聲）為中呂熟套，適用於普通或先緩後急之場面。此處改〔剔銀燈〕為急曲〔會河陽〕，其餘均同。麻

婆子乃有板無腔之曲，亦含有急遽性質。（見《曲律易知》卷下，「論排場」）
出之以小生、小旦之口，爲加強其夫妻離別在即之複雜心緒。末以〔臨江仙〕
代〔尾聲〕作結，全出通押尤侯韻。

第三十八出　歡樂訴情正場

仙呂引子似娘兒^{生唱}——北正宮醉太平^{淨唱}——前腔^{丑唱}——前腔^{末唱}——

仙呂過曲桂枝香^{末唱}——前腔^{生唱}——前腔^{末唱}——前腔^{生、合}

本出劇情承上而來，寫伯仁上京選試後，報捷傳來崔伯仁高中進士消息，
適表兄古遺民已自江夏差人迎來巴陵，德璘告知表兄伯仁高中探花之事，並
將畫工所繪與伯仁同結姻緣經過之一付手卷，交與表兄觀看。

排場共計二分，前以北曲三支〔正宮・醉太平〕疊用協家麻韻插用，形
成一小段落。前二支譜報捷傳遞崔伯仁高中探花郎，與鄭德璘升至翰林學士
消息，末支寫德璘遣人迎表兄至巴陵相聚，家僕一路奔波回程之經過。〔桂枝
香〕聲韻至佳，可疊用加引獨自組套，明傳奇中尚見之於《水滸記》七「遙
祝」、《白兔記》二十八「汲水」、《殺狗記》七「孫華拒諫」等。然亦爲仙呂
宮最能與其他宮調曲牌相聯者（見《明傳奇聯套述例的研究》第六章、參、「借
宮聯套」），本出前部份插入北曲，以適排場之更動。

第三十九出　訴情文細過場

商調引子逍遙樂^{旦唱、淨接唱}——前腔^{旦唱、淨接唱}——商調過曲字字錦^{旦唱、淨接合唱、旦再唱、眾接合唱}——前腔

小旦唱、丑接合唱、小旦接唱——鵲踏枝^{眾唱}——前腔^{眾唱、小旦接唱}——尾聲^{眾合唱、旦接唱、丑、小旦接合唱}

七言四句下場詩

本出以商調二引四過曲加〔尾聲〕，寫曾麗玉與母親、韋楚雲與趙婆，雙
雙乘船往京師館驛會面鄭德璘與崔伯仁。首二引寫眾人上場。在一陣寒喧之
後，作者繼以〔字字錦〕和〔鵲踏枝〕兩兩疊用，支支相連，唱出對人生世
事的感懷。聲情綺妮，文詞亦極盡抒情之思。〔字字錦〕曲牌，《簡譜》云：「聲
情嬌軟，宜施生旦之口。作時須多俊語，勿負此調腔格。」此處運用正合。

第四十出　歡樂群戲大場

越調引子祝英臺近^{小生、旦合}——越調過曲綿搭絮^{小旦唱}——前腔^{小生、小旦合}——憶多嬌^{眾唱合}

——前腔^{生、旦、淨、小丑輪唱}——山桃紅^{眾唱}——前腔^{眾唱}——前腔^{眾唱}——前腔

眾、小旦、丑唱、眾唱——蠻牌令^{眾唱}——前腔^{眾唱}——尾聲^{眾唱}　七言四句下場詩

本出乃爲全劇之總結，排場二換，然未移宮換韻。首以越調引子〔祝英臺〕近寫崔伯仁與曾麗玉上場，次以〔綿搭絮〕二支分別譜麗玉言當日與楚雲如何拾得紅葉，與題詩紅牋相贈楚雲，再轉予鄭德璘定情之物經過。伯仁遂邀麗玉同往拜訪已升官之鄭德璘夫婦。〔綿搭絮〕爲越調宜疊用之曲，可獨自連用一支或四支組套。前者見之於明傳奇《紅拂記》十四「樂冒懷伴」，後者爲《玉合記》「三懷春」，與《西廂記》二十四「回春束藥」等。此入聯套，爲適於排場之更動。曾師永義於《詩歌與戲曲》一書中曾就此過曲性質而言曰：「又曲界有『男怕唱〔武陵花〕，女怕唱〔綿搭絮〕』之語，蓋以〔武陵花〕高亢之極，生腳難於運腔，而而〔綿搭絮〕低迴之至，旦腳難於出口，故云。」（「說排場」，聯經出版社，頁 382）〔憶多嬌〕曲聲馳驟縱宕，以戲情倉皇迫促使最爲相宜（見《簡譜》），此寫崔伯仁突然造訪鄭德璘處，予鄭家意外之感。中間以大段賓白對話交待二家姻緣經過，並雜以淨、丑、末腳等插科打諢之語，使得各副腳有機會表演動作。後續以〔山桃紅〕四支疊用，譜眾人以酒遙謝紅葉、紅綃與紅牋、龍王，再用〔蠻牌令〕二支加〔尾聲〕，借眾唱方式表達作者之人生觀。全出十一支曲就有七支爲出場腳色合唱，將氣氛點染得十分熱鬧。

二、《埋劍記》

第一出　提綱

末

行香子

亦即「家門」，此以末唱〈行香子〉一闋詞，上片寫劇作者人生感懷，下片論作劇意旨與大要。

第二出　看劍　中細感歎過場

商調引子眞珠簾 生唱 —— 雙調過曲月上海棠 生唱 —— 南呂引子一剪梅 老旦唱、旦接唱、小丑合 —— 南呂過曲

三學士 生唱、眾合唱 —— 前腔 老旦唱眾合唱 —— 前腔 旦、小丑合唱　七言四句下場詩

本出爲全劇之開場，首由男主角郭仲翔上場，以〔月上海棠〕一支過曲，介紹其背景與有志未伸之概。次以南呂組套，譜郭母與妻及奴僕出場，並道出郭仲翔所存冀望。宮調不同，韻腳亦隨之轉移，由東鐘改江陽，三學士爲南呂無贈板過曲，此處疊用三支，由三種不同身份唱出，亦借此表現出一般傳統中國家庭性格。

《曲律易知》云：「齣目，明人或用四字，或用二字，然用二字較便。」（卷上‧論體例）《埋劍記》用二字，為一般用法。

第三出　稱亂　粗口行動武過場

越調引子霜天曉角^{淨唱}——北南呂金字經^{二丑、小生小旦合唱}——南越調過曲豹子令^{淨眾輪接唱、後二者合唱}——前腔^{眾、淨輪接唱}

本出劇情在敘述南詔欲犯中國的動機。北曲〔南呂‧金字經〕在聯套中屬插用性質，借蠻兵之口，以北曲唱出其殺伐之氣，協東鐘韻。〔豹子令〕為越調無贈板過曲，可獨自疊用組套，《曲律易知》云：「〔豹子令〕多屬丑、淨武裝用之。」此用蠻兵首領唱出稱亂之由，並以念曲特質強調其行動之急迫，既適角色身份，亦應劇情需要，且為本出主曲所在。

除集曲及必聯套曲外，任一曲牌填二或四或六支，皆可組為過場（《曲律易知》卷下「論排場」）。本出腳色皆屬粗口，性質屬武裝行動，故為「粗口行動過場」。由於描寫兵戈戰爭之際，可不必用下場詩。

第四出　舉觴　歡樂群戲大場

大石調引子念奴嬌^{外唱、小旦小丑合唱}——南呂引子生查子^{生唱}——大石調過曲念奴嬌序^{生唱、眾合唱}——前腔^{老旦唱、外接眾合唱}前腔^{眾合唱}——前腔^{淨、旦合唱}——中呂過曲古輪臺^{眾唱}——前腔^{外唱、眾合唱}——餘文^{眾唱}　七言四句下場詩

本出寫代國公郭丞相生辰，賀客盈門賀壽之情形。以大石調過曲〔念奴嬌〕疊用四支，接二支中呂過曲〔古輪臺〕與餘文組場，為歡樂熟套。〔念奴嬌序〕，《簡譜》云：「此調音調極高，傳奇中皆用做同場大曲。《琵琶》之賞秋，《浣紗》之采蓮，《長生殿》之定情，概可證也。」全出自始至終，皆以眾唱方式烘托其熱鬧喧囂之氣氛，並為第六出「推轂」預留伏筆。

第五出　詰戎　匆遽行動過場

黃鐘過曲出隊子^{丑唱}滴溜子^{老旦、淨、末同唱}——前腔^{丑唱、老旦、淨、末合唱}

本出劇情承第三出「稱亂」而來，下開第六出「推轂」郭仲翔出外沙場之戲。以快板小曲出隊子做丑角李蒙將軍之衝場短曲，既合其身份，亦以此形容得知南詔有亂，朝廷令其出征之心情。〔滴溜子〕二支疊用，適合武裝場面，明傳奇中尚見《紫簫記》二十一「及第」、《紫釵記》二十一「杏苑題名」、《雙金榜》三十二「雙雋」，與此組套情形類似。

第六出　推轂　粗細普通正場

仙呂引子似娘兒^{外唱、生接唱}——仙呂過曲望吾鄉^{外唱、眾接合唱}——仙呂引子劍器令^{丑唱}——桂枝香^{外唱}——前腔^{丑唱}——前腔^{生唱}　七言四句下場詩

本出劇情直接承上而來，並與第二出「看劍」互相呼應。郭代公攜姪仲翔前往見李蒙將軍，並向李蒙薦舉仲翔爲參軍，蒙欣然應允。〔桂枝香〕爲仙呂宮宜疊用之曲，可獨自組套，亦可入聯套，爲本出主曲所在。

第七出　決策　粗細健捷過場

南呂引子大聖藥慢^{小生唱}——南呂過曲秋夜月^{丑唱}——奈子花^{小生唱}——前腔^{丑唱}

七言四句下場詩

本出寫魏州人吳保安，居官義安尉。欲建功於外，特借朝廷調軍征南詔之際，往見郭仲翔毛遂自薦，隨大軍征伐。其妻急欲攔阻，然吳心意已決。

〔秋夜月〕爲南呂過曲兼具引子性質，但是調不甚美聽，出之以丑口吻，唱出貪慕榮華富貴之心態。〔奈子花〕過曲可粗可細，節奏屬快曲，《簡譜》云其娓娓可聽，是以出場雖只二人，然清新可喜，並下開第八出「解攜」劇情。

第八出　解攜　中細普通正場

南呂引子轉山子^{生唱}——南呂引子上林春^{小生唱}——正宮過曲白練序^{小生唱}——前腔^{生唱}——南呂引子臨江仙頭^{丑唱}紅芍藥^{生唱、眾接唱}——前腔^{小生、眾接唱}——搗白練^{小生唱、末接合唱}——前腔^{小生、生、末接合唱}——尾聲^{眾合唱}　七言四句下場詩

本出承上而來，實爲兩個排場的組合，而以南呂引子〔臨江仙〕頭隔開。第一排場由正宮過曲〔白練序〕疊用二支組套，《簡譜》云其調最爲美麗，由吳保安與郭仲翔以曲白相間及合唱方式，譜二人見面後之相知相惜與義結金蘭過程。排場之二改南呂組套，以〔紅芍藥〕與〔搗白練〕各疊二支加引尾而成，然韻腳並未改變，依然屬寒山韻。此寫郭仲翔向李蒙薦舉保安爲掌書記，蒙慨然應允，以及吳對李蒙任用之感謝。其中第二支〔紅芍藥〕曲文爲《南北詞簡譜》所收入。

第九出　前驅　感傷群戲大場

仙呂引子天下樂^{旦唱、生接唱}——仙呂引子卜算子^{老旦唱、生、旦接合唱、小丑接合唱}——羽調過曲勝如花^{生、旦合唱}——前腔^{老旦唱、生接唱}——老旦、旦再同唱——仙呂過曲賺^{淨、外同唱、生接唱、淨再唱、二旦再接唱}——前腔^{小旦、小生同唱、末接唱、小旦唱、外接唱、生再唱、小生、小}

、小生同
旦再唱————商調
過曲滿園春^{外唱、眾}_{接合唱}————前腔^{二旦唱、小丑接}_{合唱、老旦再唱}————尾聲^{生唱、外接合}_{唱、眾接同唱}————

正宮
過曲玉芙蓉^{末雜同唱}_{、丑接唱}————前腔^{眾合唱}

　　本出順應排場，共換了四種宮調，分別爲羽調、仙呂、商調、正宮，而由三個排場組成，劇情承上而來。首由生、旦合唱〔天下樂〕引子，又復與老旦合唱〔卜算子〕，重複唱引，實屬變例。羽調〔勝如花〕兩支，爲短劇熟套，此處描寫郭仲翔與家人道別之離情愁苦。羽調組套，常以〔勝如花〕疊用。〔賺〕曲分析，見《紅蕖記》第十六出，此處疊用兩支，作羽調與商調之隔越排場，前一支交待李蒙與郭代公之登場，後一支則爲李蒙派軍校催郭仲翔到任場面，角色隨上隨下，屬急遽變動性質。商調曲多感傷，以〔滿園春〕疊用二支加〔尾〕，寫仲翔與家人離別之依依不捨。與第一排場之氣氛呼應作結。末以正宮過曲〔玉芙蓉〕二支改協桓歡韻，寫郭仲翔離別家人後，到軍中與李蒙將軍報到之經過。〔玉芙蓉〕可獨自組套，爲細慢之曲，宜於文靜場面。

第十出　後發　悲哀中細正場

黃鐘
引子面地錦^{小生唱}————前腔^{丑唱、小}_{旦接唱}————黃鐘
過曲啄木兒^{小旦唱}————前腔^{小生唱}

————三段子^{丑唱}————歸朝歡^{小生唱、}_{丑接合唱}————南呂
引子臨江仙^{眾合}

　　本出劇情承第八出「解攜」而來。吳保安因未治行裝，只得待數日再隨軍趕上。此寫保安與家人話別之景，與前出可做一明顯對比。〔臨江仙〕與〔哭相思〕用法相同，均宜用之劇情悲哀時的尾聲，此處押家麻韻。

第十一出　計失　南北群戲大場

越調
過曲水底魚^{淨與雜}_{同唱}————前腔^{丑、生、小生}_{小旦同唱}————北黃鐘醉花陰^{小丑唱}————出

隊子^{小丑唱}————刮地風^{小丑唱}————四門子^{小丑唱}————古水仙子^{小丑唱}————

尾聲^{小丑唱}————越調
過曲水底魚^{淨唱}————正宮
過曲南普天樂^{生唱、末}_{接合唱}————北正宮醉

太平^{眾走唱}————正宮
過曲南普天樂^{末唱、生}_{接合唱}————眾走唱北正宮醉太平^{眾走唱}

　　本出劇情承第九出「前驅」而來。郭仲翔往李蒙元帥營中報到後，大軍來到姚州境上，南詔蠻兵得知情報，施以誘敵之計。李蒙聽信探子所遞消息，不採仲翔之諫，果然誤落敵兵圈套。結果李蒙敗走，郭仲翔與家奴郭順奮戰被擒，蠻兵勸降，不爲所動。郭順被迫與主人分離，發往別營。

　　本出排場共計四分。首以適組武裝短劇之越調過曲〔水底魚〕二支，寫

蠻兵與唐軍之分別上場，次以北曲黃鐘熟套〔醉花陰〕寫探子向李蒙報告所見之情形，接著再以〔水底魚〕譜蠻兵的埋伏佈陣。末以正宮南北合套〔普天樂〕與〔醉太平〕循環連用，敘仲翔被俘後，堅不投降的經過，並為本出主曲所在。劇情凡四轉，先押蕭豪韻，至正宮南北合套時再改歌戈韻。〔水底魚〕為不拘宮調之粗曲，正宜於鄙俚嚌殺之場面，其疊用成套，如《玉鏡臺》三十二「獄吏相戒」、《八義記》三十九「杵臼出現」、《焚香記》三十三「滅寇」、三十七「收兵」、《琴心記》二十八「招安絕異」等皆是。唯〔水底魚〕原八句，疊一句，而後人多只填四句，疊一句。沈璟六種曲中共用〔水底魚〕三支，皆用四句，末疊一句。

第十二出　敗聞　匆遽行動短場

雙調過曲步步嬌^{小生唱}——前腔^{外唱}——風入松^{小生唱}——前腔^{小生唱}——急三鎗^{小生唱}——風入松^{外唱}

此寫保安向戰場逃回之兵士打聽姚州戰況，得知朝廷兵敗，主帥逃走，郭仲翔被俘之事。全出以雙調過曲組套，首不用純引子曲導聲，而以過曲〔步步嬌〕領套，然亦具引曲性質。次以〔風入松〕與〔急三鎗〕循環運用，為雙調熟套。《曲律易知》卷下云：「此套繁急者用之甚妙，如『麒麟閣大鬧花燈』一折，何等繁急。人腳亦隨上隨下，紛如亂絲，得此曲眞有似以簡御繁之妙。『精忠譜拉眾』一折亦然。」明傳奇中用此場者，見前面已有之介紹。在本折中，雖無腳色上下變化，但亦借此聯套繁急匆促性質寫吳保安得知郭被俘的焦急心態。南曲一般聯套均用尾聲收束之，然亦有例外者，如有兩支曲牌交替使用成套者，或套末有此情形者，可用尾，亦可不用尾。此以〔風入松〕與〔急三鎗〕循環聯用，故可不加尾。

第十三出　婦功　文細訴情正場

商調引子遶池遊^{老旦唱、旦接唱}——商調過曲吳小四^{小丑唱}——二郎神^{老旦唱、旦、丑接合唱}——前腔^{旦唱、老旦合唱、旦接唱、小丑合唱}——黃鶯兒^{老旦唱、旦、小丑接唱、老旦接合唱、眾同唱}——前腔^{旦唱、小丑接合唱、眾同唱}——琥珀貓兒墜^{小旦唱、老旦、旦接同唱}——前腔^{小丑唱、眾接合唱}——尾聲^{旦、老旦同唱、眾接合唱}　七言四句下場詩

本出寫郭仲翔出外征戰，其母與妻借採桑抽絲等女工以訴思念之情，此時並有老嫗告知老相公身體不適之消息。

商調聯套多用二支（見《明傳奇聯套述例》第六章），此〔二郎神〕、〔黃

鶯兒〕、〔琥珀貓兒墜〕皆各疊用二支組套。〔二郎神〕套曲最宜於訴情（見《曲律易知》卷下），《簡譜》亦云：「此調以低腔做美，凡細膩言情之戲，皆倚此調。南詞中最耐唱耐聽者也。例在首支。」〔黃鶯兒〕亦為商調中最膾炙人口之曲，其聯〔琥珀貓兒墜〕為熟套，明傳奇中如此用法者，尚有《南西廂》第三「蕭寺停喪」、《玉簪記》十「手談」、《紫釵記》十七「春闈赴洛」等。〔吳小四〕為商調快板粗曲，同時兼具衝場引子性質，專屬丑、淨之用，此做郭家丫環丑角上場曲。整出皆以細曲組場，最宜抒情。且為後第十七出「拒讒」之伏筆。

第十四出　士節　勻遽普通過場

雙調過曲〔雙勸酒〕淨唱——中呂引子〔菊花新〕生唱——中呂過曲〔泣顏回〕生唱——前腔生唱——太平令眾唱、淨接唱——前腔眾唱——撲燈蛾生唱——前空生唱——尾聲淨唱、生接唱、眾接合唱

七言四句下場詩

本出承第十二出「敗聞」而來。郭仲翔落入蠻軍之手抵死不降，後願委身為奴，伺機間逃。〔雙勸酒〕屬雙調粗曲，同時兼具衝場引子作用，專用丑、淨之口，此出之由淨所扮蠻將上場的粗鄙口吻。〔泣顏回〕為中呂加贈板細曲，寫郭仲翔拒降之氣節，並為本出主曲之所在。〔太平令〕，《簡譜》云：「此為過搭小曲，在大套中不緊要角色。……」以此形容蠻兵故意虛張聲勢之態。〔撲燈蛾〕乃有板無腔之曲，含急遽性質，〔泣顏回〕與〔撲燈蛾〕聯用，適於先緩後急之劇情（《曲律易知》卷下）。《義俠記》第二十五出「取威」與本出組套情形相同。

第十五出　對泣　文細訴情過場

商調引子〔高陽臺〕外唱——仙呂過曲〔勝葫蘆〕小生唱——商調過曲〔高陽臺〕外唱——前腔小生唱——前腔外唱——前腔小生唱

本出寫吳保安至姚州都督楊安居處，再問戰敗經過，與協商以布疋贖郭仲翔出南蠻。

高陽臺為商調訴情悲哀細曲，可疊用自組成套，明傳奇中尚見《龍膏記》二十「訪舊」、《青衫記》二「元白揣摩」、《四賢記》十二「允娶」、《灌園記》二「王蠋論諫」、《運甓記》六「緘報平安」、《浣紗記》八「允降」、《琵琶記》十三「宮媒議婚」、《玉合記》三十二「卜居」，與《金蓮記》二十八「賜環」，無論用引、過曲，均與本出相同。所不同者，前所舉各出均用〔尾聲〕而本

出無（見《明傳奇聯套研究》第三章），由楊安居與吳永固輪唱，分別敘楊安居之被俘、吳之悲痛，楊對郭之佩服，以及吳矢志救友之決心。細膩言情，娓娓道盡。一般言之，傳奇疊用聯套者多爲短場及過場，此爲過場。

第十六出　刀攘　粗口小過場

黃鐘過曲 神仗兒 ^外唱—— 仙呂過曲 一盆花 ^外唱—— 前腔 ^外唱、淨接唱

郭仲翔岳父顏老遇王老實所賣之珊瑚鞭，認出是女婿所有。又聽說此物乃自征蠻軍陷，在積屍遍地的戰場拾得，遂搶奪而回。並爲下出「拒讒」之小過脈。

〔神仗兒〕爲黃鐘過曲，適用於武裝場面，亦兼具引子性質（見《曲律易知》卷下，「論排場」），此處做王老實上場衝曲。

第十七出　拒讒　悲哀文細正場

商調引子 逍遙樂 ^旦唱—— 商調過曲 金井水紅花 ^旦唱—— 雙調過曲 普賢歌 ^淨唱—— 商調過曲 山坡羊 ^旦唱—— 前腔 ^老旦唱—— 前腔 ^老旦、旦合唱—— 金梧桐 ^淨唱—— 前腔 ^旦唱、小丑接合唱、旦再唱、小丑再接唱—— 前腔 ^老旦唱、小丑接合唱

本出承上而來，郭母與妻得自顏老與院子所報誤傳仲翔戰死消息，哀痛萬分。以商調悲哀細曲三支〔山坡羊〕寫二旦之悲狀。另以〔金梧桐〕疊用三支寫顏老令其女改嫁他人，顏氏抵不從之志，此爲本出主曲所在。

第十八出　混跡　中細文靜過場

南呂引子 鵲橋仙 ^生唱—— 仙呂過曲 解三醒 ^生唱—— 前腔 ^生唱—— 南呂過曲 太師引 ^生唱—— 前腔 ^生唱

本出劇情上承十四出「士節」而來。敘述郭仲翔在南詔爲奴，某日上山牧牛，突遇二隻白猿，引導其尋著一隱秘洞天之處。全出由生一人獨唱，〔解三醒〕爲少數無贈板卻音調優美之曲，太師引亦諧婉可聽（俱見《簡譜》）。排場更動，移宮但未換韻。

第十九出　粗細普通正場

越調過曲 梨花兒 ^外、丑合唱、外接唱、丑再接唱—— 前腔 ^淨唱—— 雙調過曲 北清江引 ^眾唱—— 前腔 ^眾唱—— 雙調引子 擣練子 ^生唱—— 雙調過曲 北清江引 ^眾接合唱

本出承上而來，其排場計二分，郭仲翔在秘洞處欲潛逃回鄉，不料爲酋望的手下所尋得，並加毆打。幸酋望不加處罰，且知其爲富貴公子，允以七百疋絹相贖。

首唱〔梨花兒〕粗曲二支押皆來韻，做酋望及部下之上場。〔清江引〕疊用二支寫酋望在山裡打圍之情形。韻腳改押蕭豪韻，雙調過曲〔鎖南枝〕疊用，譜郭仲翔在山中被發現而後為自己辯護之經過。再借中呂過曲〔清江引〕兩支，形容仲翔為眾所毆情形。末在眾唱〔清江引〕聲中作結。〔鎖南枝〕最宜於過場短劇之用，宜於行動或普通場面，其疊用成套，可加引尾可不加，例甚多，前者如《紅拂記》九「太原王氣」、《浣紗記》十五「越嘆」、《四賢記》七「囑託」、《邯鄲記》四「入夢」前半、《錦箋記》四「訪姨」、《香囊記》二十七「趕散」。後者《鸞鎞記》十九「勸仕」、《四喜記》九「竹橋渡蟻」、及《明珠記》二十七「拆書」等。

第二十出　羈栖　愁悵粗細過場

中呂
引子破陣子^{丑唱、小旦接
唱、二旦合唱}——中呂
過曲漁家傲^{丑唱}——剔銀燈^{丑唱、小旦接
唱、二旦合唱}——攤

破地錦花^{丑唱}——麻婆子^{丑、小旦合唱、小旦接
合唱、二旦再接合唱}

中呂過曲〔漁家傲〕應為丑唱，此誤為旦唱。

本出由中呂短劇熟套組場。《曲律易知》云：「此套屬普通，先緩後急者亦可用。〔麻婆子〕乃有板無腔之曲，亦含急遽性質者也。不用〔漁家傲〕或〔攤破地錦花〕亦同。」寫保安妻兒在彼征戰一年音訊全無後，決定親自尋找吳之下落，並呼應前第十二出「敗聞」，下開第二十七出「柔遠」之劇情。

第二十一出　瀕危　先普通後悲哀群戲大場

雙調
過曲字字雙^{小丑唱}——園林好^{生唱}——前腔^{生唱}——江兒水^{淨唱、
生合唱}——前

腔^{小丑唱、淨接唱、
生接唱、小丑再唱}——五供養^{小丑唱、淨接唱、
小丑、淨合唱}——前腔^{生唱、小丑、淨
合接唱、生再唱}——玉

交枝^{末唱}——前腔^{淨、丑合唱
、末接唱}——川撥棹^{小丑、淨合唱
、小丑接唱}——前腔^{末唱}——越調
引子金

蕉葉^{生唱、生
末接合唱}——越調
過曲憶多嬌^{生唱、末
接合唱}——前腔^{末唱、小丑
、淨接唱}——鬥黑麻

^{生唱、末接唱、丑、外
合唱、小丑、淨合唱}——前腔^{末唱、生接唱、小丑、
淨接合唱、丑、外合唱}——仙呂
引子鷓鴣天^{生唱、末接合
唱、末再獨唱}

本出排場共計為二，中以越調引子〔金蕉葉〕隔越排場。首寫善闡城客店主僕二人，欲尋殺生客行秋祭，適郭仲翔自酋望處脫逃，誤入店中，飲下滲有蒙汗的藥酒，遂昏迷不醒。正在千鈞一髮的時刻，為舊僕郭順所識，幾番為主人求饒，方得被救。雙調套曲即寫此一經過。《曲律易知》卷下「論排場」部份列此套為訴情類，並云：「此套曲甚多變化，雖屬普通，亦宜訴情。」本出屬普通。第二排場由越調組套，韻腳亦改協尤侯韻。場面轉為南蠻酋望的追兵趕到，擒捕郭仲翔，郭順百般苦求無效，主、僕二人恰才相逢，又

面臨分別。〔憶多嬌〕與〔鬥黑麻〕常聯用加引組套，如《千金記》二十「懷刑」、《浣紗記》二十九「聖別」、《雙珠記》六「從軍別意」等皆是，且兩曲均須押入聲韻，然此處卻用平聲。聯用組套時，可省尾聲，屬越調悲哀類熟套。同時為強調生死離別的場面，以散板引子，同時兼具尾聲性質的〔鷓鴣天〕作結。

第二十二出　感歎中細文過場

南呂引子步蟾宮（小生唱）——南呂過曲宜春令（小生唱）——前腔（小生唱）——東甌令（外、淨同唱）——前腔（小生唱、外接唱、外淨接合唱）五言四句下場詩

本出劇情承十五出「對泣」與二十一「瀕危」而來。吳保安聽從姚州都督楊安居之言，前往巂州境上經營，並得其資助，已籌絹五百疋。保安又得郭順所寄之信，知郭仲翔贖金為七百疋絹，因此再上書與楊大人，再資助二百疋絹。〔宜春令〕為南呂加贈板細曲，其聲纏綿緋惻，可獨自組套，此入聯套，正適排場之轉換。前一支寫無法贖友之無奈，第二支譜以楊大人與「時情薄、世道微」的今人相比，推崇其人格的高尚。繼以無贈之曲〔東甌令〕二支，寫楊大人差人送二百疋絹與吳保安。

第二十三出　療疾　文靜（先悲後喜）過場

越調引子霜天曉角（旦唱）——南呂過曲征胡兵（旦唱）——前腔（旦唱）——南呂引子步蟾宮（老旦唱）——南呂引子香遍滿（旦唱）——前腔（旦唱）——瀏潑帽（老旦唱、旦接合唱）——前腔（旦唱、老旦接合唱）——前腔（小丑唱、眾接合唱）　七言四句下場詩

本出劇情內容為郭母染疾，顏氏割股煎藥之經過。中以引子隔開為兩排場，全出由南呂組套，南呂本宜於訴情，借此宮調特色來表彰婦德。

第二十四出　慢藏　粗細（先歡後悲）過場

仙呂過曲月雲高（小生唱）——仙呂過曲光光乍（淨唱）——月雲高（小生唱）——光光乍（二丑唱）——羽調過曲排歌（二丑唱、小丑接合唱）——前腔（小丑唱、二丑接合唱）——正宮過曲錦纏道（小生唱）　七言四句下場詩

本出劇情承二十二出「殖貨」而來。吳保安湊得七百疋絹，以車隊自巂州境運至南蠻交界處。途中遇二騙徒，在歇息客店中被偷去一箱布疋。保安遂復差車戶報知楊都督，再湊足七百疋布。《簡譜》云〔排歌〕：「舊譜將此調列入仙呂宮，而標題曰羽調〔排歌〕，此大憒憒也。今移歸本調（羽調）」。

此處疊用二支鋪寫吳保安與二騙徒相交過程，其仗義疏財之豪情可見一般。
〔錦纏道〕曲「至爲悲壯」（見《簡譜》）以其曲性質譜吳保安發現被騙經過
之氣憤填膺，頗合劇情。

第二十五出　遷奴　訴情文細正場

雙調過曲窣地錦襠^{外唱}──前腔^{生唱、外接唱}──前腔^{丑唱}──正宮過曲雙鸂鶒^{丑唱、小丑接唱}

前腔^{生唱}──前腔^{外唱、丑接唱}──雙調引子南新水令^{末唱、生接唱}──雙調過曲銷金帳^{生唱}──前

腔^{末唱}──前腔^{生唱}──前腔^{末唱}──前腔^{生唱}──南呂過曲哭相思^{生唱}──南呂過曲

香柳娘^{生唱、末接合唱}──前腔^{末唱}　七言四句下場詩

本出排場共計四分，劇情寫郭仲翔逃離蠻荒均未成功，遂被賣至遠寨。
僕人郭順由於已獲贖身，故千里迢迢尋找主人。並告知已遣人往請楊都督營
救，與代公可能過逝之消息。〔窣地錦襠〕爲乾唱快曲，適於過脈戲之用，此
寫酋望差人將郭仲翔賣至遠寨之經過，明傳奇中尚見於《琵琶》（六十種曲本）
三「牛氏規奴」上半。次以〔正宮・雙鸂鶒〕三支組套，寫郭仲翔爲酋望賣
至遠寨之經過。三以雙調五支〔銷金帳〕過曲，並改協庚青韻疊用爲第二排
場之曲。蓋〔銷金帳〕爲加贈細曲，宜於淒涼境遇、獨自訴愁時用之。此處
以生、末輪唱方式，表現一夜五更之中，主、僕二人的心境，十分感人。天
亮後兩人相見之情景，以南呂引子兼尾聲之〔哭相思〕寫其悲切場面。末以
〔香柳娘〕二支協皆來韻連，用譜其互道別後至今之種種事件之發生。〔香柳
娘〕疊用，最宜勾遽之場面，其排場分析參見前已有之介紹。

第二十六出　除孽　群戲熱鬧大過場

南呂過曲金錢花^{眾唱}──劉衮^{小生唱}──前腔^{眾唱}──前腔^{小生唱}──前腔^{眾唱}

──雙調過曲惜奴嬌^{小生唱}──越調過曲鬥寶蟾^{小生唱}──雙調過曲錦衣香^{小生唱}──漿水

令^{小生唱}──尾聲^{小生唱}　六言四句下場詩

本出排場計二，首以南呂一引加四支過曲協眞文韻組場，寫吳保安運七
百疋布至南詔邊境與眾蠻軍交涉之經過。因非關本劇主旨，故以無贈曲劉
衮疊用，由對唱方式迅速交待此一場面。作者爲免過於無聊呆板，特在前一
排場結尾時安置一段簡短的插科打諢。後排場改變，宮調不改，換協蕭豪
韻。惜奴嬌－錦衣香－漿水令－尾聲，爲雙調聯套一定格式，〔惜奴嬌〕爲
加贈細曲，寫保安離開蠻軍後，一路風塵濮濮之狀。中間插用越調過曲〔鬥
寶蟾〕，敘廟中精怪出現之情景，並引導進入高潮場面。接著支支曲牌緊接唱

出，排場轉趨行動，寫保安以仲翔所贈寶劍斬妖經過。其中〔錦衣香〕用以熱鬧場面時，尚可以嗩吶協之（見《簡譜》），使場面火熾，唱做緊湊。此套並爲本出主曲所在。

第二十七出　柔遠　先悲後喜群戲過場

越調過曲 小桃紅（丑唱、小旦接唱）——下山虎（丑、小旦合唱、丑接唱、小旦再接唱、二旦同唱）——中呂引子南粉蝶兒（外唱、末、小生、旦、老旦、眾合唱）——中呂過曲大環著（外唱、眾接合唱）——越恁好（外唱、眾接合唱）——越調過曲蠻牌令（丑唱、小旦同唱）——七言四句下場詩

本出劇情上承第二十出「羈栖」而來，排場二分，並以一引隔之。首以越調悲哀熟套〔小桃紅〕，下山虎協家麻韻組場，寫吳保安妻兒十年尋吳所受之窘困，無論就聲情、劇情均十分吻合。次以排場更動，移宮換韻，另用中呂一引三過曲協庚青韻組場、並爲主曲所在。譜楊都督整軍經過，適遇行乞之吳氏母子，遂予以收留之。〔大環著〕爲中呂加贈板過曲，《簡譜》云：「此亦嗩吶同場曲，大約用在軍旅行役時。詞藻須堂皇冠冕，無一人獨唱者也。」此寫軍隊行進中，莊嚴富麗的武威氣氛。〔越恁好〕爲無贈過曲，二者均可以用在熱鬧排場。本出以次要腳色，多採同唱方式，生、旦不出場，無主演之腳色，所敷演亦非劇本之主脈關目，故屬過場性質。

第二十八出　全交　訴情群戲大場

正宮過曲 朱奴兒（小生唱）——前腔（丑唱）——前腔（小生唱）——中呂引子思園春（生唱）——中呂過曲粉孩兒（生唱）——福馬郎（生唱）——紅芍藥（小生唱、末接唱、小生、外合唱、生接唱）——南耍孩兒（小生唱、生接唱）——會河陽（小生、外唱、生、末同唱、小生、生唱）——縷縷金（眾唱）——尾聲（眾唱）——七言四句下場詩

本出實爲整本戲重要關目之一。排場共計二分，中以引子隔開。首寫吳保安押絹來至遠寨，與寨主達成以絹換人之議。由於此部份情節實爲下一排場之節奏部，非主曲所在，故以無贈板曲〔朱奴兒〕協先天韻組套。次以中呂一引六過曲加〔尾聲〕協蕭豪韻，譜郭仲翔被釋與吳保安相見之經過。《簡譜》云：「凡用〔粉孩兒〕、〔紅芍藥〕、〔耍孩兒〕、〔會河陽〕、〔縷縷金〕、〔越恁好〕、〔紅繡鞋〕、〔尾聲〕套者，自〔紅芍藥〕起便用快唱，至〔越恁好〕、〔紅繡鞋〕二支，改用撞板，所謂撞板，有板有眼，快之至也。」《曲律易知》亦將此套列入動作紛繁之劇（見卷下「論排場」）。前者乃指出唱時之速度，

後者爲劇情之內容。沈璟以此套表現郭、吳二人歷經人事滄桑後，再見面時之悲喜交集，與錯綜複雜之感人場面。無論就上場腳色，劇情內容與套數搭配而言，本出均屬大場性質。

第二十九出　固窮　先悲後喜文細過場

南呂引子 稱人心（老旦、小丑、旦唱）——南呂過曲 紅衫兒（老旦、旦唱）——前腔（小旦唱）——正宮過曲 醉太平（老旦唱）——前腔（淨、小丑、眾唱）　七言四句下場詩

本出排場共計爲二，首以南呂一引疊用兩支過曲點出「固窮」之意，寫郭家境況日漸窘迫，郭母欲鬻丫頭輕雲以助家計，但輕雲戀主，不願離去。次以正宮〔醉太平〕兩支譜此離分難捨之際，賈婆婆告知郭家仲翔被贖的喜訊，眾人遂轉悲爲喜。《簡譜》云〔醉太平〕過曲：「是調音韻至爲美聽，凡旦唱諸曲，宜用此牌。」此處取其美聽以適接獲喜訊時之歡樂氣氛，且以多數腳色合唱方式表之。全出通押魚模韻。

第三十出　惜別　先歡後悲中細正場

大石調引子 東風第一枝（生、小生、末唱後同唱）——中呂引子 遶紅樓（外唱）——大石調過曲 催拍（外唱、小生、生同唱）——前腔（生唱、眾合唱）——前腔（小生唱、眾接合唱）——正宮過曲 一撮棹（生、小生同唱、外、末、淨同唱、小生、小丑接同唱、眾合唱）——雙調引子 玉井蓮後（小生、小旦、丑合唱）——雙調過曲 攤破金字令（小生唱、生接唱、眾合唱）——夜雨打梧桐（眾合唱）　七言四句下場詩

本出劇情上承第二十八出「全交」而來，實爲下卷劇情之小收束。排場共計爲二，中以雙調引子〔玉井蓮後〕隔爲前後兩部份。首以大石調引子〔東風第一枝〕獨押寒山韻寫郭仲翔、郭順、吳保安三人上場，自脫離南蠻後一路投奔至楊都督府中。另以中呂引子〔遶紅樓〕，並疊用三支攤拍過曲，連正宮〔一撮棹〕安桓韻組套，敍吳、郭二人與楊之相見並分別之過程。《曲律易知》云：「催拍帶〔一撮棹〕，爲分別時宜用之曲，《琵琶記》別丈折用後，沿用者甚多。然催拍之前不用他曲，亦成一套，合於過場性質。意中緣返棹折用之。」是知此套爲大石過場熟套，宜於送別內容的劇情。次場由雙調一引二過曲協支思韻，譜吳保安同妻兒相見，以及與仲翔道別。〔攤破金字令〕必與〔夜雨打梧桐〕相聯，可不用尾，此套並爲本出主曲所在。

第三十一出　歸里　訴情文細正場

南呂過曲 繡衣郎（老旦、旦、小丑唱）——前腔（生、末、淨唱）——越調引子 金蕉葉（生、老旦、旦唱）——越調過曲 山桃紅

生唱、老旦
、生同唱────前腔^{老旦唱}────前腔^{生、旦}_{接唱}────前腔^{生、末唱、老旦、}_{旦同唱、小丑接唱}────尾
聲^{眾合唱}　七言四句下場詩

本出劇情承上而來，郭仲翔與僕郭順，在和楊大人、吳保安夫妻分別後，返回故鄉與家人相聚。〔山桃紅〕為越調集。集曲本具套數作用，宜訴情，此以寫郭仲翔與十五年分別之親人重逢時的情景。然集曲屬細曲性質，丑、淨不宜唱，第四支〔山桃紅〕最後一句有小丑唱詞，究屬變例。又：既以南呂過曲〔繡衣郎〕作各門角色之衝場曲，何以老旦、旦、生角色再唱越調引子〔金蕉葉〕？全出通押真文韻。

第三十二出　居廬　悲哀中細過場

雙調
引子金瓏璁^{小生唱}────雙調
過曲孝順兒^{小生唱}────前腔^{小生唱}

本出劇情承前第三十出「惜別」而來。吳保安自遠寨贖出郭仲翔後，即被朝廷派往彭山縣令。數年後夫妻雙雙客死他鄉，孤哀子延季無柩還鄉，欲投奔郭仲翔求其幫助。全出由雙調一引無贈二過曲協庚青韻組場，以小生一人獨唱，表現其遭逢家變之淒苦心境，並為下出之小過脈。

第三十三出　狂奔　中細文過場

仙呂
引子探春令^{生唱}────仙呂
過曲大齋郎^{丑唱}────一封書^{生唱}────雙調
引子夜行船^{老旦唱}
────雙調
引子四國朝前^{淨唱}────雙調
過曲玉抱肚^{生、眾}_{合唱}────前腔^{老旦、}_{生合唱}────前腔
旦、
合唱────前腔^{小丑}_{合唱}　七言四句下場詩

本出劇情承上而來。郭仲翔正在思念昔日患難之交吳保安時，接獲延季寄書，知吳氏夫婦已亡逝，及吳子之窘況。適聖旨降，令郭仲翔任代州司戶，郭為了報答故友之恩，遂薦保安之子延季代己任職，此並為後三十六出「恩榮」之伏筆。

一封書為單用調，不入聯套內，大抵以曲代信時用之（見《簡譜》），此譜郭仲翔口讀吳延季之信的情形。後劇情急遽直下，沈璟以賓白交待仲翔接信之後的種種反應。繼用雙調〔玉抱肚〕過曲連續疊用四支，且由場面上不同腳色分別以獨唱、合唱方式表之，其用意即在借郭家各個成員之口表彰仲翔為友狂奔哭喪的意義，曲文並加強賓白中行動的效果，且開下一場之劇情。

第三十四出　痛悼　悲哀訴情文靜正場

商調
過曲集賢賓^{生唱}────前腔^{生唱}────南呂
引子臨江梅^{小旦、}_{生唱}────南呂
過曲五更轉^{生唱}

——前腔^{小旦唱}——前腔^{淨唱}——前腔^{丑唱}

本出劇情承上而來，排場共計二分，以引子隔為前後兩部份，首以商調訴情加贈細曲〔集賢賓〕疊用兩支，寫郭仲翔一路趕往彭山與吳延季相見之情形，極抒其胸中哀思之狀。後遇見延季，排場二轉，進入主曲部份，改由南呂組套，韻腳仍襲尤侯韻。以引子〔臨江梅〕寫小旦扮吳延季上場，之後再次連用二支過曲緊接聯唱，此時前部份排場所蘊釀之悲悼情緒至此後以後傾瀉而下。為了加強哀傷氣氛，作者再以淨、丑所扮彭山縣百姓上場，各唱一支五更轉表達對己故縣令的哀思，不僅調劑場面單調情形，亦在加深主題之所在。末於生、小旦對白中作結，並開下一出之劇情。

第三十五出　埋劍　訴情南北正場

北^{雙調引子}新水令^{生唱}——南^{雙調過曲}步步嬌^{小旦唱}——北折桂令^{生唱}——南江兒水^{末、淨小旦合}——北雁兒落帶得勝令^{生唱}——南僥僥令^{小旦唱}——北收江南^{生唱}——南園林好^{小旦唱末、淨合}——北沽美酒帶太平令^{生唱}——南尾聲^{小旦唱、末、淨合}　七言四句下場詩

本出劇情承上而來，郭仲翔派腳夫挑羹飯與郭順同至保安墳上祭拜，並埋其當時所贈之劍，為本劇重要關目情節所在。劇情至此發展，可算暫時告一段落。全出以南北合套協江陽韻組場，凡此曲皆出自生口，以其健捷激昂譜郭仲翔內心對亡友猝逝之悲痛情懷；南曲則由小旦、淨、末等腳色分別以接唱、合唱方式表達哀思，與對仲翔友誼典範之敬重。尤以進入郭順掘坎，仲翔埋劍的情節後，南北過曲，支支相聯，中間並穿插小旦拜天、末、淨唱詞，以求其唱作聲情俱佳，〔新水令〕為雙調南北合套中最常見之套式。

第三十六出　恩榮　歡樂群戲大場

雙調引子寶鼎現^{老旦、旦、小丑合}——雙調引子賀聖朝^{生、小旦唱}——前腔^{淨唱}——雙調過曲錦堂月^{生、合}——前腔^{小旦合}醉翁子^{老旦、生、旦、小丑、末合}——前腔^{生、小旦合}——僥僥令^{眾唱}——前腔^{眾唱}——尾聲^{眾唱}　七言四句下場詩

本出劇情雖承上而來，然實具饒戲作用。全出以雙調歡樂熟套協庚青韻組場，譜郭仲翔攜延季返家，並為其完婚，郭家視之為己出。適朝廷聖旨頒布，除延季為彭山縣尉，仲翔仍為代州戶曹，郭母曾氏封太孺人，妻顏氏封孺人，義僕郭順賞銀五十兩。全劇在眾人合唱中結束，其中〔僥僥令〕兩支

曲文實爲作者寫本劇之用心所在。

三、《雙魚記》

第一出　傳奇綱領

末　末

碧芙蓉－沁園春　八言四句下場詩

本出名爲傳奇綱領，但實爲家門性質。以末充任上場腳色，先唸定場白，即以第一首詞牌爲之，中間省略科白問答，續接乾唱虛籠大意之第二首詞牌及概括本事之第三首詞牌。家門之後，附下場詩八言四句，性質照例在說明劇中四腳色之性格，此爲沈璟劇作首出特色。

第二出　過從　感歎文靜過場

中呂引子滿庭芳^{生唱}——正宮引子七娘子^{小生唱}——中呂過曲玉芙蓉^{生唱}——前腔^{小生唱、生接合唱}——前腔^{丑唱、眾接唱}　七言四句下場詩

〔玉芙蓉〕應爲正宮過曲，此誤爲中呂，今據曲譜更正。

本出以中呂套組場，首兩支引子均屬長引，分別由第一男主角劉皞，與第二男主角石若虛唱，寫其二人上場。〔玉芙蓉〕爲中呂可贈可不贈過曲，宜疊用獨自組套，排場分析見前面已有之介紹。此處以三支連用，分別譜劉皞對自己身世飄萍與前途無定之憂心，若虛予以安慰，後由丑角之口唱出及時行樂之調，而以眾唱作結，在同樣曲牌中，描寫氣氛已有明顯改變。中呂、雙調宜於過脈短套居多（見《曲律易知》），全出通協眞文韻，屬過場性質。

第三出　觀魚　訴情文靜短場

商調引子遶池遊^{旦唱}——商調過曲黃鶯兒^{旦唱}——前腔^{小丑唱、旦接唱}——簇御林^{旦唱、合}——前腔^{小丑唱}　七言四句下場詩

本劇依傳奇通例，由生、旦兩處著筆，文錯敘述，故本出實對應於前出。以商調一引四過曲協安桓韻組場。〔黃鶯兒〕爲商調過曲中最爲美聽，適於訴情，可獨自成套或與〔簇御林〕各疊二支相聯，爲商調熟套，亦適於場面更動情形。首支〔黃鶯兒〕由邢春娘唱出自己睹物思情之心結，次支以輪唱方式，唱出少女春情識破嬌羞與靦腆。接以無贈過曲〔簇御林〕寫春娘由「怎寄形影自相憐」轉爲對未來婚姻寄與無限希望。明傳奇中似此組套情形者，

尚見之於《香囊記》九「憶子」、《義俠記》二十「如觀」、《玉環記》三十四「繼聚團圓」上等。

第四出　秣馬　群戲中細正場

中呂引子〔行香子〕（外唱、老旦接唱、合）——中呂引子〔菊花新〕（生唱、小生接唱）——大石過曲〔攧拍〕（外唱、眾合）——前腔（小生唱、眾合）——前腔（老旦唱）前腔（生唱）——正宮過曲〔一撮棹〕（外、末合唱、小生接唱、老旦接唱、生接唱、合）——商調過曲〔水紅花〕（生唱、小生末接、合唱）——〔梧葉兒〕（丑唱、眾接合唱）——〔水紅花〕（小生唱、生末接、合唱）七言

四句下場詩

本出劇情寫劉皞與友石若虛同往大名謁見文相公。排場共計二分，首以中呂引子〔行香子〕開場，至正宮〔一撮棹〕過曲，重點在於邢春娘姑父母替劉皞與石若虛送行，充滿了邢家姑父母對姪兒前程之殷勤盼望。引、〔攧拍〕（一至五支），〔一撮棹〕（正宮），〔尾聲〕（或省）為大石借宮熟套，其排場分析可見前面介紹，此處不再贅述。次以商調三過曲協庚青韻組場，譜二人離開邢家，旅途中表達自己對未來前途希冀，中間並插入丑扮腳夫插科打諢。〔水紅花〕含過曲性質，以眾唱方式表達人生世事的感慨。

第五出　冠警　粗口武過場

越調引子〔霜天曉角〕（淨唱）——越調過曲〔鮑子令〕（淨唱、眾接合唱）——前腔（眾唱）

由越調組成過場，寫貝州百姓則假借宗教之名，聚眾謀亂。以引子〔霜天曉角〕道出內心之意圖，〔鮑子令〕為越調粗曲、快板，為丑、淨武裝時用以接唱與輪唱方式譜其整軍經過。場面雖短，但卻開啓後面許多情節。

第六出　銓除　訴情文細正場

仙呂引子〔似娘兒〕（外、老旦、旦接唱）——仙呂集曲〔二犯傍妝臺〕（外唱、老旦、旦唱外、輪接唱）——〔不是路〕（末、外接唱）——前腔（外、末接唱）——〔皂角兒〕（老旦、旦、外接唱）——前腔（老旦、外、旦接唱）——〔尾聲〕（合）七言

四句下場詩

本出劇情承上而來，首以仙呂引子〔似娘兒〕做各腳色登場，〔二犯傍妝臺〕可疊用加引成套，為文細短劇性質。此寫邢春娘與父母懷念出門在外劉皞之掛念。另明傳奇中沈壽卿《三元記》六「助納」，即用四支〔二犯傍妝臺〕加二支引曲組套，寫夫婦臨別，婦囑夫納妾事。〔二犯傍妝臺〕亦可聯入一曲般曲套中，為適應排場之更動。〔賺〕曲二支寫堂候官傳中書令簡書，命邢公往廣平曲周縣平定貝州民亂。再以〔皂角兒〕二支加〔尾聲〕譜家人得知邢

公委任他縣消息之經過。明傳奇中《八義記》二十一「周堅替死」上組套情形與本出相似。劇情並下啓第八出「野哭」場面。

第七出　幕賓　中細普通過場

中呂引子燕歸梁^{外唱}──中呂過曲駐馬聽^{生唱}──前腔^{小生唱}──前腔^{外唱}──菊花新^{丑唱}──駐雲飛^{丑唱}──前腔^{外唱}　七言四句下場詩

本出由中呂宮協蕭豪韻，而以二過場形式組套。中間以引子隔爲前後兩個部份。劇情部份上承第四出「秣馬」而來。首以〔燕歸梁〕引子寫文彥博上場，〔駐馬聽〕三支疊用，譜劉韠與石蘊玉拜見文彥博之過程。〔菊花新〕寫朝廷聖旨頒布，命文彥博統兵平定貝州民亂。末以大段賓白交待文彥博對來訪劉、石二人之安排。〔駐馬聽〕與〔駐雲飛〕均爲中呂宜疊用曲，二支連用可作普通短劇。並爲後第九出「適館」之過脈。

第八出　野哭　匆遽行動過場

雙調過曲柳絮飛^{淨、丑、小旦接唱}──三棒鼓^{外、老旦、旦、小丑接合唱}──柳絮飛^{生、末、小生合唱、外、老旦、旦、小丑接合唱、旦唱}──江兒水^{旦唱}──前腔^{小旦唱}──前腔^{旦唱}──前腔^{小旦、旦、小旦合}　七言四句下場詩

本出劇情上承第六出「銓除」而來，以雙調六支過曲協眞文韻組場。〔柳絮飛〕與〔三棒鼓〕皆爲快板曲，作眾腳色之衝場曲，具引子性質。第二支〔柳絮飛〕寫貝州盜民一路追殺至曲州城外，在混戰中邢春娘父母死於賊兵手下。〔江兒水〕四支哀惋之音，點出「野哭」淒苦之境。春娘隻身流落異鄉，幸得當地婦人魏媽媽相助，暫住鄰家趙媽媽家。爲後第十出「迷途」之過脈。

第九出　適館　粗細文靜過場

南呂過曲秋夜月^{淨唱}──南呂引子生查子^{生、末接唱}──鎖窗郎^{生唱、眾接合唱}──前腔^{末唱、眾合}──前腔^{淨唱}

本出劇情上承第七出「幕賓」而來。文相公告知劉韠姑父一家已至曲周，由於二地相距不遠，文相公遂差人先送劉韠至留大戶處聚眾講席，待姑父到任後，再往曲周。〔秋夜月〕爲南呂過曲兼具引子性質者，此寫淨角所扮留大戶上場衝曲，再以〔生查子〕引寫劉韠與文相公家院上場，〔鎖窗郎〕集曲三支疊用寫此段經過。

本出過曲三支均爲集曲，且曲曲相聯，其間更無一句賓白之間，既使副角有插科打諢以刻劃留大戶無知之態，使其有機會表演動作，並調節場面活

潑氣氛，亦以耐聽、耐唱集曲極盡抒情之悠遠餘韻。然《曲律易知》云：「若集曲及細曲居多之套數，丑、淨斷不宜唱也。」此三支集曲有淨唱部份。劉蝟與留大戶二人不甚相合，留大戶並蓄意算計劉蝟，爲後第十五出「被驅」預留伏筆。

第十出　迷途　中細悲哀正場

南呂引子掛眞兒^{旦唱}——南呂過曲五更轉^{旦唱}——前腔^{旦唱}——越調過曲憶多嬌^{旦、淨接唱}——前腔^{小丑唱}——鬥黑麻^{旦、淨接唱}——前腔^{淨、小丑接唱}

本出劇情上承第八出「野哭」而來。魏媽媽將父母被黃巾賊殺死之邢春娘安置於趙寡婦家，被魏媽媽之子諢名雲裡手不肖徒所知，遂心懷不詭，與朋友風裡煙設下詭計，由風裡煙喬裝改扮成老嫗，誆騙邢春娘賣至娼家。

排場共計三分，首以乾念上場詩大段賓白對話，交待雲裡手與風裡煙之上場，與預謀伎倆。次以南呂引子〔掛眞兒〕及二支過曲〔五更轉〕協魚模韻譜邢春娘出場，對亡親被害及身世飄零之慨，並矢志對婚姻約定之執著。此處對春娘性格之刻畫，已爲後出第十三出「玉悴」預留伏筆。接著春娘遇見風裡煙假扮之老嫗，並信其所言，以越調悲哀熟套〔憶多嬌〕與〔鬥黑麻〕協各疊二支組套，寫春娘爲二人所騙經過，其排場分析見前已有之詳細介紹。

第十一出　師中　粗口武過場

越調過曲水底魚^{外唱}——前腔^{淨唱}——北雙調清江引^{眾唱}——前腔^{眾唱}

本出劇情上承第七出「幕賓」而來，文相公奉命征討貝州民亂。兩軍對陣時，叛軍敗跡，首領被執。其排場爲越調宜疊用粗曲，可獨自組套，見於明傳奇《玉鏡臺》三十二「獄吏相戒」、《八義記》三十九「杵臼出現」、《焚香記》三十三「滅寇」及三十七「收價」、《琴心記》二十八「招安絕域」等。然亦可兼作引子用，〔清江引〕二支實爲主曲所在。〔清江引〕爲北曲作南曲用者，其性質及排場分析見前已有詳細介紹。

第十二出　轅下　粗細南北正場

雙調引子南新水令^{生唱}——雙調引子雙勸酒^{二丑唱}——北雙調新水令^{生唱}——南步步嬌^{淨唱}——北折桂令^{生唱}——南江兒水^{淨、二丑接合唱}——北雁兒落帶得勝令^{生唱}——南僥僥令^{淨唱}——北收江南^{生唱}——南園林好^{二丑唱}——北沽美酒帶太平令^{生唱}——南尾聲^{淨、二丑接唱}　七言四句下場詩

本出劇情近承第十一出「師中」，遠承第八出「野哭」而來。敘劉蝟在留

大戶家任教時，大戶告知劉皞文相公已平反賊兵與邢家姑父一家遇害之誤傳消息，以雙調南北合套協魚模韻組場，北曲由生唱出其對死者悲痛，以及羈旅留大戶處之無奈，已爲後第十五出「被驅」之埋下伏筆。南曲則由留大戶與二子唱出勸慰口吻。〔新水令〕南北合套爲雙調熟套，其排場分析另見前面已有之詳細介紹。

第十三出　玉悴　中細悲哀過場

雙調過曲　字字雙（丑唱）——風入松（老旦、小旦、小丑接唱）——中呂引子　思園春（丑唱）——中呂過曲　泣顏回（旦唱）——前腔（旦、小丑接唱）——千秋歲（老旦、小旦、丑接唱）——前腔（小丑唱）——撲燈蛾（旦唱）——前腔（丑唱、老旦、小旦接合唱）——尾聲（旦、丑、小丑接唱）　五言四句下場詩

本出上承第十出「迷途」而來。邢春娘被雲裡手和風裡煙聯手騙至楊二媽妓院處。二媽因其不妓女生涯，故央李大媽母女及新買丫頭金屏相勸，春娘因而認出金屏即昔日家僕蒨桃，回憶往事，不覺悲從中來，並告知蒨桃雙親罹難經過。〔千秋歲〕例接〔泣顏回〕後，用一支者爲文靜戲，二支爲熱鬧戲。此處疊用二支，正合場面之喧囂。〔撲燈蛾〕及有板無腔之曲，最宜於急遽場面，適用淨、丑口吻，譜春娘因婢女蒨桃勸其爲妓而翻臉，盛怒之餘大打出手。然第一支出自旦唱，實因幽閨出先例也，究非正格。

第十五出　被驅　粗細熱鬧正場

仙呂過曲　光光乍（丑、小丑接唱、再合唱）——前腔（淨唱）——仙呂引子　鵲橋仙（生唱）——仙呂過曲　八聲甘州（生、淨接唱）——前腔（淨、生接唱）——解三酲（二丑、淨生接唱）——前腔（淨、生、小生接唱）　五言四句下場詩

淨、丑出場，往往不用引子，而以短曲代之，此處用〔光光乍〕，或乾唱，或乾念。接以大段對白交待留大戶與二子擬將劉皞逐出家門。〔鵲橋仙〕引子譜劉皞上場，再借對白敘劉皞訪友歸來，發現二子玩耍後與留大戶所發生爭執。一方面使副角有機會表演動作，另一方面引導高潮場面。進入〔八聲甘州〕主曲部份後，便即縮簡對白，支支曲牌緊接唱出。雙方你來我往，充分顯示出爭執場面之熱烈。

第十六出　拒媒　群戲大過場

黃鐘過曲　出隊子（小丑唱）——前腔（丑唱）——黃鐘引子　西地錦（旦唱）——黃鐘過曲　賞宮花（小丑唱、末、淨、丑接合唱）——前腔（丑唱）——前腔（淨唱）——雙調引子　玉井蓮後（旦唱）——雙調過曲　玉交枝（丑唱）——前腔（旦唱）——前腔（老旦、小旦同唱、丑接唱、旦接唱、丑、老旦、小旦接同唱）　七言四句下場詩

本出排場共計爲二。首以黃鐘引曲〔出隊子〕二支，寫嫖客錢十萬與老鴇二媽上場衝曲，另以黃鐘〔西地錦〕做旦上場引曲，寫皮條客錢小閑引嫖客錢十萬見老鴇楊二媽，二媽欲春娘接客，春娘逕自離去，不加理會。以黃鐘過曲〔賞宮花〕譜此段過程。〔賞宮花〕爲黃鐘宜疊用之曲，可獨自組套，見之於明傳奇者如：《八義記》「上元放燈」、三「周堅沽酒」、《琴心記》十九「得意薦揚」、《贈書記》三十一「錯配成眞」、《四喜記》十二「春庭慶壽」下、《義使記》十七「悼亡」等，此入聯套，以適排場之更動。次以雙調無贈板過曲〔玉交枝〕疊用三支組套，譜春娘受不了老鴇逼迫而自殺，後獲救之經過。後二媽不再爲難，但春娘爲打聽劉皐消息，故答應接見客人要求。此出爲上半部收煞處，在情節方面是總結上本，但卻留下開啓下本的線索。

第十七出　妨友　中細文靜短場

雙調引子夜行船 ^{末唱}——前腔 ^{生唱}——雙調過曲玉山供 ^{生唱}——前腔 ^{末唱、小丑合唱、末接唱}

七言四句下場詩

劉皐往昔日舊識王員外家拜訪，並告訴其近來遭遇。兩人相談之間，王員外突然一時心疼，致使談話中斷。全出以雙調協皆來韻組場，〔玉山供〕爲集曲，當可細膩地表現劉皐之心思，與王員外勸友之情。並爲下第十九出「泣歧」預留伏筆。

第十八出　攘官　粗口普通過場

越調過曲梨花兒 ^{淨唱}——中呂過曲縷縷金 ^{末淨接唱}——剔銀燈 ^{淨、末接唱}——縷縷金 ^{丑唱、淨接合唱}

本出劇情寫中書省任命劉皐爲江夏縣尹，公文送來時，留大戶冒名頂替之經過。

首以越調粗曲〔梨花兒〕譜留大戶上場，〔縷縷金〕爲中書省堂候官，送劉皐任命江夏縣尹之文憑來到留大戶住處附近，引起留大戶注意。〔剔銀燈〕與〔縷縷金〕連用，點出本出主題「攘官」之經過，利用對話及曲文加強留大戶之醜態，使其無知愚昧性格更加鮮明，並開啓後許多場面。

第十九出　泣歧　蒼涼北口正場

南呂過曲奈子花 ^{生唱}——北正宮端正好 ^{生唱}——滾繡毬 ^{生唱}——倘秀才 ^{生唱}——滾繡毬 ^{生唱}——倘秀才 ^{生唱}——醉太平 ^{生唱}——尾聲 ^{生唱}

本出劇情上承第十七出「妨友」而來。劉皐擇日再訪王員外時，王員外已害心疾而死。另打算投奔黃州團練蔣士林，蔣亦去世。其聯套首以南呂過

曲做上場衝曲，末以尾聲作結，中間以北曲正宮〔端正好〕組場。寫劉皞離開留大戶後一路不順之經過。此曲套式爲正宮基本套式，中間省略過曲〔呆骨朵〕，〔貨郎兒〕與〔脫布衫〕。以惆悵雄壯之調表劉皞之積鬱感慨，更見蒼涼悲壯。

第二十出　毀服

雙調引子賀聖朝^{小生唱}——雙調過曲鎖南枝^{小生唱}——前腔^{丑、小生接唱}——南呂引子臨江梅^{旦唱}——南呂過曲紅衲襖^{旦唱}——前腔^{小生}——前腔^{旦唱}——前腔^{小生}

本出劇情爲呼應第十六出「拒媾」，寫石若虛赴揚州司理途中，在妓院遇見邢春娘之過程。排場共計爲二，中間以引子隔爲前後兩部份，首以雙調一引二過曲協江陽韻組場，〔賀聖朝〕引子譜小生所扮石若虛上場，〔鎖南枝〕疊用二支寫其進入妓院。後排場更動，改以南呂協庚青韻組場。〔臨江梅〕引子寫春娘上場，〔紅衲襖〕爲散板曲，節奏至慢，最宜寫纏綿之情，一般多置於聯套之首，此寫刑春娘向石若虛吐露煙花生活之辛酸，兩人對話之經過。並爲本出主曲所在。〔鎖南枝〕與〔紅衲襖〕均爲雙調南呂宜疊用之曲，可獨自組套，排場分析可參見前面已有之介紹。

第二十一出　嘲詠　訴情兼行動正場

中呂引子粉蝶兒^{外唱}——越調引子小桃紅^{生唱}——下山虎^{生唱}——亭前柳^{生唱}——蠻牌令^{淨唱}——尾聲^{生唱}　五言四句下場詩

本出劇情上承第十九出「泣歧」而來。寫劉皞二次奔友未成之後，再往尋父親門生范希文路上，於古廟發言率直觸怒龍神並偶遇留大戶。越調〔小桃紅〕一套，凡悲劇照例用之，或長或短，任人搭配。此處譜劉皞見古廟淒涼，無人祭祀，引發其身世乖舛之感。〔小桃紅〕聯〔下山虎〕，〔蠻牌令〕爲越調熟套，最宜鋪寫悲哀傷面。明傳奇中以此組套者，尚見之於《玉合記》二三「祝髮」、《繡襦記》十六「鬻賣來興」、《錦箋記》三十六「協奏」、《香囊記》二十四「設祭」上，《飛丸記》十三「代女捐生」、《春蕪記》二十「訊病」、《曇花記》十一「檀施積功」、《獅吼記》十六「頂燈」上，例甚眾。

第二十二出　逋亡　中細行動兼訴情正場

雙調過曲六么令^{小丑唱}——前腔^{生唱}——玉抱肚^{小丑、生接唱}——前腔^{小丑、生接唱}——六么令^{小丑、淨接唱}——前腔^{生、小丑接唱}——玉抱肚^{生唱}——前腔^{生唱}——前腔^{小丑唱}——好姐姐^{小丑、生接唱}

本出劇情承上而來，全出以雙調協蕭豪韻組套。留大戶在路上遇見劉皡，擔心自己陰謀被揭穿，故假藉理由，差趙實前去殺人滅口。劉皡明白主兇為留大戶時，遂將被騙經過據實以告，趙實被劉皡感動，並協助其逃走。〔六么令〕為雙調過曲，然亦具引子性質，用於行路過場，寫趙實趕路迎接留大戶，卻遇上往范希文處投奔之劉皡。本出組曲均無贈板，且皆宜疊用獨自組套，此入聯套，除適排場更動外，並描寫一路急行所發生之事件。

第二十三出 擒奸 粗口行動過場

雙調過曲 窜地錦襠 ^{末唱、眾接合唱}——前腔 ^{淨唱}——前腔 ^{末唱}——正宮過曲 四邊靜 ^{末唱}——前腔 ^{小生、老旦同唱、小丑接唱、淨再接唱} 七言四句下場詩

本出劇情承上而來，排場共計為二。首以雙調無贈板過曲〔窜地錦襠〕疊用三支協魚模韻，寫趙實協助劉皡，持三件假信物與留大戶。留卻欲殺人滅口，加害趙實。適范希文經過，趙實趁機告發留之罪狀。其後排場更動，另以正宮過曲〔四邊靜〕二支協支思韻，寫范希文對留大戶之處置，並差人和劉皡聯絡。〔四邊靜〕過曲，《簡譜》云：「此曲例無贈板，且宜淨、丑口角。」

第二十四出 獲報 悲哀訴情正場

南呂引子 一剪梅 ^{生唱}——南呂過曲 宜春令 ^{生唱}——前腔 ^{末、生接唱}——繡帶兒 ^{生唱}——前腔 ^{生唱}——太師引 ^{末、生接唱}——前腔 ^{生唱}——中呂過曲 普天樂 ^{生唱}——商調過曲 山坡羊 ^{生唱} 七言四句下場詩

本出劇情上承第二十二出「逋亡」而來。並呼應第一首以南呂引子〔一剪梅〕寫劉皡之上場，譜其為趙實所救，一路趕往饒州投奔范希文，然范希文又為朝廷差往延安經略。此時盤纏已盡，只得細膩委婉之曲，疊用組套，屬文靜訴情類適宜娓娓陳述事跡，寫劉皡入得寺中向長老告知坎坷遭遇。長老深表同情，並喚小和尚打做法帖賣錢，助其盤纏。後以中呂過曲〔普天樂〕寫當晚大雨，觀雨情形。原來赤鬚龍神前日為劉皡直言所怒，趁大雨時轟碎雷碑。〔山坡羊〕為極細膩悲傷之場，敘劉皡見碑碎異事，幾番不順之事加諸在其身上，險欲觸槐而死，幸為長老所攔。

第二十五出 聞命 先行動後歡樂過場

商調過曲 香柳娘 ^{眾、淨輪唱}——前腔 ^{生唱}——前腔 ^{眾唱、小丑接唱、生接唱、小丑接唱}——前腔 ^{小生、老旦同唱接唱、生接唱、、小丑淨接唱}——中呂過曲 大環著 ^{生唱、眾接唱}——紅繡鞋 ^{眾唱}——尾聲 ^{眾唱} 七言四句下場詩

本出劇情上承第二十三出「擒奸」而來，眾人將留大戶押往饒州與劉

皞，不想於半路竟遇著劉皞。以南呂過曲〔香柳娘〕四支疊用，譜此一劇情之經過。〔香柳娘〕四支疊用為南呂過場熟套，用以描寫行動匆遽者。其排場分析見前面已有之詳細介紹。次以中呂過曲〔大環著〕與〔紅繡鞋〕，寫范相公所差人送冠帶一事。〔大環著〕為中呂加贈板過曲，《簡譜》云：「此亦嗩吶同場曲，大約用在軍旅行役時。詞藻須堂皇冠冕，從無一人獨唱者也。」這裡由先生唱二句為官感謝之意，次二句與〔紅繡鞋〕由眾唱，以烘托場面之熱鬧喧囂與歡樂，亦為本出主曲所在。

第二十六出　晤別　歡樂群戲大場

中呂引子 喜遷鶯前 〔外唱〕——中呂引子 喜遷鶯後 〔小生唱〕——中呂引子 遶紅樓 〔生唱、外、小生接合唱〕——

中呂過曲 山花子 〔外唱、眾接合唱〕——前腔 〔小生、生接唱〕——前腔 〔雜唱〕——前腔 〔旦、生接唱〕——黃鐘過曲

獅子序 〔旦唱〕——太平歌 〔旦唱〕——賞宮花 〔旦唱〕——降黃龍 〔旦唱〕大聖藥 〔旦唱〕

——南呂過曲 紅衫兒 〔生、旦接唱〕——醉太平 〔生、旦接唱〕 七言四句下場詩

本出劇情為全劇情之收束，無論就聯套、上場人物、場面扮演及情節發展而言，皆足稱大場。

排場共計二分，首以中呂三引四過曲協江陽韻組場。寫楊州太守宋祁與司戶劉皞，司理石若虛共敘一堂。席間並喚官妓楊念奴（即邢春娘入妓院後之改名）及李莒英看酒，尚有雜劇扮演助興。〔山花子〕為同場大曲，可協之以嗩吶，用贈板唱之。此由同場腳色輪流發揮，必定更盡場面歡愉氣氛。〔山花子〕為中呂宜疊用之曲，多入聯套中，明傳奇中尚見之於《香囊記》四十二「褒封」，《曇花記》五十五「法眷聚會」。次一排場以黃鐘借南呂五過曲協寒山韻組場，此為黃鐘借宮訴情熟套，隻隻耐聽耐唱，均加贈板，譜本出重點「晤言」經過。曲白相間，白由生問，曲由旦答，以婉轉柔美之音唱出落難飄萍之不幸，更顯淒美。可與前第二十五出「獲報」中南呂套曲作一對照。末借南呂過曲〔紅孩兒〕與正宮〔醉太平〕寫兩人相認經過。此一借宮組套情形與明傳奇中《浣紗記》三十二「諫父」、《琵琶記》三十一「幾言諫父」類似。全出以贈板過曲組套。贈板是將原有曲牌板數增加一倍，速度即相對緩慢，作者為免陷於拖沓凝滯，厭人聆賞，故排場更動之際，均以大段對話隔開，足見其用心之處。

第二十七出　述懷　文細訴情正場

南呂引子 一枝花 〔小旦唱〕——南呂引子 一枝花後 〔丑唱〕——南呂過曲 懶畫眉 〔小旦唱〕——前腔

旦唱——前腔^{旦唱}——商調過曲鶯集御林春^{旦、小旦接唱}——前腔^{旦、小旦接唱}——四犯黃鶯兒^{旦、小旦接唱}——前腔^{旦、小旦唱}——尾聲^{旦、小旦合唱} 七言四句下場詩

本出劇情承上而來，排場共計爲二，首以南呂細曲〔懶畫眉〕疊用四支組套，寫邢春娘與劉訂婚約，使得春娘煙花姐妹李苕英深感空閨寂寞。〔懶畫眉〕屬南呂宮中經常疊用而借他呂調之曲牌。其排場分析另見前面已有之介紹。後劇情急轉直下，春娘發現苕英心事，言其將告知劉皞納苕英爲妾，二人姐妹相稱。以商調集曲〔鶯集御林春〕與〔四犯黃鶯兒〕各疊二支組套譜此一過程。集曲爲各宮犯聲之曲，含獨立性質，最適於處理複雜場面，汪志勇先生亦於《南曲聯套述例研究》云：「南詞聯套，原以正曲爲主，自集曲盛行以後，用集曲聯套及插入聯套內者漸。一般而言，用集曲組套除作者好巧立名目，亦有間隔劇情之變化及引導劇情之變異也。」在此則具有與前一排排場及開啓後來第二十九出「脫籍」之場面。

第二十八出　伸志　中細普通過場

仙呂引子卜算子^{生唱}——北仙呂寄生草^{生唱}——么篇^{生唱}——南仙呂引子卜算子^{小生唱}——仙呂過曲刮鼓令^{小生唱}——前腔^{生唱} 七言四句詩

本出劇情上承第二十五出「聞命」而來，敘劉皞任揚州司戶，審留大戶謀殺與冒名替官之罪，並對曾予其幫助之皂隸與饒州薦福寺和尚謝恩。首用南曲仙呂引子〔卜算子〕開場，次以北曲仙呂〔寄生草〕與〔么篇〕相聯譜此段經過。以北曲之雄壯亢爽襯其有仇必報，有恩必報之性格。爲本出主曲之所在。蓋傳奇劇情變化甚大，雖已踰北劇四、五折之限，然仍有未盡之嫌，故有因劇情變化而導致聯套改變者情形甚多，如《四賢記》三十「奏凱」，步蟾宮－錦上花－前腔－北雁兒落－北得勝令中，前數支南曲爲淨領兵造反戲，後北曲爲末領兵破賊奏凱事，劇情方入主題，故改用北曲以別之（見汪著，頁 55～56）。後排場更動，以仙呂引子〔卜算子〕譜石若虛上場，再以〔刮鼓令〕二支過曲疊用敘若虛拜訪劉皞，並道前次路經妓院遇見春娘經過，呼應前第二十出「毀服」劇情。〔刮鼓令〕曲之排場分析，另見前面已有之詳細介紹。

第二十九出　脫籍　粗口普通短場

南呂引子生查子^{外唱}——南呂過曲金錢花^{丑唱}——東甌令^{丑唱}——前腔^{老旦、外接唱} 七言四句下場詩

本出劇情上承第二十七出「述懷」而來。寫鴇兒楊媽媽控告春娘誘拐李苕英從良，幸李媽媽曉以大義，范希文遂除二妓樂籍。〔金錢花〕為過脈小曲，例用乾板唱，適於淨、丑之口，此做丑扮楊二媽之上場衝曲，再以〔東甌令〕二支疊用，譜李苕英被官府「脫籍」經過。〔東甌令〕為南呂宜疊用之曲，可獨自組套，其排場分析見前面已有之介紹，本出劇情雖有上承，但純屬填空，於全劇無直接影響，且為邊角組場，故應屬短場性質。

第三十出　宜家　歡樂群戲大場

黃鐘引子傳言玉女（生唱）──黃鐘引子女冠子（旦、小旦、淨、小丑同唱、眾合唱）──黃鐘引子面地錦（外唱）──畫眉序（外、小生同唱、眾合唱）──前腔（生唱、眾合唱）──前腔（小旦唱、眾合唱）──鮑老催（外、小生接唱、生、旦、小丑同唱）──雙聲子（外、小旦）──尾聲（眾唱）　七言四句下場詩

傳奇作者通常在團圓大場後再加一二場戲，以收餘韻不絕之效果。本出譜劉珤迎娶妻妾，宋祁與石若虛等人同來祝賀情形。首以黃鐘三引協車遮韻寫眾人物之上場，並穿插樂隊花轎，眾人行禮與酒席擺設等動作，以飾堂皇粉華之歡樂場面。筵席設定後，再以〔畫眉序〕四支聯〔鮑老催〕，〔雙聲子〕協皆來韻敘飲酒間熱鬧過程。末以生、旦、小旦三人吊場合唱尾聲作結。至此劉珤終以仕途順遂迎得妻房了結心願，與第二出「過從」相呼應。

《曲律易知》卷下：「凡〔畫眉序〕而末帶〔雙聲子〕者，均可作歡樂用。」

四、《義俠記》

第一出　家門

末　末

臨江月－沁園春　七言四句下場詞

依傳奇通例，由末開場唱兩闋詞。〈臨江月〉一闋抒發作者意旨，〈沁園春〉概述全劇本事。

第二出　遊寓　中細文靜過場

中呂引子滿庭芳（生唱）──正宮引子縒山月（小生唱）──正宮過曲玉芙蓉（生唱）──前腔（小生）

七言四句下場詩

本出寫武松出身背景與柴進之關係。〔滿庭芳〕為長引，正適用於全劇開場之第二出。〔玉芙蓉〕為細慢之曲，宜於文靜場面，可獨自疊用組套，明傳奇中用此例者如《曇花記》四十二出「上遊天界」、《綵毫記》十一出「預識

汾陽」、《種玉記》十一出「寵弄」、《獅吼記》二十七出「撫兒」、《鸞鎞記》二出「論心」、《三元記》二十六出「講學」、《紅拂記》四出「天開良佐」等，均含過場性質。

第三出　訓女　中細幽怨過場

南呂引子 生查子 老旦、生唱、旦接唱 —— 南呂過曲 三學士 老旦唱、旦同唱 —— 前腔 旦唱 —— 大迓鼓 老旦唱、旦同唱 —— 前腔 旦唱、老旦合 七言四句下場詩

本出寫武松年少飄泊、家業凋零，故遲遲未迎娶賈氏之女，致使賈母爲女婚事擔憂。以南呂無贈板過曲〔三學士〕與〔大迓鼓〕各疊二支組套，屬過場性質。〔大迓鼓〕曲性質，見前《紅藥記》第三十一出之介紹。

第四出　除凶　雄壯北口正場

商調過曲 水紅花 淨末唱 —— 北雙調 新水令 生唱 —— 折桂令 生唱 —— 雁兒落 生唱 —— 得勝令 生唱 —— 沽美酒兼太平令 生唱 —— 鴛鴦煞 生唱

本出寫武松在柴進莊上久候宋江不至，因此欲往陽穀縣尋找哥哥，並打聽宋江消息。途中路經景陽岡遇虎，遂殺之除害。

首以南曲引子作獵戶上場衝曲，以下武松出場全用北曲。旨在以北曲高亢，譜武生英雄氣概與膽識過人。〔北曲新水令〕一套爲雙調熟套。

第五出　誨淫　粗細普通過場

南呂引子 小女冠子 小旦唱 —— 南呂過曲 秋夜月 小丑唱 —— 前腔 丑唱 —— 東甌令 丑唱 —— 前腔 小丑唱 七言四句下場詩。

本出爲第七出「設伏」之過脈。排場計二分，首以南呂〔小女冠子〕與〔秋夜月〕做潘金蓮及武大上場之引子，言語已透露著夫妻不和之情形。次以〔東甌令〕二支寫王婆得知潘金蓮對夫婿埋怨，決心教唆其與人通姦。

〔秋夜月〕爲南呂過曲兼引子性質，〔東甌令〕疊用實本出主曲所在，屬過場性質。

第六出　雄勇　健捷行動大場

雙調引子 夜行船 外唱 —— 前腔 生唱 —— 雙調過曲 鎖南枝 生唱 —— 前腔 生唱 —— 前腔 外唱 —— 朝元令 眾生輪唱 —— 前腔 眾生輪唱 —— 雙調引子 玉井蓮後 小丑唱 —— 玉抱肚 生唱

〔朝元歌〕應爲〔朝元令〕，今依曲譜更正。

本出排場總計爲三，首以〔鎖南枝〕疊用三支組套，寫陽穀縣令賞識武

松之勇猛，任命他做士兵都頭。〔鎖南枝〕疊用組套，爲短劇通用之例，其組套情形另見前面分析。

　　排場第二爲〔朝元令〕二支疊用，敘眾備花紅鼓與抬虎屍以及武松遊行市街，此並爲本出主曲所在。末以雙調引子〔玉井蓮後〕與前隔開，譜武松之上場，以〔玉抱肚〕一支過曲寫武松與武大之邂逅。

第七出　設伏　粗口群戲過場

南呂過曲 光光乍 ^{淨唱、末接唱}——前腔 ^{小丑唱}——越調過曲 撲頭錢 ^{丑唱、末接唱、丑再唱、淨、末合唱}——前腔

小丑唱、淨、末接合唱——前腔 ^{淨末唱、丑接唱、接合唱}　七言四句下場詩

　　本出寫西門慶來王婆茶坊飲茶，央其代爲作媒，王婆有意將金蓮介紹。適賣瓜鄆哥至，由於鄆哥對西門慶耳語，致與王婆發生爭吵。

　　〔光光乍〕爲南呂粗曲，此用二支作淨、末衝場曲，〔撲頭錢〕屬越調快板粗曲，丑、淨專用。以之寫這段爭執場面，既符合人物身份，亦適於劇情內容。

第八出　叱邪　中細訴情正場

中呂過曲 縷縷金 ^{小旦唱}——中呂引子 菊花新 ^{生唱}——中呂過曲 古輪臺 ^{小旦與生輪唱}——前腔 ^{生、小旦輪唱}

——撲燈蛾 ^{生唱}——前腔 ^{小旦唱}——尾聲 ^{生唱、小旦接唱、生再唱}——南呂過曲 五更轉

小丑唱、生接唱——前腔 ^{小生唱}　七言四句下場詩

　　本出爲全劇第二主要重心所在。全折寫武松冒暑歸家，潘金蓮備涼酒勾引，武松只是不予理會。〔古輪臺〕爲中呂無贈板過曲，《簡譜》：「此調大抵用在大石〔念奴嬌〕下，幾成一慣例，實則此亦單用曲，與〔長拍〕、〔短拍〕相類，《幽閨・走雨》折可證也。」此處即爲單用曲，疊用二支寫盡潘氏如何使盡方法誘叔通姦，武松忍耐再三，後終奪酒潑地，嚴詞叱責。〔撲燈蛾〕乃有板無腔之曲，最宜於急遽，疊用二支在寫場面情形之轉變，此爲第一排場。

　　第二排場由南呂〔五更轉〕疊用二支獨自組套，譜武松因潘金蓮之不守婦道，決定搬出武大家，潘卻誣指武松調戲。〔古輪臺〕與〔撲燈蛾〕各疊二支組套，是中呂熟套，明傳奇中尚見《繡襦記》二十四出「逼娃逢迎」、《投梭記》二十出「鬻女」等。

第九出　孝貞　訴情文細正場

商調引子 遠地遊 ^{老旦唱、旦接唱、二人合唱}——商調過曲 集賢賓 ^{旦唱}——前腔 ^{生、旦唱}——琥珀貓

兒墜^{淨唱}——前腔^{老旦唱、淨接唱、旦再接唱、老旦、旦合唱}——尾聲^{淨唱、老旦、旦接唱}　七言四句下場詩

本出與前出恰成鮮明對比，作者將此二出並列，乃在刻畫賈若眞與潘金蓮二人性格之迥異。趙媒婆見若眞久久未婚，有意提親，爲賈母與若眞所拒。〔集賢賓〕與〔琥珀貓兒墜〕各疊二支聯套，爲商調訴情熟套，明傳奇中尚見《幽閨記》三十六出「推就紅絲」，此處分明寫賈母患病，若眞爲母憂愁，以及矢志不他適之心。

第十出　委囑　匆遽行動過場

雙調引子秋蕊香^{生唱}——雙調過曲風入松^{生唱}——前腔^{生唱}——急三鎗^{小旦唱}——前腔^{小旦唱}——風入松^{生唱}——急三鎗^{小旦唱}——前腔^{小旦唱}——風入松^{小丑唱}　七言四句下場詩

本出劇情寫武松因公幹差往東京，與武大夫妻辭行。臨行前並叮囑哥哥武大：「遲出去，早歸息肩，把門兒閉得安然。」並暗示嫂嫂潘金蓮須守婦道。雙調〔風入松〕與〔急三鎗〕重複間列組套，形容此一場面急速轉變、人物上下場之動作頻仍狀。先是武大與潘金蓮之上場，後武松領眾人上場。眾人得武松吩咐下場後，潘金蓮對武松指責忿而翻臉時，不飲酒而下場，場上再剩下武松與武大兄弟二人，此出亦爲後第十七出「悼亡」與十八出「雪恨」之過脈。

第十一出　中細^{先普通後悲哀}過場

越調引子金蕉葉^{小生唱}——越調過曲祝英臺^{小生唱}——前腔^{末唱、小生合唱}——憶多嬌^{淨唱、小生、末接唱}——前腔^{小生唱、眾接合唱}　七言四句下場詩

本出承第二出「遊寓」而來。武松因尋兄暫離柴進，柴進與葉先生閒聊之時，卻因受高唐州李逵打死殷天錫事件，爲其弟殷天瑞所執。〔祝英臺〕爲越調訴情細曲，此處疊用二支，寫柴進與葉先生閒談。〔憶多嬌〕二支爲主曲所在，《簡譜》：「其聲馳驟縱宕，戲情倉遑迫促時最爲相宜。」譜柴進與殷天瑞爭執場面，獨用入聲韻。

第十二出　萌奸　中細普通正場

南呂過曲一江風^{小旦唱}——前腔^{淨唱}——前腔^{小旦唱、丑接唱、小旦與淨輪流接唱}——紅衲襖^{淨唱}

——前腔^{淨唱}——仙呂
過曲皂羅袍^{淨唱}——前腔^{丑唱}　七言四句下場詩

　　本出劇情乃承第五出「誨淫」，與第七出「設伏」而來。西門慶因念請王婆作媒，出得家來，正遇潘金蓮挑簾不愼將竹竿滑落而誤中，西門慶遂對潘一見鍾情，於是央得王婆介紹通姦。

　　本出排場共計爲二，第一由南呂過曲〔一江風〕疊用三支組套，前可不加引子。〔一江風〕無論用一支或數支，皆含過場性質，此寫西門慶與潘金蓮之調情，乃因其爲加贈板之慢曲，頗宜抒情。第二排場爲〔紅衲襖〕疊用二支，寫西門慶在王婆處打聽潘金蓮消息，並請其代爲作媒，爲本出主曲所在。第三排場改由仙呂〔皂羅袍〕二支組套，敘王婆設計讓潘金蓮與西門慶相見。〔皂羅袍〕可與各曲聯套，亦可疊用數支自組成套。排場三換，韻腳亦隨之改變。

第十三出　奇功　行動群戲大場

中呂
引子遶紅樓^{眾合唱}——中呂
過曲縷縷金^{老旦、
旦唱}——正宮
過曲錦纏道^{淨、二丑唱、小生、末接唱
、小生、末對唱、再合唱}

——普天樂^{淨、二丑合
唱、淨接唱}——山桃帶芙蓉^{外、老旦、旦合唱
老旦、旦再合唱}——普天樂^{淨唱}——

山桃帶芙蓉^{小生唱、末唱、外
小生對唱、眾同唱}——普天樂^{外、小
生同唱}　七言四句下場詩

　　本出承第十一出「遘難」而來，柴進因受李逵牽連，爲殷天瑞所執。宋江聞知，率梁山眾好漢中途攔截，二軍對陣，殷敗，救得柴進同上梁山。

　　全出以正宮過曲組套。〔錦纏道〕屬狀浪之曲，《曲律易知》云：「其音悲狀，乃施之於老生、正末之口」，此以譜柴進與友人葉子盈爲奸徒所陷、哭訴無門之悲苦；次以〔普天樂〕與集曲〔山桃帶芙蓉〕間列重複聯套，寫兩軍對陣之經過，以及梁山泊英雄終獲勝利之情景。集曲多爲細曲，故出之淨、丑以外腳色之口，而該二者則唱〔普天樂〕過曲。

第十四出　巧媾　中細訴情正場

南宮
過曲懶畫眉^{小旦唱}——前腔^{丑唱、
小旦接唱}——前腔^{丑唱}——前腔^{小旦唱}——香柳娘

^{淨唱、小旦接唱
、二人再合唱}——前腔^{淨唱、
小旦接唱}——前腔^{小丑唱}——前腔^{丑唱、淨、小旦接唱
丑再唱、淨、小旦接唱}

七言四句下場詩

　　本出承第十二出「萌奸」而來。王婆以做終衣爲由，叫潘金蓮至其茶房，成就與西門慶一段姦情，然卻爲鄆哥所知，欲告訴武大，報復王婆前日對其侮辱。

〔懶畫眉〕與〔香柳娘〕都可獨自疊用組套，這裡聯套爲適宜排場之更動。前寫王婆用計召得潘金蓮，後寫潘與西門慶之兩下私通，並爲本出主曲所在。〔香柳娘〕四支疊用組套情形，可參見前面排場分析，爲適宜寫匆促行動場面。

第十五出　被盜　悲哀文靜過場

商調引子憶秦娥^{旦唱}——商調過曲金落索^{老旦唱、旦接唱}——前腔^{旦唱}——瀏潑帽^{老旦唱、旦接唱、二人合唱}——前腔^{旦唱、老旦接唱、二人合唱}　七言四句下場詩

本出寫賈氏母女於中秋夜賞月之後，遭偷兒時遷竊得財物一空，只得假扮道姑往陽穀縣投奔女婿武松。〔金落索〕與〔瀏潑帽〕爲商調悲哀類熟套，各疊二支組套，以譜母女二人賞月感懷，與遭不幸後無計爲之苦。以此套組場者，明傳中尚見《種玉》「互醋」、《焚香》「赴任」、《東郭》「少艾」、《南河》「粲誘」。〔金落索〕可疊用成套，疊用二支者如《明珠》「卻婚」等，三支者如《灌園》「君后自責」，《獅吼》「爭寵」等，疊用四支者如《還魂記》「診祟」等。

第十六出　得傷　粗細普通正場

雙調過曲六么令^{小丑唱}——玉抱肚^{小旦唱、淨接唱}——前腔^{外唱}——六么令^{小丑唱、淨接唱}——玉抱肚^{丑唱}　七言四句下場詩

本出承第十四出「巧媾」而來，以〔玉抱肚〕與〔六么令〕循環疊用組套，寫潘金蓮與西門慶私通之事，終爲鄆哥告訴武大所知，兩人前來捉姦，卻被王婆與西門慶打傷。潘金蓮便依王婆所教之計，以毒藥害死武大，並焚屍湮滅證據。

第十七出　悼亡　訴情文細過場

商調過曲山坡羊^{生唱}——前腔^{生唱}——黃鐘過曲賞宮花生^{生唱}——前腔^{末唱}——前腔^{小丑唱}——前腔^{生唱}　七言四句下場詩

本出承上而來，潘金蓮從王婆之計，害死武大，適武松自東京返回，知武大已死，悲痛逾恒，以商調悲哀細曲〔山坡羊〕疊用二支敘此一場面，亦爲本出主曲所在。後武大冤魂顯靈，向武松哭訴被害事實，武松遂覺哥哥死因有疑，逼問何九叔與鄆哥而得知眞相。排場改變，場面氣氛也隨之不同，黃鐘過曲〔賞宮花〕疊用四支組套情形，前見《雙魚記》十六出「拒媾」，此處用以形容武松查證事實之經過，應爲緊唱才是。並爲十八出「雪恨」之過脈。

第十八出　雪恨　行動群戲大場

中呂南粉蝶兒^{生唱、}引子^{眾接合唱}——中呂過曲尾犯序^{生唱、小旦接唱、小旦與丑唱、合唱}——前腔^{生唱}——前腔

外、末、小生唱、生接唱、小旦接唱、丑再接唱——前腔^{生唱、小旦接唱、生再唱}——駐雲飛^{外、末、小生合唱、丑接唱、老旦、小丑接唱、丑唱}

——前腔^{生唱、丑接唱、生再唱}仙呂引子鷓鴣天^{眾合唱}　七言四句下場詩

　　本出承上而來，武松得知武大遇害實情，決心爲哥哥報仇，遂召得鄰居與士兵，於眾人面前，逼王婆與潘金蓮承認所犯罪行，並將潘金蓮殺死，以中呂有贈板過曲〔尾犯序〕疊用四支譜此經過，屬第一排場。後以〔駐雲飛〕二支疊用，寫武松再取西門慶首級，將兩人頭顱獻祭於哥哥亡靈前，並命士兵押王婆至官府定罪。末以仙呂引子〔鷓鴣天〕寫眾人合拜武大亡魂作結。〔尾犯序〕與〔駐雲飛〕皆可疊用各自組套，此入聯套，爲適合排場變換。〔鷓鴣天〕雖爲仙呂引子，但可作尾聲用，適用於悲哀場面作結。

第十九出　薄罰　粗口普通正場

雙調引子賀聖朝^{外唱}——前腔^{生唱、小丑末合唱、丑接唱}——雙調過曲——玉交枝^{生唱}——前腔

小丑唱、末接唱——前腔^{丑唱}——前腔^{外唱}　七言四句下場詩

　　〔玉交枝〕爲雙調過曲，今據曲譜更正。

　　本出承上而來，寫武松一行等人至東平郡守處待裁決。郡守陳文昭判王婆處決，何九、鄆哥發回本縣寧家，武松雖連殺二人，但敬其英風高儀，故實判其刺配至孟州牢城。以〔玉交枝〕過曲疊用四支組套寫其經過。

第二十出　如歸　粗細文靜過場

雙調過曲普賢歌^{丑唱}——商調引子十二時^{老旦唱}——商調過曲黃鶯兒^{旦唱}——前腔^{旦、老旦唱}

——輪唱、旦接唱——簇御林^{丑唱、老旦、旦丑合唱}——前腔^{老旦唱、二旦合唱}——前腔^{旦接合唱}　七言四

句下場詩

　　本出承第十五出「被盜」而來，賈氏母女住處遭竊，孤苦無依，只得打扮做道姑，往陽穀縣投奔武松。二人至陽穀縣途中，在十字坡因風大投宿孫二娘的黑店休息。後二娘得知賈若眞爲武松未婚妻，因敬仰武松爲豪傑之士，故將其母女送至附近清眞觀居住。

　　〔普賢歌〕爲雙調快板粗曲，可用做丑、淨上場衝曲。〔黃鶯兒〕爲商調可贈可不贈過曲，膾炙人口，寫賈氏母女二人一路奔波之苦。〔簇御林〕爲無贈板過曲，譜其二人遇孫二娘之經過。〔黃鶯兒〕與〔簇御林〕二者皆可疊用

單獨組套，此處入聯套，乃便於排場之變換，並爲第三十三出「首途」之過脈。

第二十一出　論交　歡樂群戲大場

雙調引子寶鼎現（外唱、小生唱、末唱、淨唱、小旦唱、眾合唱）——雙調過曲錦堂月（小生唱、末接唱、眾唱、合唱）——前腔（淨、小旦合唱）——醉翁子（外唱、眾合唱）——僥僥令（生唱、小丑合唱）——前腔（眾唱、生接唱）——尾聲（眾唱）　七言四句下場詩

本出劇情承十九出「薄罰」而來，武松刺配發往孟州，途中經梁山泊，前往拜訪宋江、柴進。梁山好漢勸武松入夥，爲其所拒，宋江於是修書孟州施恩，共邀聚義。

雙調過曲〔錦堂月〕與〔醉翁子〕、〔僥僥令〕各疊二支加引尾組套，是雙調歡樂熟套，以譜整出戲之背景——梁山好漢慶祝九九重陽正適合。

第二十二出　失霸　粗細武過場

正宮引子七娘子（小生唱）——正宮過曲朱奴兒（小旦、小丑合唱、小生續接合唱）——前腔（淨唱）——四邊靜（小生唱、淨接合唱）——前腔（淨唱）——南呂過曲朝天子（小生唱）　七言四句下場詩

本出寫施恩於快活林所開酒店，爲來自潞州蔣門神所奪，蔣並將施打傷。

〔四邊靜〕爲無贈板過曲，可單獨疊用組套，適用於武裝場面。此入聯套，接〔朱奴兒〕後，因非一開始即武戲。末借南呂過曲〔朝天子〕做施恩吊場曲。

第二十三出　釋義　中細普通正場

仙呂引子卜算子（生唱）——仙呂過曲桂枝香（生唱、丑接唱、小丑再接唱、丑唱）——不是路（生唱、末接唱、生再接唱、末再接唱）——皂角兒（末唱、丑接合唱）——前腔（生唱）——前腔（末、丑合唱、生接唱、末、丑再合唱、生接合唱）　七言四句下場詩

本出承第二十一出「論交」而來，武松辭別宋江，途經孟州十字坡店休息，孫二娘不知來者是武松，欲於酒中下蒙汗藥，反爲武松識破，並將之擒住，適二娘丈夫張青回來向武松討饒，以此結爲義姓兄弟，武松並委囑二娘照顧賈氏母女。

〔桂枝香〕爲仙呂加贈板過曲，此處疊用二支寫武松一行來十字坡宿店經過。〔不是路〕與〔皂羅袍〕連用爲仙呂熟套，明傳奇中尚見《浣紗記》第十七出「效顰」，《三元記》第十六出「空歸」上，與《荊釵記》第二十二

出「獲報」上，《焚香記》三十八出「往任」等等。〔不是路〕即〔賺〕，適用
於場面更動之情形，此寫武松發現二娘秘密後的情景。接著張青上場，再從
敵我對立之局面到衝突之解決。

第二十四出　締盟　文細訴情過場

南呂 生查子^{外唱、}_{小生接唱}——南呂 宜春令^{生唱、}_{外接唱}——前腔^{小生唱、外接唱、}_{生再唱、外接唱}——前

腔^{生唱、外接唱、小}_{生接唱、生再唱}——前腔^{小生唱、}_{外接唱}　七言四句下場詩

本出寫武松到了孟州，施恩以義氣相交，二人遂結為異姓兄弟，施並將
前日蔣門神欺侮之事相言，武松決定為其報仇。

〔宜春令〕為南呂加贈板細曲，其聲纏綿徘惻，可疊用獨自組套，其排
場分析可參見《雙魚記》第二十四出「獲報」。此處寫二人結盟與復仇之經過，
並為下一出「取威」之過脈。

第二十五出　取威　粗細熱鬧大場

中呂 燕歸梁^{生唱、}_{小生接唱}——中呂 泣顏回^{生唱、}_{眾接合唱}——前腔^{生唱、眾接合}_{唱、生再唱}——太平

令^{生唱}——前腔^{淨唱、}_{生接唱}——撲燈蛾^{生唱、}_{淨再唱}——前腔^{小生、末同唱、}_{末唱、淨再接唱}——尾聲

眾唱　七言四句下場詩

本出承上而來，寫武松飲酒之後，在快活林痛打蔣門神之經過，並與蔣
約法三章，使其退出快活林交還施恩。

〔泣顏回〕、〔太平令〕、〔撲燈蛾〕都是可以疊用獨自組套之中呂過曲，
此入聯套，為便於排場變換之利用，也符合場面上節奏的速度。分別譜武松
與施恩飲酒，先打蔣門神的嘍囉。後蔣門神上場，武松再打蔣門神，蔣之求
饒與交出快活林、〔尾聲〕在眾人聲中做結。

第二十六出　再創　中細行動過場

越調 浪淘沙^{小旦唱}——前腔^{丑唱、老旦}_{、旦同唱}——北般涉調耍孩兒^{丑、老}_{旦合唱}——三

煞^{旦唱、淨接唱}_{、小旦再唱}——二煞^{丑唱}——一煞^{淨唱}——煞尾^{丑唱}——商調 梧葉兒

^{小旦唱、老旦}_{、正旦接合唱}　七言四句下場詩

〔浪淘沙〕為越調引子，今據曲譜更正。

本出寫賈氏母女於臘月二十五，玉皇下降之日於清真觀內拈香，適遇蔣
門神避災到此，將玉真調戲，為孫二娘予以教訓。後張團練派人接蔣門神回
家療傷，為第二十七出「秘計」預留伏筆。

本調爲南北混用套式，先以〔耍孩兒〕，〔煞〕、〔煞尾〕等北曲般涉調組套，此套據鄭騫先生《北曲套式彙錄詳解》所云，很少單獨使用（在北雜劇中，大部份附於正宮或中呂宮而聯成）。後轉南曲商調〔梧葉兒〕吊場，乃由於排場更換，此處場上蔣門神與張團練及家僕們退下，清眞觀主再領賈氏母女上場，與前一排場以〔煞尾〕隔開。南北曲排列並非以次序相間，故不屬南北合套，乃爲混合式，汪志勇先生在《明傳奇聯套研究》第四章第二節「劇情變化與聯套之分析」中，曾將此種情形列爲「以南北曲調不同而隔之」（見該書，頁55），用於劇情變化。末以〔煞尾〕之後再加商調過曲〔梧葉兒〕而成雙尾，明傳奇中另見於《青衫記》七「郊遊訪興」，及《春蕪記》十二「邂逅」、《紫蕭記》二十二「惜別」，乃於劇情需要，欲其餘音繞梁不絕者。

第二十七出　秘計　粗口小過場

南呂 臨江梅 ^{小丑唱} ── 前腔 ^{丑唱} ── 南呂過曲 瑣窗郎 ^{丑唱、眾接合唱} ── 前腔 ^{小丑唱} ── 前腔 ^{淨唱}　七言四句下場詩

本出承第二十五出「取威」而來。武松於快活林教訓蔣門神後，蔣即欲思報復。適張都監來訪張團練，蔣哭訴忿恨，並趁機挑撥，致使張都監設計陷武松於死地。

第二十八出　厚誣　群戲悲哀大場

黃鐘引子 西地錦 ^{丑唱、老旦接唱、小旦、小丑合唱} ── 黃鐘過曲 滴溜子 ^{小旦唱、眾接合唱} ── 前腔 ^{生唱、丑接唱、丑、老旦合唱} ── 啄木兒 ^{生唱} ── 前腔 ^{丑唱、生接唱} ── 三段子 ^{生、丑輪接唱} ── 歸朝歡 ^{生、丑輪接唱}　七言四句下場詩

本出承上而來，張都監設計陷害武松，武松不疑有他，遂使其奸計得逞。武松萬般無奈，只得屈招，發往死牢。

本出以黃鐘組套，先以急曲〔滴溜子〕二支，寫張都監對武松之虛情假意，後以〔啄木兒〕二支、〔三段子〕、〔歸朝歡〕等，續譜武松之被陷害經過。排場二變，但此處卻未移宮換韻，仍以黃鐘熟套〔啄木兒〕譜武松被陷害之經過。《南曲譜》論及黃鐘宮尾聲時云：「若用〔啄木兒〕二曲、〔三段子〕或一或二，〔歸朝歡〕或一或二，不用尾聲。」明傳奇中用此套式者，尙包括《龍膏記》二十二出「錯媾」下、《焚香記》二十九出「辨非」，《蕉帕記》四十三出「防險」，《浣紗記》二十出「論俠」，《紫釵記》三十五出「節鎮還朝」，《荊釵記》四十三出「執柯」，《雙珠記》十五出「刑逼成招」，《幽閨記》三十七

出「官媒回話」,《灌園記》三出「齊王拒魂」等。

第二十九出　　全軀　中細^{先訴情}_{後行動}過場

中呂_{過曲}駐馬聽^{小生唱、末續}_{與小生合唱}──前腔^{生唱、}_{小生接唱}──中呂_{引子}菊花新頭^{生、小}_{生合唱}──駐雲

飛^{丑、末合唱、}_{淨、小丑接唱}──剔銀燈^{生唱}──前腔^{生唱}　七言四句下場詩

　　本出承上而來,排場部份共計為二,中以引子隔開,但未移宮換韻。首以中呂過曲〔駐馬聽〕疊用二支寫武松屈招認罪,發配恩州,施恩前來送行,暗囑武松提防解子陰謀。次以〔駐雲飛〕與二支〔剔銀燈〕等過曲,寫場面急速轉變。蔣門神遣二弟子與解子欲謀害武松至死,為武松識破,武松砍殺解差及蔣門神弟子,並得知張都監與張團練之陰謀,為下一出「報怨」之小過脈。〔駐馬聽〕疊用成套,明傳奇中有《浣紗記》十六出「問疾」,《還魂記》十六出「詰病」、《八義記》二十六出「程嬰歸探」、《千金記》四出「勵兵」,《三元記》二十出「錯認」,《四喜記》七出「久旱祈神」等,例甚眾。〔駐雲飛〕與〔剔銀燈〕都是可以單獨疊用組套,其見於明傳奇者,前者有《浣紗記》四十出「不允」,《東郭記》第十九出「吾將瞷良人之所之也」,《採毫記》四出「散財結客」,《龍膏記》第十九出「棘試」等。後者如《贈書記》四出「特權抄沒」,《八義記》二十三出「圖形求盾」,《節俠記》十一出「計陷」,《雙烈記》八出「代役」,《琴心記》十七出「撥發房貲」皆是,此入聯套,乃便於排場之更換。

第三十出　　報怨　群戲^{先歡樂}_{後行動}大場

南呂_{引子}滿江紅^{丑、末同唱、小生、末}_{、丑同唱,後眾合唱}──南呂_{過曲}梁州新郎^{丑唱、}_{眾接合唱}──前腔

小丑唱、淨唱、_{丑再唱、眾合唱}──前腔^{淨唱、丑接唱、}_{小丑再唱}──前腔^{末、小生同唱、}_{二丑淨合唱}──節節高^{生唱}

──前腔^{生唱}──餘文^{生唱}　七言四句下場詩

　　〔梁州序〕應為集曲〔梁州新郎〕,今據曲譜更正。

　　本出承上而來,寫張都監、張團練、蔣門神等一夥人在鴛鴦樓慶賀之時,適武松至,殺眾人以泄恨。復以血書壁上留「殺人者,打虎武松也」八個字後逃亡。

　　〔梁州新郎〕四支加〔節節高〕兩支,以引尾組套,為歡慶場面之熟套,如《玉環記》十「皋謁延賞」上,《雙烈記》十二「就婚」下,《龍膏記》九「開閣」,《錦箋記》二十一「泛舟」,《紅拂記》十二「同調相憐」,《曇花記》

二「定興開讌」，《霞箋記》四「霞箋題字」，《琴心記》二十九「花朝舉觴」，《還魂記》三十九「鬧宴」，《節俠記》二十二「奇偶」，《南柯記》八「情著」，《綵毫記》二十六「泛舟采石」，《四賢記》三「燈宴」，《飛丸記》十八「同宦異鄉」，《南西廂》二「金蘭判決」，《懷香記》二十「承明雪宴」，《紫釵記》二十九「高宴飛書」，《鳴鳳記》二十八「吳公辭親」，例甚眾。然以上所舉各出，其〔梁州新郎〕曲，《六十種曲》本皆誤作〔梁州序〕，不知何所以，二曲句數、句式實不相同。

第三十一出　解夢　文靜普通短場

正宮引子破齊陣老旦唱、旦接唱、後二旦合唱——正宮引子燕歸梁老旦唱、旦接唱——正宮引子普天樂老旦唱——前腔旦唱——前腔丑唱、小旦接唱、老旦接唱、旦接唱　七言四句下場詩

賈氏母女各有一夢，觀主特請瘸子道姑爲其圓夢。本出對劇情無直接影響，純屬短場性質。以〔普天樂〕疊用組套，明傳奇中另見《種玉記》十二「虜驕」。

第三十二出　挂羅　中細普通過場

越調過曲梨花兒外、小生、淨、小丑合唱——雙調過曲步步嬌生唱——山歌淨、丑同唱——五供養生唱——江兒水生唱——川撥棹生唱——錦衣香生唱、外、小生、淨、小丑接同唱——漿水令生唱——尾聲生外、小生、淨同唱、生接唱　七言四句下場詩

本出承第三十出「報怨」而來，下開第三十三出「首途」。武松血濺鴛鴦樓後，於土地廟內歇息，不想爲張青嘍囉所擒。排場三變，孫二娘的嘍囉們上場是其一，而後巡夜的更夫打更。步步嬌－園林好－江兒水－五供養－玉交枝或玉抱肚－川撥棹，爲仙呂入雙調之經常組合，此套或長或短，可任意剪裁搭配，適於普通場面，亦可作歡樂用。中間插入山歌俗曲，作爲二位巡夜更夫之上場引子，此種用法及爲適應排場需要而靈活運用者，明傳奇中尚見於《千金記》第四十出「問津」，《白兔記》十七出「巡更」，《灌園記》二十六「迎立世子」、《蕉帕記》三十一「巡驚」，《錦箋記》十二「醉春」，及《西樓記》十四「空泊」等。

第三十三出　首途　群戲感歎大場

大石調引子東風第一枝末、丑生、眾唱——南呂引子哭相思生唱、末、丑接唱——大石調過曲催拍生唱——前腔末、丑同唱——前腔旦唱、老旦接唱、眾合唱——前腔小生唱、生接唱——仙呂過曲一封書小生唱——前

腔、小丑、小旦唱、眾合唱 ——甘州歌〔小旦、老旦、旦丑合唱〕—— 前腔〔生、淨、末、小生、小丑唱、生接唱、眾合唱、生、淨合唱、末、小生、小丑合唱〕

——前腔〔三旦、丑唱、老旦、旦合唱〕—— 前腔〔生、末、小生、淨同唱、生接唱、眾合唱〕—— 餘文〔眾唱〕七言四句下場詩

　　本出劇情直接承上而來，並與前面多場互相呼應，作者讓下卷劇情發展在此做一小收束，故以大場方式處理，宮調二易，排場四轉，共用曲牌十二支，通押庚青韻。移宮而未換韻，是沈璟作品中常見的現象。

　　首以大石調引子〔東風第一支〕做武松與眾嘍囉、及張青、孫二娘夫婦的上場曲。張、孫二人認得被嘍囉們活捉者為武松，一場誤會得以解開。繼以南呂散板引曲〔哭相思〕寫相認後，武松在張、孫二人的追問下，引發其愁緒的感傷。散板無固定速度，可依自己的感受控制抑揚頓挫，但究屬引曲，文詞篇幅的長度無法娓娓道盡積鬱坎坷的苦境，然已挑起全劇哀惋的氣氛。接著在武松與眾嘍囉們的對白中似乎沖淡了先前哀愁的意味，作者此時先以兩支催拍過曲，用對唱方式，再拉回悲涼的情緒。第三支〔催拍〕引出賈氏母女，彌補了前面第二十三出「釋義」三人未見面的遺憾。第四支〔催拍〕緊接唱出，施恩上場，兄弟兩人別處重逢，又驚又喜。四支曲譜出這一段悲喜交集的場面。其後宮調二易，改由仙呂組套，〔一封書〕為單用曲，多半以曲代信。其疊用加引尾可獨自組套，見之明傳奇者尚有《四喜記》三十五「奔告強婚」、《繡襦記》四十「幫宦重媒」、《運甓記》十三「牛眠指穴」等。此入聯套，為適應排場之更動。第一支〔一封書〕代書信用，寫武松出示宋江信予施恩，力邀往梁山聚義。次為梁山好漢花和尚、矮腳虎、一丈青等人來到十字坡迎接眾人上山。〔甘州歌〕集曲疊用，最適於行動之場面，如《琵琶記》七「才俊登程」、《浣紗記》十九「放歸」、《香囊記》二十五「南歸」、《荊釵記》二十八「赴試」、《運甓記》十二「諸賢渡江」、《四喜記》二十「怡情旅邸」、《焚香記》十三「登程」、《南柯記》二十二「之郡」等，皆以〔甘州歌〕鋪敘行動遊覽之情節。此寫眾人分為二路，投奔梁山，甚為合宜。並為主曲所在。全劇在〔餘文〕中結束。

　　傳奇一出之移宮換韻，以一、二次為原則，本出排場雖更動頻繁，然作者善用〔催拍〕、〔一封書〕及集曲〔甘州歌〕等聯綴，以之處理複雜場面，且曲文的特色又能配合辭情的表達，在排場的運用上，可算是十分成功的。

第三十四出　訓旅　過場

仙呂引子 飲器令 [外唱] ── 仙呂過曲 八聲甘州 [外唱、眾接唱] ── 前腔 [眾唱] ── 北雙調清江引 [小旦唱] ── 前腔 [淨唱] ── 前腔 [小生唱] ── 前腔 [生唱] ── 前腔 [外唱]　七言四句下場詩

本出劇情旨在描述宋江欲梁山眾好漢操練兵馬，以對抗楊戩、童貫諸人。其排場共計爲二，首由仙呂宮調組套，譜宋江對眾小校們之吩咐。次由北曲雙調〔清江引〕疊用四支，寫宋江對一丈青、魯智深、柴進、武松等人之吩咐。

第三十五出　廷議　南北普通正場

黃鐘過曲 出隊子 [小旦唱] ── 前腔 [淨唱] ── 北正宮過曲 端正好 [外唱] ── 南普天樂 [淨唱] ── 北滾繡毬 [外唱] ── 南玉芙蓉 [淨唱] ── 北倘秀才 [外唱] ── 南山桃紅 [眾唱] ── 北醉太平 [外唱] ── 南尾聲 [淨唱、外接同唱]　七言四句下場詩

本出寫太尉楊戩與宿元景，分別向朝廷上奏對梁山泊眾人之議。楊主征剿，宿主招安，天子准宿元景所議，另遣太尉陳元善往梁山泊招安。

第三十六出　家榮　歡樂群戲大場

雙調過曲 窄地錦襠 [生、外、丑、小生四人同唱] ── 中呂引子 南粉蝶兒 [旦、老旦、丑三人輪接唱] ── 中呂過曲 山花子 [生唱] ── 前腔 [外、小生、淨、末四人同唱] ── 前腔 [老旦、丑、旦、生四人輪接唱] ── 前腔 [小旦、眾合唱、眾接唱] ── 大和佛 [眾合唱] ── 紅繡鞋 [眾唱] ── 意不盡 [眾合唱]　七言四句下場詩

本出承上而來，梁山泊眾好漢接受國家招安，成爲大宋臣民，武松並與賈若眞完成婚禮。

此出全劇之完結劇情。由中呂〔粉蝶兒〕組套寫此場面，此爲中呂歡樂熟套，樂器伴奏以嗩吶協之，聯套內過由多數腳色以接唱、合唱方式，烘托其喧囂熱鬧之場面。

五、《桃符記》

第一出　開道家門

由副末念一闋詞開場，爲點出《桃符記》一劇的梗概。詞牌名稱，該本並未註明。

第二出　天儀遊學　中細文靜過場

南呂引子稱人心^{生唱}————仙呂入雙調過曲朝元歌^{生唱}　七言四句下場詩

本出爲全劇之開場，寫男主角劉天儀往汴京遊學，以待來春應試，屬過場性質。

第三出　傅忠慶壽　歡樂粗細正場

中呂過曲麻婆子^{中淨唱}————南呂引子生查子^{外唱}————商調過曲吳小四^{丑唱}————雙調過曲錦堂月

外唱、眾接合唱————醉翁子^{外、丑接唱、眾接合唱}————僥僥令^合————尾聲^合————南呂過曲瑣窗郎

外、生、淨接唱————前腔^{外、丑接}

本出爲另一組線索之開端，劇情二轉。以中呂快板粗曲〔麻婆子〕，南呂引子〔生查子〕，以及商調丑、淨專用曲〔吳小四〕，譜樞密院堂候官王慶、樞密院使傅忠，以及傅忠繼室雲氏上場。雙調過曲〔錦堂月〕與〔醉翁子〕、〔僥僥令〕各疊用二支加尾組套，爲雙調歡樂熟套，惟適合傅忠祝壽場面。末改南呂〔瑣窗郎〕集曲，以適劇情之改變，並換韻爲齊微，寫傅忠晚年欲尋一侍妾，將此事委託王慶，卻爲善妒夫人所知。爲後第十出「夫人托慶」預留伏筆。既潛伏後出關目，復綜合大場之長（含引尾共八支過），在唱做方面亦屬群戲性質，實屬大正場。

〔瑣窗郎〕爲南呂宜疊用之曲，可獨自組套，其排場分析見前面已有介紹。

第四出　裴公尋親　訴情文靜過場

南呂引子一剪梅^{末、老旦、小旦接唱}————羽調過曲勝如花^{末唱、老旦、小旦合}————前腔^{老旦唱、末、小旦合}　七言四句下場詩

本出劇情寫裴公一家因年荒歲歉，只得棄鄉往汴京投靠朋友。下開第六出「裴公染恙」場面。

〔勝如花〕爲羽調過曲，例用兩支，首支加贈板、次支則無，可疊用獨自組套，屬過場性質。

第五出　天儀下店　普通文靜短場

南呂引子懶畫眉^{生唱}————前腔^{生唱}　七言四句下場詩

本出劇情上承第二出「天儀遊學」而來。劉天儀來到汴京，下榻黃公店內上等房，預備溫習經書，以待來年應試，並爲後第八出「窮途賣字」之小過脈。〔懶畫眉〕疊用，屬文靜短劇性質。

第六出　裴公染恙　悲哀中細過場

越調引子霜天曉角^{旦唱}——前腔$^{外、老旦、旦接唱}$——越調過曲祝英臺^{外唱}——羅帳裡坐$^{外唱、老旦、旦接合唱}$——前腔$^{老旦、旦接唱}$　七言四句下場詩

本出上承第四出「裴公尋親」而來，劇情凡二轉。裴氏一家來到汴京投靠朋友，然而朋友已家業蕭條，此時欲返家又缺盤纏。裴公不幸已患病，自知不起，叮囑乃妻注意青鸞婚期之事。爲後第九出「媒妁說親」預留伏筆。

全出以越調過曲二引二過曲協齊微韻組場。〔祝英臺〕一曲牌宜專用，若入聯套，爲適應劇情之轉換。此寫裴公自病中甦醒過程。〔羅帳裡坐〕爲越調無贈過曲，可疊用獨自組套，明傳奇中此種用法尚見之於《繡襦記》七「長安稅寓」、二十八「教唱蓮花」等。此寫裴公掛記女兒婚事，爲主曲之所在。

第七出　包公謁廟　健捷南北正場

雙調引子北新水令^{外唱}——南仙呂入雙調過曲步步嬌^{生唱}——北折桂令^{外唱}——南江兒水^{淨唱}——北雁兒落^{外唱}——南僥僥令^{淨唱}——北收江南$^{外唱}_{疊}$——南園林好^{淨唱}——北沽美酒^{外唱}——南尾聲^{淨唱}

本出劇情二轉。寫劉天儀至城隍廟祈禱功名之事，城隍於天儀睡夢中指引一二。後天儀離去，包公謁廟，兩人就陰陽冥司職分，各敘一番。以雙調〔新水令〕南北合套組場，自〔新水令〕至〔折桂令〕爲城隍與劉天儀情節部份。另〔南江兒水〕至〔南尾聲〕爲包公與城隍之對唱。全出通押庚青韻。且〔北折桂令〕一曲爲後出許多關目埋下伏筆。

第八出　窮途賣字　普通中細短場

引^{生唱}——雙調過曲鎖南枝$^{生、小二接唱}$——前腔$^{生、小二接唱}$——前腔$^{生、小二接唱}$——前腔$^{生、小二接唱}$

本出劇情於全劇無甚關涉，純屬填空。以雙調過曲〔鎖南枝〕疊用四支組套，譜劉天儀欠下黃公店中房錢、飯錢，店小二催促討錢，二人險此發生爭執。後天儀於店中爲客寫賣春聯以酬旅費。

第九出　媒妁說親　先悲後喜群戲正場

仙呂引子望遠行$^{老旦、小旦接唱}$——仙呂過曲二犯傍妝臺$^{小旦唱、老旦合}$——賺$^{媒婆、小旦接唱}$——前腔$^{老旦、媒婆接唱}$——皂角兒$^{老旦、小旦媒婆接唱}$——前腔$^{中、淨外接唱}$——尾聲^{雜唱外接唱}——黃鐘過曲賞

宮花^{中、淨唱、合}
^{老旦接唱}

本出劇情上承第三出「傅忠慶壽」，與第六出「裴公染恙」而來。以暗場交待裴公病故，而後母女二人流落他鄉孤苦無依，適媒婆爲傅樞密娶妾之事說親，裴母應允，同往見傅忠，並令王慶帶裴氏母女往見夫人雲氏。

先以仙呂引子〔望遠行〕譜裴氏母女上場，以集曲〔二犯傍妝臺〕敘二人目前苦境。集曲多宜抒情慢唱，且具獨立性質，可做二支見。二支〔賺〕曲譜媒婆登門，與裴媽媽達成婚事協定。再以〔皀角兒〕疊用二支，寫媒婆帶裴氏母女往見傅家。〔尾聲〕在雜扮之口催促傅忠衙門議事，傅忠將母女二人交託與王慶。末借黃鐘過曲〔賞宮花〕一支，譜王慶、裴氏母女吊場，並開啓下出場面。

第十出　夫人托慶　粗口小過場

仙呂入
雙調過曲 普賢歌^{丑唱}——前腔^{中、}_{淨唱}——南呂
過曲 奈子花^{丑、中、}_{淨接唱}

本出劇情承上而來，傅忠之妻雲氏，不見容於裴氏母女，令王慶將其害死。王慶礙於無法對傅忠交待，進退兩難之際，決定把此事託與軍牢賈順。本出組場之曲，非乾板即快唱，且出自淨、丑之口，劇情並爲下出之過脈，故應屬粗口小過場性質。

第十一出　酆氏設計　粗細文過場

仙呂
過曲 光光乍^{旦唱}——前腔^{中、}_{淨唱}——仙呂
過曲 皀羅袍^{旦唱}　七言四句下場詩

本出劇情承上而來。王慶到賈順家，賈順不在，只有賈妻酆氏與啞兒在。王慶將夫人所託之事告訴酆氏，酆氏與王慶早有私通，且對丈夫心生不滿，遂定計陷害賈順。

〔光光乍〕爲仙呂粗曲，此處首支竟出自旦口，不甚合理。

第十二出　賈順賄放　大場

中呂
過曲 泣顏回^{賈順、}_{中淨接唱}——前腔^{中淨}_{順接唱}——撲燈蛾^{中、}_{淨唱}——前腔^{賈順、}_{中淨唱}——前腔^{賈順唱}——尾聲^{老旦、小旦}_{賈順接唱}——仙呂入
雙調過曲——玉交枝^{賈順、}_{小旦接唱}——前腔^{小旦、老旦}_{賈順接唱}——好姐姐^{旦、賈}_{順接唱}——前腔^{賈順唱}

本出劇情承上而來，在節奏方面爲先緩後急再緩，表現的氣氛爲憂、急、喜三種不同情緒。排場共計二分，移宮不換韻。先以中呂贈板訴情曲〔泣顏回〕二支疊用，寫賈順於途中遇王慶，慶先以位高仗勢欺人，令殺母女一事強逼賈順，繼之以施打，賈順仍是不從，後竟捏造事出於夫人授意，令賈

順無可推諉。〔撲燈蛾〕屬急遽性質，與〔泣顏回〕相聯爲適應劇情先緩後急者。賈順果然將裴氏母女騙到自宅，正欲取繩索將其二人勒斃之際，夫人鄺氏獻計。賈順依妻之言，留下二人首飾，放其逃走。〔玉交枝〕與〔好姐姐〕皆爲仙呂入雙調宜疊用之曲，可獨自組套，此入聯套，爲適應劇情之轉變。〔玉交枝〕二支寫鄺氏如何以計誘丈夫入其圈套，〔好姐姐〕二支譜裴氏母女得救經過。本出劇情居全劇發展之重要關鍵，爲後出埋下許多伏筆。

第十三出　暮夜迷失　匆遽行動過場

仙呂入雙調過曲〔六么令〕^{生唱}──前腔^{老旦、小旦接唱}──前腔^{眾唱}──南呂過曲〔東甌令〕^{老旦唱}

本出劇情承上而來，排場共計二轉，裴青鸞與母親從賈順家中逃出之後，卻在雪地裏走失散。這時劉天儀亦自黃公店出門訪友。以仙呂入雙調過曲〔六么令〕疊用三支協譜韻此一過程。《曲律易知》卷下「論排場」云：「若以〔六么令〕領起，不論一支數支，均含有過場性質，可施鑼鼓。」末以南呂無贈過曲〔東甌令〕寫母女失散後，裴母之傷心欲絕狀。

第十四出　青鸞枉斃　中細先訴情後行動正場

中呂過曲〔縷縷金〕^{小旦唱}──仙呂入雙調過曲〔步步嬌〕^{小旦唱}──江兒水^{小二唱}──五供養^{小旦、小二接唱}──南呂過曲〔香柳娘〕^{小旦、小二接唱}

本出劇情承上而來，首以中呂過曲〔縷縷金〕做青鸞上場衝曲，寫其與母親失散後之心慌意亂與孤苦無依。後投宿於黃公店小二以劉天儀暫住友人處，故將其房間讓與青鸞。是夜小二見色起意，欲非禮於青鸞，並以斧相威脅，青鸞怖之，立死。小二遂用店中「長命富貴」一片，插於青鸞鬢上以鎮壓之，而埋於後園空地。仙呂入雙調過曲〔步步嬌〕、〔江兒水〕與〔五供養〕三支、譜店小二對青鸞意圖不軌。〔香柳娘〕爲南呂過曲，含過場性質，並兼行動。此寫小二害死青鸞並埋屍經過。爲後來諸多情節埋下伏筆。

第十五出　奸淫狃懦　先喜後悲群戲正場

越調過曲〔小桃紅〕^{賈順唱}──下山虎^{賈順、旦接唱}──亭前柳^{中、淨、賈順接唱}──蠻牌令^{賈順、旦、中、淨接唱}──憶多嬌^{中、淨唱}──鬥蝦蟆^{賈順、旦接唱}──憶多嬌^{賈順唱}──鬥蝦蟆^{賈順、旦接唱}──尾聲^{中、淨唱}

本出上承第十二出「賈順賄放」，下啓第十六出「冥府昭彰」。劇情凡二轉。首以越調過曲〔小桃紅〕聯〔下山虎〕、〔亭前柳〕與〔蠻牌令〕，寫賈順典當青鸞母女釵飾還家，王慶來訪。賈順誑慶云已殺青鸞。此爲越調悲哀套

曲，由賈順、鄷氏、王慶三人發揮，曲文雖淺白易懂，然卻刻劃出三人不同心情。賈順誤信妻子賢慧，鄷氏與丈夫言語間輕慢，已顯示其有所預謀之野心。王慶仍然一派欺壓之勢。套曲之悲，實已隱含不幸之先機。慶不信其言，再三詰其情狀，並故作責打鄷氏態。鄷氏遂證其實未殺而縱之。慶遂逼順作休書，以鄷嫁慶。順知慶與妻之合計也，出怨言，欲告慶開封尹。慶與鄷乃殺順以滅口，投後園枯井中。以適用於戲情倉皇迫促之越調曲〔憶多嬌〕與〔鬥蝦蟆〕，循環疊用加〔尾〕譜此段過程，全出協魚模韻，更見低迴嗚咽、如泣如訴之悲涼情味。

第十六出　冥府彰明　訴情文細半過場

黃鐘^{引子}點絳唇^{城隍唱}——商調^{引子}憶秦娥^{小旦、賈順接唱}——山坡羊^{小旦唱}——前腔^{賈順唱}

七言四句下場詩

本出爲全劇之小收煞，在情節方面是總結上本，但卻又留下開啓下本線索。寫賈順與青鸞被害後，來到城隍處訴冤情。以商調悲曲〔山坡羊〕疊用二支協尤侯韻譜此過程。〔山坡羊〕爲商調宜疊用之曲，可獨自組套。

第十七出　尋女投宿　文細行動短場

仙呂^{過曲}月雲高^{老旦唱}

本出劇情上承第十三出「暮夜迷失」而來，青鸞母曾氏與女兒倉猝逃遁，昏黑中相失，遂只得於古廟棲息一夜。後尋訪女兒亦投宿於黃公店中。此以仙呂過曲〔月雲高〕一支協江陽韻單獨組套。

第十八出　天儀遇鸞　訴情文靜正場

仙呂^{過曲}月雲高^{生唱}——北正宮^{過曲}小梁州^{生、小旦接唱}——前腔^{生、小旦接唱}——尾聲^{生唱}

本出劇情爲呼應第十六出「冥府彰明」。聯套方面屬南北合用，首尾用南曲，中間以北曲貫穿中間，首以仙呂過曲〔月雲高〕協江揚韻，寫劉天儀訪友歸寓，正張燈讀書之際，青鸞魂現，詭稱鄰女，兩人互題相贈。次以北曲正宮〔小梁州〕兩支連用改協歌戈韻譜此一經過。〔尾聲〕則寫正在唱合之際，投宿於黃公店中曾氏聞女聲，排闥而入，則女倏不見。曾氏謂天儀匿女，訴之開封府。

第十九出　傅忠究因　群戲行動過場

引^{傅忠唱}——仙呂入^{雙調過曲}字字雙^{丑唱}——一封書^{外、中、淨接唱、再合唱}——引^{淨唱}

中呂^{過曲}駐馬聽^{外唱}——前腔^{淨唱}——黃鐘^{過曲}神仗兒^{老旦、生接唱}——滴溜子^{淨唱}——神

仗兒^{老旦唱}——滴溜子^{淨、生
接唱}

本出劇情爲下本關鍵轉捩點之一，排場共計爲三。首以引子協庚青韻寫傳忠上場，索青鸞母女不得，遂問夫人與王慶。〔字字雙〕做雲氏上場衝曲，〔一封書〕爲仙呂過曲，可疊用獨自組套，此入聯套，正適排場之更動，譜王慶推諉，忠怒，訴之開封府。第二排場以中呂過曲〔駐馬聽〕疊用二支仍協庚青韻，以引子與前一排場相隔，寫傳忠詳述事件經過與包拯。〔駐馬聽〕之過曲排場分析，見前面已有之介紹。後排場三易，移宮換韻，譜曾氏至開封府告劉天儀誘拐女兒，拯同日接二訴，且又有鬼魂訴冤，深疑之。以黃鐘過曲〔神仗兒〕與〔滴溜子〕循連用，並協支思韻組套，含有急遽性質，亦可加鑼鼓。明傳奇中尚見《四喜記》十「天佑陰功」亦以此組場。本出情節並下啓許多場面。

第二十出　遣啞探慶　文靜小過場

^{南呂
過曲}一江風^{旦唱}——前腔^{旦唱}

本出以南呂過曲〔一江風〕疊用兩支組場，首支做旦扮酆氏之上場衝曲，寫其久候王慶不至，遣啞兒打聽情況。次支譜自啞兒處知慶爲開封所羈押，詳情不知，決定親自前去。〔一江風〕之前可以用引，然爲加贈板之慢曲，頗適於抒情。《曲律易知》卷下，「論排場」云：「凡〔一江風〕不論一支數支，均含有過場性質。」

第二十一出　包公首斷　粗細普通正場

^{南呂
過曲}紅衲襖^{淨唱}——^{中呂
過曲}剔銀燈^{淨唱}——前腔^{淨唱}——前腔^{淨、老旦
、生接唱}——

前腔^{淨、生
接唱}　七言四句下場詩

本出劇情承上而來，首來以南呂散板曲〔紅衲襖〕協家麻韻，寫包拯對此二訴訟事件之深思。次以〔剔銀燈〕四支組套，移宮不換韻，此屬中呂短劇熟套，首支譜提訊王慶，慶言發與順，順逃脫不知所至。次三支寫拯讞天儀，閱所作詞，知青鸞已死，命張千隨天儀至寓，俟青鸞至，索取其信物。〔剔銀燈〕曲之用，見前已有之詳介。

第二十二出　遣取信物　中細小過場

^{南呂
過曲}大迓鼓^{生、小
旦接唱}——前腔^{小旦
接唱}

本出劇情承上而來，劉天儀與張千同回黃公店中，是夜青鸞果至，以碧桃贈之。〔大迓鼓〕原爲餘波之曲（《曲律易知》卷下），可入聯套亦可單用，其疊用二支，含過場性質，並爲下出之小過脈。

第二十三出　張千緝事　粗細小過場

_{雙調}_{引子}夜行船^{淨唱}——月上海棠^{淨唱}——前腔^{生唱}

本出劇情承上而來，劉天儀魂迷未醒，包拯從其詞判定青鸞確爲鬼魂，因慶言將青鸞母女交託賈順，乃命張千蹤跡賈順家。以雙調過曲〔月上海棠〕二支疊用協齊微韻組場，屬過場性質，並開啓下出場面。

第二十四出　二斷啞詞　粗口文過場

_{仙呂入}_{雙調過曲}玉抱肚^{淨唱}——前腔^{淨、張}^{千接唱}——前腔^{淨唱}——前腔^{淨唱}　七言四句

下場詩

本出劇情承上而來，張千至順家，悄無一人，發現一枯井有一麻布袋，中藏男屍，啞兒隨之哭泣，帶入府詢之，不能言，極命千往捉其母。以雙調過曲〔玉抱肚〕疊用四支組場，其排場分析，另見前面已有之詳介。

第二十五出　差拏酆氏　中細小過場

_{南呂}_{過曲}秋夜月^{旦唱}

本出劇情承上而來，〔秋夜月〕過曲兼具引子性質，此做酆氏上場衝曲，次支寫酆氏正欲上衙門打探王慶消息，適張千前來緝拿。

第二十六出　包公三斷　群戲訴情大場

_{中呂}_{引子}粉蝶兒^{淨、張}^{旦接唱}——中呂尾犯序——_{中呂}_{過曲}前腔^{淨、旦}^{接唱}——前腔^{淨唱}——前腔^{淨、丑}^{接唱}——駐雲飛^{淨、中、淨、}^{淨接唱、旦接唱}——前腔^{旦唱}　七言四句下場詩

本出劇情承上而來，並與前第十六出「冥府彰明」相呼應。套曲分爲兩部份，首以中呂引子〔粉蝶兒〕寫包拯、張千、酆氏之上場。〔尾犯序〕四支連用，依次描寫不同情節。第一支譜酆氏意圖狡賴，次支譜包公以青鸞贈天儀之碧桃變爲桃符板，命張千蹤跡失桃符者，乃擒黃公店之店小二。三支譜小二認罪之經過。劇情至此，包公誤以爲案情已告水落石出，故第四支寫其欲釋放王慶。此時啞兒忽語云：「殺吾父者，即此人也。」王、酆二人終不能再詆賴，以〔駐雲飛〕二支譜二人之招認不諱。末以對白寫包公對一干人等之判決。〔尾犯序〕與〔駐雲飛〕都是中呂宜爲短劇熟套，此入聯套，乃適劇情之轉變。

第二十七出　城隍賜丹　中細文靜過場

_{南呂}_{過曲}三學士^{老旦唱}——前腔^{老旦唱}

　　本出劇情寫包公以文牒言青鸞死非所宜，請城隍將其起死回生，開啓下出許多場面。首支南呂過曲〔三學士〕，寫青鸞母曾氏正往城隍廟祈求神明活其女。中間以一段賓白，敍曾氏默禱後，拾得地上仙藥。末再以〔三學士〕一支，譜曾氏感得神明賜藥之過程爲下出之小過脈。〔三學士〕爲南呂無贈過曲，可疊用獨自組套。其排場分析，可參見前面已有之介紹。

第二十八出　青鸞還魂　訴情文細正場

仙呂入雙調過曲 雙勸酒^{媒婆唱}——前腔^{老旦唱}——前腔^{媒婆唱}——商調過曲二郎神^{小旦唱}——前腔^{老旦、小旦、生接唱}——簇御林^{眾合}——尾聲　七言四句下場詩

　　本出劇情承上而來，並與前第七出「包公謁廟」，及第十六出「冥府彰明」相呼應，排場共計二分。寫媒婆來到裴媽媽處所，言傳樞密昨夜夢中，神道叮嚀養育青鸞，並與天儀成就姻緣。裴媽媽將丹藥與青鸞服下，果由死復生。首以雙調粗曲譜裴媽媽、媒婆上場，以及媒婆爲青鸞、天儀祈祝。次以南呂訴情曲〔二郎神〕與〔簇御林〕聯套加〔尾〕協寒山韻，譜青鸞還魂，與母親天儀重聚。〔二郎神〕有贈板，以低腔作美，凡細膩言情之戲，皆宜倚此調，爲南詞中最耐唱、耐聽之曲牌，首支全由小旦唱，次支以加老旦與生共同發揮。

第二十九出　召對金鑾　粗細先普通後歡樂正場

中呂過曲 駐馬聽^{末唱}——駐雲飛^{生唱}——前腔^{生、君對唱}——前腔^{末唱}——駐馬聽^{淨、生合}——仙呂入雙調過曲 窣地錦襠^{眾唱}——么歌令^{眾合}

　　本出劇情上承第二十六出「包公三斷」而來，呼應第七出「包公謁廟」。寫包拯薦劉天儀授官一事。先以侍臣出場，唸長白並加詩句於前，一面使副角有機會可做，另一方面亦引導高潮場面，此爲沈璟劇作常有情形。繼之以〔駐雲飛〕三支疊用，譜天儀當庭對試經過，亦爲本出至曲所在。〔駐雲飛〕爲中呂加贈或不加贈過曲，可疊用獨自組套，爲短劇慣例之例，此入聯套，爲適應排場之更替，其排場分析見前已有之詳介。再以〔駐馬聽〕寫天儀與包拯聽封後的謝恩。〔窣地錦襠〕爲乾唱快曲，適於過脈戲之用，與〔么歌令〕此出眾口，譜鼓樂送劉天儀新官上任之熱鬧喧囂。全出通協眞文韻。

第三十出　配合團圓　群戲歡樂正場

黃鐘過曲 出隊子^{外唱}——前腔^{淨唱}——羽調過曲排歌^{眾唱}——尾聲^{眾唱}

　　本出爲全劇之終結。〔出隊子〕爲快板小曲，可不拘宮調（見《簡譜》），此疊用二支協眞文韻做傅忠與包拯之上場衝曲。再以羽調〔排歌〕一曲單用

協先天韻，譜天儀、青鸞之上場與成婚之經過。

六、《墜釵記》

第一出　示概

末上

沁園春

首由末開場，念〈沁園春〉一闋詞論全劇大要。

第二出　釵敘　普通中細過場

仙呂入雙調〔風入松〕^{生唱}——〔山歌〕^{淨唱}——仙呂入雙調〔月上海棠〕^{生唱、淨接唱、生再接唱、淨接同唱}——〔前腔〕^{淨唱}　七言四句詩

本出寫崔嗣宗父母雙亡，有一從小訂婚之女，名喚興娘。此欲僱船往泰州父執輩盧二舅處，問取功名、婚姻兩件。此借崔生之口道出與其亡親生前與何家興娘訂親之事，爲後來第四出預留伏筆。

以仙呂入雙調組套，〔風入松〕以過曲作引，〔山歌〕爲淨扮船家作引。〔山歌〕作引曲，曲詳見《明傳奇聯套研究》第三章，此譜乘船場面，故爲適應排場需要所用。〔月上海棠〕爲宜疊用曲，可獨自組套，此處二支疊用，尚見《千金記》二十三「起調」。

第三出　閨怨　文靜感歎短場

越調引子〔霜天曉角〕^{旦、小旦輪接唱}——越調過曲〔綿搭絮〕^{正旦、小旦合唱、正旦獨唱、小旦接唱}　七言四句下場詩

本出爲正旦出場，傳奇多半生角於第二出現，旦角繼之第三出上場。此寫興娘、慶娘二人庭前閑步，觸景生情，各抒感懷。明傳奇《紅拂記》十四出「樂冒懷伴」組套與本出相同。〔綿搭絮〕爲越調加贈板訴情細曲，可疊用獨自組套，且宜旦唱，其例另見《玉合記》三「懷春」，《西廂記》二十四「回春束藥」。

第四出　家閧　訴情文細正場

南呂引子〔步蟾宮〕^{外唱}——〔前腔〕^{老旦唱}——南呂過曲〔宜春令〕^{老旦唱}——〔前腔〕^{外、老旦輪接唱}——〔前腔〕^{旦、老旦輪接唱}——〔前腔〕^{旦、旦輪接唱}　七言四句下場詩

本出承第二出「釵敘」而來，由於崔嗣宗少時與何興娘所訂之婚約，但十年間未曾提親，何母有意毀婚，爲何父與興娘所拒。南呂〔宜春令〕爲加贈板之細曲，《簡譜》解說〔宜春令〕曲云：「此亦南呂中佳曲，其聲纏綿悱惻。」其疊用四支自組成套者，尚見《千金記》十七「謁相」下，《綵毫記》

三十八「仙官列奏」，《義俠記》二十四「締盟」。

第五出　謁仙　南北神怪正場

雙調
過曲 北新水令^{小生唱}——南步步嬌^{生唱}——北折桂令^{小生唱}——南江兒水^{水生唱}——北雁兒落帶得勝令^{小生唱}——南僥僥令^{生唱、丑接唱、旦再唱、小旦再唱}——北收江南^{小生唱}——南園林好^{小旦唱、生接唱}——北沽美酒^{小生唱}——南尾聲^{生唱}

七言四句下場詩

本出以雙調〔新水令〕南北合套，譜崔嗣宗往見盧二舅探詢功名與婚姻的下落。盧二舅除點出崔生在此兩方的未來，並命道童引何興娘夢中魂魄奏空篌與崔生相見。本劇中實開啓為後來諸多情節之場面。

第六出　病話　訴情悲哀文細正場

中呂
引子 尾犯^{正旦唱}——中呂
過曲 榴花泣^{正旦唱、付接唱}——前腔^{小旦、正旦輪接唱}——漁家燈^{小旦唱}——前腔^{正旦唱}——尾聲^{正旦唱、付接同唱}　七言四句下場詩

本出承上而來，何興娘因為母親識謬，且崔生下落不明，憂愁成疾，適妹子慶娘告知昨日神遊遇仙召作弦歌，並遇崔生之事。興娘因而得知與崔生姻緣今生無份，留與妹子待續。

本出全由集曲組套，為中呂宮集曲熟套，明傳奇中另見於《浣紗記》四十二「吳刎」，以此寫興娘心境之變化，並適場面劇情之變異也。

第七出　香殞　悲哀中細正場

雙調
引子 秋蕊香^{外唱、老旦接唱、旦再唱}——仙呂入
雙調過曲 好姐姐^{外唱}——前腔^{小旦唱}——玉交枝^{正旦唱、眾接同唱}——前腔^{正旦唱、眾接同唱}

本出寫興娘病重，何父求仙，興娘自知凶兆難逃，乃告知其母，死後將聘物插鬢，且前來求親，便將妹子許配與他。

〔好姐姐〕與〔玉交枝〕均可單獨疊用組套，此處入聯套，便於排場更換。前二支寫父母焦急重，欲求仙指引仙藥；後二支乃寫興娘自知必死，託言母親身後之事。

第八出　鬧殤　先普通後悲哀中細過場

南呂
引子 一剪梅^{生唱}——南呂
過曲 五更轉^{外先唱、生接唱}——前腔^{外唱、老旦接唱、生再接唱、外再唱}　七言四句下場詩

本出以〔五更轉〕二支加引組套，譜崔嗣宗至何府發現興娘已殞，何母對其遲來不予諒解。嗣宗哀痛萬分，正欲離去，爲何父收留家中書房暫憩。〔五更轉〕二支獨自疊用且組套，尚見於《義俠記》第八出「叱邪」。

第九出　冥勘　神怪粗口正場

中呂引子北粉蝶兒^{淨唱}——醉春風^{淨唱}——石榴花^{淨唱}——上小樓^{淨唱}——煞尾^{淨唱}

本出以北曲組套，寫死後的興娘到東岳速報司炳靈公面前受審，得知崔嗣宗與其有一載魂魄夫妻之分，一年後妹妹慶娘續此姻緣。炳靈公並喚土司送興娘至陽界的經過。此北曲由淨扮炳靈公的一人獨唱，表達冥界的律法嚴森。

第十出　上墳　悲哀群戲過場

引^{外唱}——引^{老旦唱、小旦接唱}——越調過曲祝英臺^{眾同唱、小生接唱}——前腔^{生唱}　五言四句下場詩

此出寫何家往興娘墓祭之掃掃，崔生聞訊亦趕至弔哀，並決定明晨再往伸哀，並爲下一出「拾釵」預留伏筆。

越調〔祝英臺〕，《曲律易知》對此曲云：「此曲例用四支。《琵琶》開其端，以後作者皆遵守之，如《玉合》、《紫釵》皆是也。」此處作者僅以兩支疊用成套，譜興娘家人及崔生對其哀思之情。

第十一出　拾釵　訴情文細正場

雙調過曲窣地錦襠^{眾同唱、外接唱}——前腔^{生唱}——前腔^{生唱}——越調過曲小桃紅^{生唱}——下山虎^{生唱、正旦接唱}——山麻楷^{正旦唱、生接唱}——五韻美^{正旦唱、生接唱}——五般宜^{正旦唱}——尾聲^{生唱}

本出雖由二組宮調組成，但仔細觀之，當能明白前支雙調過曲〔窣地錦襠〕協先天韻乃爲衝場，做外、老旦、小旦、丑等上場引子。次以越調〔小桃紅〕等過曲協皆來韻，寫興娘父母上墳歸，崔嗣宗回書房之情節。《曲律易知》云：「〔小桃紅〕一套凡悲劇照例用之，或長或短，任人……」此譜崔嗣宗已拾得興娘亡魂所先棄的鳳頭釵，興娘乃假稱慶娘，進得崔生書房，欲歡好，爲崔生所拒，只得威脅，崔生只得應允。雖然全劇以崔生初拾墜釵憶亡妻有明顯悲之外，其餘劇情在慶娘執意與崔生的推委中進行，然仔細深究可

知用此越調悲哀熟套，在人內心情境，各有不得已苦衷。崔嗣宗戀亡妻與禮教規範，不願接受假稱慶娘之興娘所請，興娘本爲深閨處子，卻委身下氣，甚至不惜出以強逼手段，達成心中目的，其中矛盾與掙扎乃爲可想而知。

第十二出　話夢　中細文靜過場

正宮引子破陣子^{小旦唱}──正宮過曲普天樂^{小旦唱}──前腔^{付唱}──朱奴兒^{小旦唱}──前腔^{付唱}

本出承第十一「拾釵」而來，寫興娘之妹慶娘與僕，清明節弔興娘之墓回來，當夜有興娘亡魂託夢之事，以〔普天樂〕與〔朱奴兒〕各疊二支組套譜此情節。

第十三出　捉奸　文細行動過場

南呂過曲懶畫眉^{生唱}──前腔^{正旦唱}──薄媚袞^{生唱、正旦接唱、生再唱}──前腔^{生唱}

〔懶畫眉〕爲南呂細曲，可兼具引子性質，專用於生、旦之口，此寫崔生與興娘的上場。〔薄媚袞〕過曲，《簡譜》云：「此調實不美聽，宜用於匆忙促迫之際，與〔賺〕曲過度略同。……」此以疊用二支，寫崔嗣宗與興娘隱私，爲家僕行錢發現發覺，匆忙之際，爲躲避何父責備，嗣宗決定買舟攜興娘渡長江，投奔呂城舊僕。

第十四出　舟遁　粗細普通短場

仙呂入雙調過曲字字雙^{淨唱}──仙呂過曲八聲甘州^{正旦同生唱、正旦接唱、生接唱、正旦接唱、生、正旦再同唱}──前腔^{淨唱、正旦接唱、生接唱、生、正旦同唱}

本出承上而來，崔嗣宗僱得船家往呂城逃遁，〔字字雙〕爲仙呂入雙調粗曲做衝場短曲，適於淨口，此處寫船家上場。〔八聲甘州〕爲仙呂加贈板過曲，可疊用自組成套，亦兼具引子作用，此處疊用兩支，首支做引子，寫崔生與興娘的上場；第二支譜乘船時的經過，與船家對二人的猜疑。明傳奇另有《邯鄲記》二十九「飛語」，《東郭記》二十八「爲人也」，《玉合記》十六「拒間」、《龍膏記》十五「羅織」、《八義記》二十二「宣子避仇」、《千金記》五「抱怨」下，皆疊〔八聲甘州〕加引尾組成過場。

第十五出　猜遁　匆遽普通短場

仙呂入雙調過曲風入松^{丑唱}──前腔^{丑唱}──急三鎗^{外唱}──風入松^{外唱}　七言四句下場詩

本出承上而來，行錢發現崔嗣宗遁去，告知主人何厚，並檢查屋內並無財物損失，是以將之歸爲「江湖有術、煉精靈煉成隨處行」。

〔風入松〕與〔急三鎗〕循環聯套者，適用於場面急遽改變者，明傳奇中尚有《蕉帕記》二十九「陷害」，《贈書記》七出「旅病託危」，亦以此入聯套。本出以此寫行錢對主人揭發崔嗣宗怪異行徑之陳述。

第十六出　投僕　中細訴情正場

雙調引子搗練子^{末唱}——前腔^{生唱}——仙呂引子卜算子^{正旦唱}——雙調過曲鎖南枝^{生唱}——前腔^{生唱}——前腔^{付唱}——前腔^{生唱}——前腔^{末、付同唱}——前腔^{正旦唱}——前腔^{末、付同唱、生、正旦接同唱}　七言四句下場詩

此出承十四出「舟遁」而來，崔嗣宗攜興娘亡魂乘舟投奔舊僕富保正。崔嗣宗本欲隱藏與興娘私奔之事，後爲富妻保正識破，只得道出實情。

〔鎖南枝〕爲適宜於過場短劇之用，其疊用成套，可加引尾或不加，前者如《紅拂記》九「太原王氣」、《浣紗記》十五「越嘆」、《四賢記》七「囑託」、《邯鄲記》四「入夢」前半，《錦箋記》四「訪姨」、《香囊記》二十七「趕散」。後者如《鸞鎞記》十九「勸仕」、《四喜記》九「竹橋渡蟻」、及《明珠記》二十七「拆書」。

第十七出　遊廟　文靜小過場

小引^{旦唱}——南呂引子生查子^{生、旦接唱}——黃鐘過曲出隊子

本出〔生查子〕及〔出隊子〕二隻曲文，寫何興娘意往周王廟祈求宗嗣，與觀看賽社，欲嗣宗一同相隨。僕人保正力諫不可，二人仍然執意前去。

第十八出　魂釋　文細神怪正場

北仙呂點絳唇^{外唱}——南黃鐘過曲降黃龍^{生、正旦同唱}——前腔^{生唱}——黃龍袞^{正旦唱}——前腔^{正旦唱}——尾聲^{生、末同唱}

本出承上而來。興娘與崔嗣宗同至周王廟求願。由於興娘乃鬼魂所化，故入得廟中，爲神明威勢所驚嚇。首以北引開場，強調神明周處雄壯的氣勢。〔降黃龍〕與〔黃龍袞〕爲熟套，其用於歡樂場面者，如《雙烈記》十五「受職」，《曇花記》二十八「公子受封」、《玉玦記》五「接詔」下，《金蓮記》三十二「觀聖」下等皆是。又可用於普通場面，如《殺狗記》十七「看書苦諫」上，《水滸記》十一「謀成」，《獅吼記》八「談禪」、《贈書記》三十「保姆釋女」、《蕉帕記》二十二「防險」下。

第十九出　慶病　中細普通過場

南呂引子掛眞兒^{小旦唱}——南呂過曲一江風^{小旦唱}——前腔^{外、老旦同唱、小旦接唱、外、老旦再同唱}——

大迓鼓^{小旦唱}——前腔^{老旦唱、眾接同唱}　五言四句下場詩

本出寫興娘死後，慶娘亦愁煩孤單成疾，並告知父母，興娘託夢之事，何厚夫婦遂遣人往宜興尋找崔生。

〔一江風〕爲南呂加贈板慢曲，不論用一支或數支，皆含過場性質，宜於抒情，此寫慶娘娓娓道盡愁悵之苦。〔大迓鼓〕過曲排場分析，見《義俠記》三「訓女」。

第二十出　盧仙　歡樂北口短場

雙調過曲北清江引^{眾合唱}——玉環清江引^{眾合唱}

本出純係過脈，寫盧二舅因「道心不礙，德行可嘉，魔鍊虔修，功成美漢」，故玉帝將其陞上仙界。

第二十一出　訴情北口正場

正旦唱北仙呂端正好^{正旦唱}——滾繡毬^{正旦唱}——叨叨令^{正旦唱}——脫布衫^{正旦唱}——小梁州^{正旦唱}——么篇

本出寫興娘與崔嗣宗一載魂魄夫妻期限已到，土地尊神欲攜其亡魂回地府，興娘苦苦哀求，是以土地神特寬限一天，興娘假藉回家理由，欲搓合崔生與其妹慶娘之婚約。以北曲組套，一方面正顯本出爲居下半場情節轉折之重要性，另一方面也借其一人獨唱性質，表現劇中人物由懼怕、哀求、到面對情人時內心痛苦，然而表現仍需佯裝強顏歡笑時之幾多複雜情結。

第二十二出　別僕　悲哀訴情正場

越調引子金蕉葉^{生唱、正旦接唱}——越調過曲憶多嬌^{生、正、旦同唱、末、付接同唱}——前腔^{末、付同唱、眾接合唱}——

鬥黑麻^{生唱、正旦接唱、生、正旦同唱、眾合唱}——哭相思^{生、正旦同唱、眾接合唱}

本出承上而來，寫崔嗣宗與興娘辭別保正家之情形。〔憶多嬌〕與〔鬥黑麻〕常聯用加引組套，如《千金記》二十「懷刑」、《焚香記》十「盟誓」、《浣紗記》二十九「聖別」、《雙珠記》六「從軍別意」等是。此兩曲須押入聲韻，其聯用組套，可省尾聲。〔哭相思〕作結之法，見《紅葉記》十七出之分析。

第二十三出　神囑　粗口普通過場

中呂過曲縷縷金^{淨唱}

本出承上而來，敘何防禦遣家僕至宜興縣周王廟祈祝。有神明趁其朦朧

睡時，囑咐其四句言語，欲趕回何府稟明家主。以〔縷縷金〕過曲做淨之衝場曲，全出劇情以道白交待，屬過場性質，為二十五出「鬧釵」小過脈。

第二十四出　舟話　中細行動過場

中呂過曲 泣顏回^{生、正旦合唱}——前腔^{正旦唱、生接唱、正旦再接唱}——撲燈蛾^{生、正旦同唱、正旦接唱}——前腔^{生唱、正旦接唱}——尾聲^{生唱、正旦接唱}

本出劇情承二十三出「神囑」而來，下開二十五出「鬧釵」場面。寫崔嗣宗與興娘同回家，興娘欲崔生攜金鳳釵先行返家稟明情由。

〔泣顏回〕與〔撲燈蛾〕聯用，適於先緩後急之劇情（見《曲律易知》卷下），因〔撲燈蛾〕為有板無腔之曲，含急遽性質。如明傳奇中《繡襦記》二十四「逼娃逢迎」、「望湖亭」、「激怒」等。前二支〔泣顏回〕寫崔生對返家面對何家二老責備之疑懼。〔撲燈蛾〕二支寫乘船抵家岸，崔生思索對二老解釋之理由。

第二十五出　鬧釵　匆遽行動大場

南呂過曲 香柳娘^{淨唱}——前腔^{生唱}——前腔^{外唱}——前腔^{生唱}——黃鐘過曲 神仗兒^{小生唱}——前腔^{眾唱}——鮑老催^{生唱、外接唱}——前腔^{生唱}　七言四句下場詩

本出承上而來，其聯套分兩部份。〔香柳娘〕疊用四支，譜崔嗣宗回何家負荊請罪經過，慶娘染病在，崔生卻誤認興娘為慶娘，引起何父懷疑，故遣童僕前往探看。〔香柳娘〕疊用成套，最適宜於行動匆遽之場面，黃鐘一套譜崔生攜何家僮僕前往舟中尋覓興娘不獲，遂誤以為船家將其拐騙。何父以崔生存心騙己，事不關船家，將其釋回。崔生不得已，始交出興娘所與之物金鳳釵，何父方信所言為實，崔生至此方悟同處一載之興娘原為亡魂。〔神仗兒〕過曲適用於聯套首支疊用之曲，含過場性質，亦可用諸武戲、此以與〔鮑老催〕二支連用，為描述此一急遽變化之場面。

第二十六出　鬼媒　神怪群戲大場

中呂引子 遶紅樓^{小旦唱}——中呂過曲 粉孩兒^{小旦唱}——正宮過曲 福馬郎^{小旦唱}——中呂過曲 紅芍藥^{外、老旦同唱、付接唱後小旦接唱}——耍孩兒^{外、老旦同唱、小旦接唱}——會河陽^{外、老旦同唱、小旦接唱、外老旦再同唱、小旦接唱}——縷縷金^{生唱}——越恁好^{小旦唱、眾接同唱}——紅繡鞋^{眾接唱}——尾聲^{眾合唱}

七言四句下場詩

本出承上而來，為本劇情推展之重要關鍵。何興娘亡魂離船，來到娘家，

附於慶娘身上，口述一年來與崔相處之經歷，並欲父母答應由慶娘續興娘生前與崔生之姻緣。〔粉孩兒〕一套為中呂借宮熟套，明傳奇中另有《水滸記》第二十三「感憤」，《蕉帕記》第十七出「鬧婚」下，與本出組套情形相同。《曲律易知》卷下云：「此套宜動作之劇。」這裡用之形容慶娘被興娘亡魂附身，與崔生訣別；以及何家父母聽從興娘言語，成就慶娘與崔生姻緣。場面改變頻仍，人物上場甚多，中並有鬼魂附體劇情，應屬「神怪群戲大場」性質。

第二十七出　魂訣　悲哀訴情中細正場

商調過曲 山坡羊 正旦唱 —— 梧葉兒 生唱 —— 南呂引子 哭相思 生、正旦同唱、生續接唱 —— 商調過曲 水紅花 正旦唱 —— 梧葉兒 生唱 —— 水紅花 正旦唱 —— 尾聲 生、正旦同唱 —— 哭相思 生唱

本劇承上而來，寫興娘亡魂與崔嗣宗分別情景。南呂引子〔哭相思〕為插曲，寫其人鬼相見時悲苦之狀。次以商調過曲〔水紅花〕與〔梧葉兒〕間列重複組套，譜生死離別之無奈。末以〔尾聲〕之後再加南呂引子〔哭相思〕而成雙尾，其排場分析見《義俠記》二十六出「再創」。

第二十八出　餞試　中細行動過場

本出承上而來，崔嗣宗與興娘見面後，隔日岳父、岳母與之餞行。蓋以雙調過曲〔朝元歌〕譜此段過程，屬過場性質。

第二十九出　選場　粗細普通過場

仙呂過曲 大齋郎 淨唱 —— 中呂引子 菊花新 生、付同唱 —— 中呂過曲 駐馬聽 生唱 —— 前腔 付唱

七言二句下場詩

本出承上而來，寫崔嗣宗進京應試經過。〔駐馬聽〕為中呂可加贈板過曲，疊用二支可作普通短劇用。

第三十出　北口訴情正場

般涉過曲 北耍孩兒 正旦唱 —— 前腔 正旦唱 —— 前腔 正旦唱 —— 煞尾 正旦唱

本出承二十六出「鬼媒」而來，寫何興娘魂附慶娘，交待父母及妹妹慶娘與崔嗣宗姻緣之事後，被土地神押往冥界。適昇為上班之盧二舅見興娘有半仙之分，故降界收其為弟子出家，看破紅塵俗世，永絕情愁。全折通用北曲般涉調〔耍孩兒〕，疊用四支加〔煞尾〕組套。

第三十一出　歡樂群戲大場

雙調引子 夜行船 外、老旦同唱 —— 雙調引子 夜遊湖 生唱 —— 前腔 生唱、淨接唱 —— 前腔 小旦唱 ——

惜奴嬌^{眾唱}——仙呂入_{雙調過曲}錦衣香^{眾唱}——漿水令^{正旦唱}——尾聲^{眾唱}

　　本出劇情為全劇之收束，崔嗣宗高中探花，瓊林宴罷，衣錦榮歸，與慶娘舉行婚禮，了欲父母一樁心願。興娘依隨盧二舅修道——「永入仙班，脫離魔障」，並於崔何舉行婚禮時以此稟明父母，全劇在眾人共睹盧二舅與興娘共騎仙鶴中結束。

　　〔惜奴嬌〕、〔錦衣香〕、〔漿水令〕三曲相聯，為雙調聯套一定格式，可用於熱鬧排場，尚適以配之嗩吶。明傳奇中另有《八義記》十五「鉏麑觸槐」，《南柯記》三「樹國」，與本出組套情形相似。

《紅葉記》			
第一出		末	
第二出	南黃鐘	生、淨	幽怨文靜過場
第三出	南南呂	末、老旦、旦、外、丑、小旦	群戲行動兼歡樂大場
	南仙呂入雙調		
第四出	北仙呂	外、生、淨	健捷北口正場
第五出	南南呂	末、小丑、淨、生	感嘆文靜短場
	南仙呂		
第六出	南南呂	小、生、淨	訴情中細過場
第七出	南商調	旦、小旦	訴情文過場
第八出	南越調	生、末、小丑	行動文過場
第九出	南仙呂	生、淨、末、老旦、旦、小旦、丑	群戲熱鬧過場
第十出	南雙調	生、小生、旦、小旦	訴情文靜正場
	南仙呂		
第十一出	南仙呂	小生、淨	中細普通過場
	南中呂		
第十二出	南雙調	末、小丑	匆遽文過場
第十三出	南雙調	生、旦	訴情文細正場
	南羽調		
第十四出	南南呂	外、旦、老旦、末、淨、小丑	群戲神怪同場
第十五出	南正宮	小旦、丑	幽怨文細短場

第十六出		南正宮	生、淨	愁悵文細正場
		南中呂		
第十七出		南正宮	末、外、老旦、小生、旦	悲哀文細正場
		南中呂		
第十八出		北越調	旦、外	北口訴情正場
第十九出		南南呂	生、旦、二丑	訴情文細正場
		南商調		
		南黃鐘		
第二十出		南中呂	小生、小旦、淨、丑	匆遽中細過場
下卷				
第二十一出		南南呂	生、旦、二丑、淨	歡樂群戲大場
第二十二出		南正宮	生、末、小丑	中細行動過場
第二十三出		南南呂	小生、小旦、丑、末	歡樂文靜過場
第二十四出		南黃鐘	生、旦、末、淨、小丑	歡樂文靜過場
		南仙呂入雙調		
第二十五出		南中呂	小生、小旦、末、丑	粗細熱鬧過場
第二十六出		南仙呂	旦、淨	訴情文靜正場
第二十七出		南中呂	生、外、旦、貼	歡樂行動短劇
第二十八出		南黃鐘	旦、外、小丑、丑	群戲先悲後喜訴情正場
		南雙調		
第二十九出		南正宮	末、老旦、旦、淨	悲哀訴情細文正場
第三十出		中呂南北合套	外、旦	南北訴情文靜正場
第三十一出		南南呂	丑、淨	粗口小過場
第三十二出		南南呂	生、旦、淨	中細文過場
第三十三出		南商調	末、丑、末、小旦	粗細行動過場
第三十四出		南黃鐘	生、末、淨、丑	群戲熱鬧正場
第三十五出		南南呂	生、旦、末、小丑、小生	歡樂文細正場
第三十六出		南南呂	小生、小旦、淨、末、丑	歡樂群戲正場
第三十七出		南中呂	小生、小旦、丑、淨	悲哀中細匆遽過場

第三十八出		南仙呂	生、小生、淨、丑、末、小丑	歡樂訴情過場
第三十九出		南商調	末、小丑、旦、淨、外、小丑、末、老旦	感歡中細過場
第四十出		南越調	生、旦、小生、小旦、老旦、末、小丑	歡樂群戲大場
《埋劍記》				
第一出	提綱		末	開場
第二出	看劍	南雙調	生、旦、老旦、末	中細感歡過場
		南南呂		
第三出	稱亂	南越調	淨、二丑、小生、小旦	粗口行動武過場
第四出	舉觴	南大石	外、生、小生、小旦、小丑、丑、淨、旦	歡樂群戲大場
		南中石		
第五出	詰戎	南黃鐘	丑、老旦、淨末	匆遽行動過場
第六出	推轂	南仙呂	外、生、淨、末、丑、小丑	粗細普通正場
第七出	決策	南南呂	小生、丑	粗口健捷過場
第八出	解攜	南正宮	生、小生、丑、末	中細普通正場
第九出	前驅	南羽調	生、旦、老旦、外、淨、丑、末、小丑、小旦	感傷群戲大場
		南商調		
		南正宮		
第十出	後發	南黃鐘	小生、丑、小旦	悲哀中細正場
第十一出	計失	黃鐘	淨、外、老旦、生、旦、丑、小丑、末	南北群戲大場
		正宮南北合套		
第十二出	敗聞	南雙調	小生、外	匆遽行動短場
第十三出	婦功	南商調	旦、老旦、小丑	文細訴情正場
第十四出	士節	南中呂	生、淨、旦、老旦、生、小旦	匆遽普通過場
第十五出	對泣	南商調	小生、外、旦、末	文細訴情過場
第十六出	刀攘	南仙呂	淨、外	粗口小過場
第十七出	拒讒	南商調	旦、老旦、淨、小丑	悲哀文細正場
第十八出	混跡	南仙呂	生	中細文靜過場
		南南呂		

第十九出		南雙調	生、淨、外、丑	粗細普通正場
		南中呂		
第二十出	羈栖	南中呂	丑、小旦	愁悵粗細正場
第二十一出	瀕危	南雙調	生、末、小丑、淨	群戲大場
		南越調		
第二十二出	殖貨	南南呂	小生、外、淨	感歎中細文過場
第二十三出	療疾	南南呂	旦、老旦、小丑	文靜失悲後喜過場
第二十四出	慢藏	南仙呂	小生、淨、丑、小丑	粗細先歡後悲過場
第二十五出	邁奴	南雙調	生、外、丑、小丑、末	訴情文細正場
第二十六出	除孽	南南呂	小生、淨、小丑、小旦	群戲熱鬧大過場
		南越調		
第二十七出	柔遠	南越調	丑、小旦、外、老旦、旦、末、小生	群戲先悲後喜過場
		南中呂		
第二十八出	全交	南中呂	生、小生、末、小丑、丑	訴情群戲大場
第二十九出	固窮	南南呂	旦、老旦、丑、淨	先悲後喜文細過場
		南正宮		
第三十出	惜別	南大石	生、小生、丑、小旦、外、淨、小丑	先歡後悲中細正場
		南雙調		
第三十一出	歸里	南越調	生、旦、老旦、末、小丑	訴情文細正場
第三十二出	居廬	南雙調	小生	悲哀中細過場
第三十三出	狂奔	南雙調	生、旦、老旦、淨、丑	中細文過場
第三十四出	痛悼	南南呂	生、小旦、丑、淨	悲哀訴情文靜正場
		南商調		
第三十五出	埋劍	雙調南北合套	生、小旦、末、淨	訴情南北正場
第三十六出	恩榮	南雙調	生、旦、老旦、旦、小旦	歡樂群戲大場

《雙魚記》

上卷

第一出	綱領		末	
第二出	過從	南中呂	生、小生、丑	感歎文靜過場
第三出	觀魚	南商調	旦、小丑	訴情文靜短場

第四出	秣馬	南大石 南商調	生、小生、外、老旦、末、丑	群戲中細正場
第五出	冠警	南越調	淨、老旦、小旦、旦、小丑	粗口武過場
第六出	銓除	南仙呂	旦、外、老旦、末	訴情文細正場
第七出	幕賓	南中呂	生、小生、外、末、丑	中細普通正場
第八出	野哭	南雙調	外、老旦、旦、小旦、淨、生、末、小生	匆遽行動過場
第九出	適館	南南呂	生、淨、末	粗細文靜過場
第十出	迷途	南南呂 南越調	旦、淨、小丑	中細悲哀正場
第十一出	師中	南越調 北雙調	外、老旦、小旦、淨、二丑	粗口武過場
第十二出	轅下	雙調南北合套	生、淨、二丑	粗細南北正場
第十三出	王悴	南中呂	旦、老旦、丑、小旦、小丑	中細悲哀過場
第十四出	弓招	北越調 南黃鐘	外、末、小生、老旦、小旦、旦	雄壯熱鬧過場
第十五出	被驅	南仙呂	生、淨、二丑	粗細熱鬧正場
第十六出	拒媾	南黃鐘 南雙調	旦、丑、老旦、小旦、末、小丑	群戲大過場
下卷				
第十七出	妨友	南雙調	生、末、小丑	中細文靜短場
第十八出	攘官	南中呂	淨、末、丑	粗口普通過場
第十九出	泣歧	北正宮	生、小丑、丑	蒼涼北口正場
第二十出	毀服	南雙調 南南呂	旦、小生、丑	訴情文細正場
第二十一出	嘲詠	南越調	生、外	訴情兼行動正場
第二十二出	逋亡	南雙調	生、小丑、淨	中細行動兼訴情正場
第二十三出	擒奸	南雙調 南正宮	淨、小丑、末、老旦、小旦、小生	粗口行動過場
第二十四出	獲報	南南呂	生、末、外	悲哀訴情正場

第二十五出	聞命	南南呂	生、小生、老旦、小丑	先行動後歡樂過場
第二十六出	晤言	南中呂	生、旦、小生、外、末、丑	歡樂群戲大場
		南黃鐘		
		南南呂		
第二十七出	述懷	南南呂	旦、小旦、丑	文細訴情正場
		南商調		
第二十八出	伸志	南仙呂	生、小生、三旦、丑、淨	中細普通過場
第二十九出	脫籍	南南呂	丑、老旦、外、末、小丑	粗口普通短場
第三十出	宜家	南黃鐘	生、旦、小生、小旦、末、丑、淨、小丑、外	歡樂群戲大場

《義俠記》

第一出	家門		末	開場
第二出	遊寓	南正宮	生、小生	中細文靜過場
第三出	訓女	南南呂	旦、老旦	中細訴情短場
第四出	除兇	北雙調	生、淨、末、丑	雄壯北口正場
第五出	誨淫	南南呂	小旦、丑、小丑	普通粗細過場
第六出	旌勇	南雙調	生、外、小丑、淨、小生、老旦、末	健捷行動大場
第七出	設伏	南南呂	淨、末、丑、小丑	粗口群戲過場
第八出	叱邪	南中呂	生、小旦	中細訴情正場
第九出	孝眞	南商調	旦、老旦、淨	訴情文細正場
第十出	委囑	南雙調	生、小旦、丑	匆遽行動過場
第十一出	邁難	南南呂	小旦、淨、丑	中細先緩後急過場
		南仙呂		
第十二出	萌奸	南雙調	小旦、淨、丑	粗細普通正場
		南南呂		
第十三出	奇功	南正宮	外、老旦、旦、二丑、淨	群戲行動大場
第十四出	巧媾	南南呂	小旦、小丑、淨、丑	中細訴情正場
第十五出	被盜	南商調	旦、老旦、丑	悲哀文靜過場
第十六出	得傷	南雙調	小旦、丑、淨、小丑	粗細普通正場

第十七出	悼亡	南商調	生、小旦、小丑、末、小生	訴情文細過場
		南黃鐘		
第十八出	雪恨	南中呂	生、小旦、丑、外、小生、小丑、老旦、末	群戲行動大場
第十九出	薄罰	南雙調	外、生、淨、老旦、末、小丑、丑	粗口普通正場
第二十出	如歸	南商調	旦、老旦、丑	粗細文靜過場
第二十一出	論交	南雙調	生、外、小生、小旦、淨、末	歡樂群戲大場
第二十二出	失霸	南正宮	淨、小生、丑	粗細武過場
		南南呂		
第二十三出	釋義	南仙呂	生、末、丑、淨、小丑	中細普通正場
第二十四出	締盟	南南呂	生、外、小生	文細訴情過場
第二十五出	取威	南中呂	生、小生、淨、二丑、小旦、末	粗細熱鬧過場
第二十六出	再創	北般涉	旦、小旦、老旦、淨、丑、末	中細行動過場
		南商調		
第二十七出	秘計	南南呂	小丑、丑、淨、老旦、外	粗口小過場
第二十八出	厚誣	南黃鐘	生、丑、老旦、末、淨、小旦、小丑、外	群戲悲哀大場
第二十九出	全軀	南中呂	生、小生、丑、末、淨、小丑	中細先訴情後行動過場
第三十出	報怨	南南呂	生、小生、丑、末、淨、小丑	群戲先歡樂後行動大場
第三十一出	解夢	南正宮	旦、老旦、小旦、丑	文靜普通短場
第三十二出	挂羅	南雙調	生、外、小生、淨、小丑	中細普通過場
第三十三出	首途	南大石	生、旦、老旦、末、丑、小生、淨、小丑	群戲感歎大場
		南仙呂		
第三十四出	訓旅	南仙呂	外、生、小生、小旦	武裝行動過場
		北雙調		
第三十五出	廷議	正宮南北合套	外、淨、小旦、正旦、小丑、末	南北普通正場
第三十六出	家榮	南中呂	生、旦、小生、老旦、外、淨、末、丑、小旦	歡樂群戲大場

《桃符記》				
第一出	開道家門		末	
第二出	天儀遊學	南仙呂 南雙調	生	中細文靜過場
第三出	傅忠慶壽	南雙調 南南呂	外、中淨、丑	歡樂粗細正場
第四出	裴公尋親	南羽調	小旦、老旦、末	訴情文靜過場
第五出	天儀下店	南南呂	生、小二	文靜普通短場
第六出	裴公染恙	南越調	小旦、老旦、末	悲哀中細過場
第七出	包公謁廟	雙調南北合套	生、外、淨、道士、張千	健捷南北正場
第八出	窮途賣字	南雙調	生、小二	中細普通短場
第九出	媒妁說親	南仙呂	小旦、老旦、媒婆、中淨	先悲後喜群戲正場
第十出	夫人托慶	南南呂	丑、中淨	粗口小過場
第十一出	鄷氏設計	南仙呂	旦、中淨、啞兒	粗細文過場
第十二出	賈順賄放	南中呂 南仙呂入雙調	小旦、老旦、中淨、賈順、旦、啞兒	群戲行動大場
第十三出	暮夜迷失	南南呂	生、小旦、老旦、眾	匆遽行動過場
第十四出	青鸞枉斃	南仙呂入雙調	小旦、小二	中細先訴情後行動正場
第十五出	奸淫狎懦	南越調	旦、中淨、賈順、啞兒	先喜後悲群戲正場
第十六出	冥府彰明	南商調	小旦、城隍、賈順、鬼判	訴情文細半過場
第十七出	尋女投宿	南仙呂	老旦、小二	文細行動短場
第十八出	天儀遇鸞	南仙呂 北正宮	生、旦、老旦	訴情文靜正場
第十九出	傅忠究因	南仙呂入雙調 南黃鐘	外、中淨、淨、老旦、生、丑	群戲行動過場
第二十出	遣啞探慶	南南呂	旦、啞兒	文靜小過場
第二十一出	包公首斷	南中呂	生、淨、老旦	粗細普通正場
第二十二出	遣取信物	南南呂	生、小旦、張千	中細小過場
第二十三出	張千緝事	南雙調	生、淨、張千、啞兒	粗細小過場
第二十四出	二斷啞詞	南仙呂入雙調	淨、張千、啞兒	粗口文過場

第二十五出	差拿鄷氏	南南呂	旦、張千	中細小過場
第二十六出	包公三斷	南中呂	旦、生、老旦、中淨、淨、張千、小二、啞兒	群戲訴情大場
第二十七出	城隍賜丹	南南呂	老旦、城隍	中細文靜過場
第二十八出	青鸞還魂	南仙呂入雙調	生、小旦、老旦、媒婆	訴情文細正場
		南商調		
第二十九出	召對金鑾	南中呂	生、淨、君、末	粗細先普通後歡樂正場
第三十出	配合團圓	南羽調	生、小旦、外、淨、老旦	群戲歡樂正場
《墜釵記》				
第一出	示概		末	
第二出	釵敘	南仙呂入雙調	生、淨	普通中細過場
第三出	閨怨	南越調	正旦、小旦	文靜感嘆短場
第四出	家闈	南南呂	外、老旦、正旦	訴情文細正場
第五出	謁仙	雙調南北合套	生、小生、小旦	南北神怪正場
第六出	病話	南中呂	正旦、小旦、付	訴情悲哀正場
第七出	香殞	南仙呂入雙調	外、老旦、小旦、旦、付	悲哀中細正場
第八出	鬧殤	南南呂	生、外、老旦、丑	先悲哀後普通中細短場
第九出	冥勘	北中呂	正旦、淨、小旦、小生、末	粗口神怪正場
第十出	上墳	南越調	生、正旦、老旦、外、丑、付	悲哀群戲過場
第十一出	拾釵	南雙調	生、正旦、外、老旦、丑、小旦	訴情文細正場
		南越調		
第十二出	話夢	南正宮	小旦、付	中細文靜過場
第十三出	捉奸	南南呂	生、正旦、丑	文細行動過場
第十四出	舟遁	南仙呂	生、正旦、淨	粗細普通短場
第十五出	猜遁	南仙呂入雙調	外、丑	匆遽普通短場
第十六出	投僕	南雙調	生、正旦、末、付、淨	中細訴情正場
第十七出	遊廟	南南呂	生、正旦、丑、末	文靜小過場
第十八出	魂釋	南黃鐘	生、正旦	文細神怪正場
第十九出	慶病	南南呂	小旦、付、外、老旦、淨	中細普通過場
第二十出	盧仙	北雙調	小生、生、丑、老旦、末	歡樂北口短場
第二十一出		北仙呂	生、正旦、外	訴情北口正場

第二十二出	別僕	南越調	生、正旦、末、付	悲哀訴情正場
第二十三出	神囑	南中呂	淨	粗口普通過場
第二十四出	舟話	南中呂	生、正旦、小生、外	中細行動過場
第二十五出	鬧釵	南南呂 南黃鐘	生、老旦、小生、淨、外、丑	匀遽行動大場
第二十六出	鬼媒	南中呂	外、老旦、小旦、正旦、生、付	神怪群戲大場
第二十七出	魂訣	南商調	正旦、生、末	悲哀訴情中細正場
第二十八出	餞試	南仙呂	外、老旦、丑、生	中細行動過場
第二十九出	選場	南中呂	生、淨、付、丑、小旦、外	粗細普通過場
第三十出		北般涉	正旦、小生、末	北口訴情正場
第三十一出		南雙調	正旦、生、外、老旦、小旦、丑、淨、小生	歡樂群戲大場

就以上分場的情形，茲分別就各本場次類別加以統計如下：

各本名稱	大場	正場	過場	短場	各本名稱	大場	正場	過場	短場
《紅蕖記》上：	2	9	7	2	《埋劍記》上：	3	5	8	1
下：	1	8	9	1	下：	3	7	8	×
共計：	3	17	16	3	共計：	6	12	16	1

各本名稱	大場	正場	過場	短場	各本名稱	大場	正場	過場	短場
《雙魚記》上：	×	6	8	0	《義俠記》上：	3	6	7	1
下：	2	6	4	2	下：	2	8	7	1
共計：	2	12	12	2	共計：	5	14	14	2

各本名稱	大場	正場	過場	短場	各本名稱	大場	正場	過場	短場
《桃符記》上：	1	5	7	2	《墜釵記》上：	×	8	4	4
下：	1	5	7	1	下：	3	5	6	1
共計：	2	10	14	3	共計：	3	13	10	5

就排場份量分配看來，除《紅蕖記》下卷多以相同場次連續出現，其餘各本皆輕重相次，起伏有度。《紅蕖記》下卷部份，相同場次分別出現在第十六至十八出、二十二出至二十五出、二十八出至三十出、三十一出至三十三

出、三十四出至三十六出等，其中以十六至十八出、二十八至三十出，主要腳色幾乎連續出場，且氣氛多為訴情文細之曲調，令人有沈悶之感。各本於上下卷份量比重幾乎相當，惟《雙魚記》過場多集中在上半部（上卷七折，下卷四折），《墜釵記》上半部短場較多（上卷四折，下卷一折），而顯得下半部份量較重。正場為一劇之主體，但各本用過場，幾與正場份量相抗衡，有的竟然超過正場（如《埋劍記》與《桃符記》），可說是偏高了些。各本用曲情形，總計《紅蕖記》三百三十三支，《埋劍記》一百九十九支，《雙魚記》二百一十三支，《義俠記》二百四十七支，《桃符記》一百四十二支，《墜釵記》一百六十三支，（以上統計皆含引尾）平均每折用曲最多不超過九支（《紅蕖記》），最少也超過四支，（《桃符記》），可見其考慮到了歌場上的事實。

　　在順應劇情的變化上，沈璟採取了換宮、賺曲及集曲等方式。在換宮方面，有時換韻，有時不換韻，但以換韻情形較多。賺曲的使用，則絕對遵守不超過二支之限。集曲雖以細膩之腔，極適抒情，然運用過多時，不僅使劇力無法舒緩，演員亦太過勞累。沈璟極諳音律，每本集曲最多不超過十支，因此不至使上演時氣氛過於沈悶。此外在南曲方面諧美動聽，北曲及南北合套亦見其一展才華之長，且善於變換氣氛，在調劑聆賞方面，充分達到靈活運用的效果。

第二節　音　律

　　沈璟從戲劇「場上之曲」的特點出發，要求劇作家務必辨陰陽、分清平仄，審詳句法，注意用韻，認為「繼使詞出繡腸，歌聲遶梁，倘不諧律也難褒獎。」因為既然「名為樂府，須教合律依腔」，否則就會使人撓喉捩嗓，根本無法搬演。同時，演唱的作品已是語言與音樂的結合，兩者的融合無間，能使聲情、詞情達到相得益彰的境界。（以上參見曾師永義《詩歌與戲曲》「中國詩歌中的語言旋律」，聯經出版社，頁 1）在這樣的情形下，作曲家必須對語言旋律的掌握有一定的認識，然後以之運用於戲曲創作，才能真正表達此一韻文學所含攝的美。

　　語言旋律中四聲的平仄和韻協與否，與戲曲音樂有直接的關係。腔調的製訂，離不開平仄，若平仄不合規律，唱出來就會走音；譜腔亦得根據字音調整工尺；韻協使得節奏規律，表現音樂的優美。筆者將沈璟現存六本傳奇曲文平仄句法及用韻情形，就「音律諧美處」、「失律」及「用韻」三個部

份，拈其要例，條述其得失。曲譜方面，南曲主要根據明沈自晉《重訂增定南九宮曲譜》、清徐迎慶、鈕少雅同撰《南九宮正始》，周祥鈺《九宮大成南北詞宮譜》，及民國吳梅《南北詞簡譜》。北曲主要根據鄭騫先生《北曲新譜》。韻書以《中原音韻》為主。

一、音律諧美處

（一）《紅蕖記》

第五出〔解三酲〕二支首二句須對，此「嘆自古常多悲憤，算浮生有屈還伸」、「自古道醉裡不知身是客，醒後爭誇句有神」亦對。又，第四句應為六句折腰體，此「謾伏枕自沾巾」、「正銀河半沒冰輪」正合。

第六出〔紅衲襖〕第五句倒數第二字須用仄，此「兩」為仄聲，正合。

第六出〔東甌令〕二句及末句，以用平韻較為美聽，此「該」、「腮」正合。

第十出〔忒忒令〕末二字「俊眼」為去上，最是美聽。

第十出〔沉醉東風〕首二句須對，此「覷花容秀色可餐，兀自鎮朝昏把伊貪看」正對。

第十出〔園林好〕首二句須對，此「人世上浮名是閒，求名客經時未還」正對。

第十出〔品令〕第四句當用平平仄平平，此「此時倩人攔」正合。

第十出〔玉交枝〕第五、六兩句須對，此「縱秀才們大膽性偏儇，想女郎們弱質何曾慣」正對。

第十三出〔遶池遊〕二支末二字須做去平，此「悶縈」、「悶增」正合。

第十三出第一支〔集賢賓〕首句應做平平去上平去平，此「嚴妝嫩臉花正明」甚合。

第十四出〔北南呂一枝花〕末二字須做去上，此「禍福」甚合。

第十六出〔喜漁燈〕第二句當做平去上，此「猶未穩」正合。第四句應做仄平仄平，此「玉環贈君」合。

第十七出〔尾犯序〕第二支首句當作平平仄仄仄平平，此「誰能海底去撈鍼」正合。

第十八出〔北紫花兒序〕首三句四字須做扇面對，此「常稱酒聖」、「每惹花星」、「剛攬閒忙」正對。

第十九出〔啄木兒〕第一支四、五兩句須對，此「念雙親初棄遺孤，忍一時割痛成婚」亦對。

第十九出〔鮑老催〕第一支末句須做平仄仄平，此「空對絳唇」正合。

第二十出〔剔銀燈〕三支，末句七字須做上三下四，此「快將你懸河口鉗」、「再不改先將鬢擑」、「花嘴臉休得太快」句法正合。

第二十一出〔朱奴兒〕第五句須做平平仄，六句為平平仄仄，此「南歸雁」、「蕭蕭影單」正合。

（二）《埋劍記》

第七出〔秋夜月〕第三句宜用仄仄平平平平仄，此「甚日重交榮華運」，正合。

第八出第二支〔紅芍藥〕末句須作上三下二，此「班定遠重還」文法正合。

第九出第一、二支〔玉交枝〕第一、二；五、六句須兩兩相對，「將軍禮數寬，客子離筵短」、「從軍擾攘驅鵝鸛勝似隱几蕭條戴鷃冠」與「高歌奉玉盤、法酒金盆」、「南征道路通蠻纍、北闕威儀想漢官」正對。

第十二出第一支〔步步嬌〕首句仄仄平平平仄仄，此處「寶劍橫腰把雕鞍跨」正合。

第十九出第一、二、三支〔北清江引〕末韻須上，此「少」、「跑」、「巧」正合。

第二十一出第一支〔園林好〕首句須對，此「十年間常擔著鬼胎，兩遭兒難逃他禍災」正對。

第二十一出第一支〔玉交枝〕第五句須作平平仄平平仄平，此「恩人魏州郭秀才」正合。

第二十一出第一支〔江兒水〕第四句首四字當用仄仄平平，此「種德心田」正合。

第二十一出第七、八句須對，此「又誰知萍逢遇諧、又誰知梁木幾壞」正對。

第二十一出第一支〔川撥棹〕首句須用三字，此「將心揣」正合。三、四句須疊，此「待殺他真個堪哀待」兩句正合。第五句末四字須平平仄平，此「神明見責」正合。

第二十五出第一、二支〔香柳娘〕首二字須用平聲，此「將」、「恩」皆

合。第一、二及九、十兩句須疊，此「說將來痛傷」、「受恩人付託」及「嘆連遭禍害」、「並沒些音信」亦疊用二支，正合。

第二十六出〔樂水令〕第九、十；十二、十三兩句須疊，此「不爭我」、「郭君處」亦用二支。

第二十九出「固窮」，〔紅衫兒〕第四句須做上二下四，此「念我家生計你豈不諒乎」文法正合。

第三十一出〔金蕉葉〕第二、三兩句末兩字須用仄平，此「與親」、「未伸」正合。

第三十二出〔金瓏璁〕第三、五句須用平韻，此「囊」、「腸」俱爲平聲韻。

第三十三出第一、二支〔玉抱肚〕第二句末四字應作平平仄平，此「匆匆遠行」、「山陽巨卿」正合。且三、四句須對，此「你留心承直婆婆把從前孝名廝稱」、「你如今與先哲齊名，我貧居也自覺歡慶」正對。

第三十三出第四支〔玉抱肚〕第二句末四字須作平平仄平，此「如今不成」正合。第三、四句須對，此「且留些供贍之資，怎不思室如懸磬」正對。

第三十三出〔一封書〕第二、四皆當作上三下二六字句，此「望吾叔垂聽之」、「郤貽災嚴與慈」正合文法。第一句「吳延季致詞」合上三下二句法。

第三十五出〔北新水令〕第二句上三字仄平平起調，此「嶺猿啼」正合。末句不可用平韻收，此「望」爲仄韻。

第三十五出〔南步步嬌〕首句七字須作仄仄平平平平仄，此「不得將身塡幽壙」正合。

第三十五出〔南僥僥令〕第三句首四字用去去平平甚妙，此「此段交情」正合。

第三十五出〔北收江南〕末句用平韻，此「狂」合。

第三十五出〔北園林好〕首二句須對，此「料孤兒難將他德償，願天公與吉人降祥」正對。

（三）《雙魚記》

第三出〔遶池遊〕末句末兩字須用去平，此「病纏」正合。

第四出〔一撮棹〕前三句五字應作平平仄平平，此「春燕去差池」、「依

人處羈棲」、「還向帝城飛」除「向」字外均合。

第七出三支〔駐馬聽〕第三句須做扇面對，此「岳翁邢丈、甥館相留、繼晷焚膏」、「七旬茲母、菽水虀鹽、徑掩蓬蒿」、「名虛執友、身滯邊關、信阻知交」正合。

第八出第一支〔江兒水〕第四句首四字當用仄仄平平，此「拚把微軀」正合。

第十一出〔北清江引〕首韻須上，此「久」正合。

第十二出〔北新水令〕第二句末三字用仄平平起調，此「遠迢迢」正合。

第十二出〔南步步嬌〕首句須做仄仄平平平平仄，此「目不知書慚愚魯」正合。

第十二出〔北收江南〕末句用平韻，此「蚨」字正合。

第十二出〔南園林好〕首二句須對，此「休問取鴉窩鳳雛、但只想跨鳳騎犢」亦對。

第十三出〔字字雙〕第五句應叶平韻，此「姬」正合。

第十六出第二、三支〔玉交枝〕五、六句須對，七、八句亦須對，此「前生料應奴負哥，今生爲你遭挫折」、「爲花容愁多恨多，把金刀將它割破」；「只因狠毒巴鏝婆、致使粉面油頭禍」、「願娘行休將奴志奪、始知他非言行清濁」皆對。並且第五句皆合平平仄平平仄平。

第十八出末句「驪歌斷蕭蕭馬鳴」正合上三下四句法。

第二十出四支〔紅衲襖〕第五句倒數第二字「內」、「做」、「內」、「轉」皆合仄聲。

第二十一出〔金蕉葉〕引曲第二、三兩句末二字須作仄平，此「始消」、「氣豪」正合。

第二十二出四支〔玉抱肚〕，第二句末四字除第三支外，其他「天雄土著」、「如何討饒」、「先栽禍苗」、「欺人弄喬」等皆合平平仄平之律。又，此四支中第三、四句，如「那官人因甚加官、爲當朝文相加褒」、「秀才們剩語閒言、枉罪人取罪非小」、「送得人四海無家、只落得萬里塵勞」、「我須是白畔從皋，他須是水傍依著」、「你和他宿世冤仇，因此上一般名號」等皆對。

第二十四出〔宜春令〕第三句末二字須作「去平」方能發調，此二曲正作「布鞋」、「散齋」。且第五句文法須作上四下三，此「子猷歸棹何時買」、

「汴京劉皞依香界」皆合。又，第六、七句須對，且均作上三下四，此二曲「不爭他日轉千階，第三番又劫空寨」、「盼殺人客路如天，閃殺人侯門如海」亦對。

第二十五出〔香柳娘〕四支首句二字「饒」、「禪」、「饒」、「恩」平聲甚妙。此外末二句須作平平仄平、平平平仄。此除第一、二支不合律外，其餘後二曲「押來那廝、一同名氏」、「將伊笑嗤、饒咱初次」皆合。

第二十七出第一、二、四支〔懶畫眉〕首句「幸拵芳鄰日相依」、「柳絮章臺路中飛」、「未必今生永拋離」皆合仄仄平平仄平平。第一支第四句二、三、四字「鳳徘徊」合仄平平之律。

（四）《義俠記》

第二出〔三學士〕二支，首句協仄韻較妥，此第一支「守」正合。三、四句能對尤佳，此「寒門子母空凝望，芳草王孫只浪遊」、「亂離時世誰相保，少小深閨不解愁」正合。

第四出〔北新水令〕末句不可用平韻，此曲「弄」為仄韻，正合。末句須仄仄仄平仄，此「烏兔枉搬弄」正一字不苟。

第四出〔北折桂令〕末句須仄仄平平，此「醉眼矇矓」正合。

第五出二支〔東甌令〕二句及末句以用平韻為美聽，此「雞」、「程」、「恩」、「程」正合。

第六出第二支〔玉抱肚〕第三、四句應對，此「靠渾家炊餅為生，到街坊被人欺慢」正合。

第十一出〔金蕉葉〕引曲第二、三兩句「可諧」、「玉釵」皆合仄平之律。

第十二出〔紅衲襖〕二支第五句倒數第二字須用仄，此「性」、「火」二字正合。

第十六出末支〔玉抱肚〕三、四句須對，此「那時節武二回來，沒蹤跡怎生無狀」正對。

第十八出二支〔尾犯序〕首句須作平平仄仄仄平平，此「從伊假痛與佯悲」正合。

第十九出三支〔玉交枝〕五、六句須對，七、八句亦須對。此「西門慶是他粧做的，武大郎不死還搬戲」、「今依縣家原問的，奸夫護嫂因誅死」、「據明條杖脊四十、刺雙頰遘方配你」正對。

第二十四出第一、二、四支〔宜春令〕第三句末二字須做去平方能發調，

此「恕饒」、「病著」、「勢豪」正合。

第二十九出兩支〔剔銀燈〕末句七字須作上三下四，此「枷和杻一齊脫了」、「咱兩個師父差到」正一絲不苟。

第三十二出〔江兒水〕第四句首四字當用仄仄平平，此「地慘天愁」四字正合。

第三十二出〔川撥棹〕第五句末四字須平平仄平，此「須遭禍殃」正合。

第三十二出〔漿水令〕首兩句須對，此「怎當他一班鹵莽，枉教咱千般苦央」正對。

第三十三出〔一封書〕二支首句須做上三下二，此「宋江拜奉稟」、「蒙軍令遠行」正合。

第三十五出〔出隊子〕第二支第五句五、六兩字「敢肆」合上去之律。

第三十五出〔北端正好〕末句須仄仄平平去，此「就日難遮障」正合。

第三十五出〔北滾繡毬〕末句須叶平韻，此「詳」正合。

（五）《桃符記》

第五出〔懶畫眉〕第二支首句應作仄仄平平仄平平，此「赤日長征走紅塵」正合。

第七出〔北新水令〕第二句上三字仄平平起調，此「導雲旂」正合。末句不可用平韻收，此「證」為仄韻。

第七出〔步步嬌〕首句當作仄仄平平平平仄，此處「朔日齋心參神聖」正合。

第七出〔北折桂令〕末句須作仄仄平平，此「總賴詞盟」正合。

第七出〔僥僥令〕第三句首四字用去去平平妙甚，此「但見豪強」正合。

第七出〔北收江南〕末句用平韻，此「英」正合。

第七出〔南園林好〕首二句須對，此「自今日神言面聆、那愚民必然震驚」正對。

第十二出二曲〔玉交枝〕五、六句須對，此「豈不知舌為禍根、怎不妨隔牆耳聞」、「切聞大娘卻救人、一言既出須全信」正對。

第十四出〔香柳娘〕首句二字應為平聲，此「中」正合。

第十九出〔一封書〕首句「將王慶覷著」合上三下二句法。

第十九出引曲〔字字雙〕第五句應叶平韻，此「人」爲平韻。

第十五出〔小桃紅〕曲末句單收上三下四句法，此末句「我如今不比當初」正合。

第十九出第二支〔滴溜子〕末句「伏侯斷詞」正合平仄仄平之律。

第二十一出〔剔銀燈〕末句須作上三下四，此四支〔剔銀燈〕末句分別爲「裴老嫗情詞細查」、「那情詞從頭再查」、「人命事非同當要」、「窮性命風吹片瓦」無一不合。

第二十四出四支〔玉抱肚〕第三、四句須對，此除第二支外，其餘「奉公差賣順家裡、冷清清沒個人兒」、「這屍首是你何人，枉教我六問三推」、「但搥胸恨我糊塗，問伊時不知端的」均對。且第二、三支次句末四字「誰人見伊」、「還應痛悲」合平平仄平之律。

第二十七出〔三學士〕兩曲首句叶仄韻較妥，此「爾」「死」正合。三、四句能對尤佳，此「嬌兒屍體尚柔軟、老母痴心卻謾思」、「衰齡願把朱顏替、夭折能忘烏鳥情」對。

（六）《墜釵記》

第四出四支〔宜春令〕末句宜押去聲，此「婿」、「句」、「諭」、「諭」均爲去聲。第三支第三句末二字爲「喚奴」，合去平之律。

第五出〔北新水令〕末句須仄仄仄平仄，第二、三字偶有用平聲者，俱壞調，不可從。此曲「濁世豈堪戀」俱合。且首句三字須作仄平平，此「怯蓬萊」正合。

第五出〔步步嬌〕首句須作仄仄平平平平仄，其首句「大隱何須塵闠遠」正一絲不苟。

第五出〔北收江南〕第三、三及末句須叶平韻，此「年」、「緣」、「田」正合。

第五出〔園林好〕首二句須對，此「素不習彈琴擘院、素不習胡笳塞管」正對。

第九出〔北醉春風〕末句必須去韻，此曲「罪」正合。又第三句後三字須仄平平，此曲「喚伊來」正合。

第九出〔北上小樓〕末句應叶去聲，此曲「廢」正合。

第十三出次支〔懶畫眉〕首句須作仄仄平平仄平平，此「最喜閨中月模糊」正合。

第十四出引曲〔字字雙〕第五句應叶平韻，此「涯」爲平韻。

第十四出〔八聲甘州〕集曲第六句應作平平仄平平仄平，此「何郎傅粉疑未消」，正一字不苟。

第二十出〔北清江引〕末韻須上，此曲「表」正合。

第二十一出〔滾繡毬〕末句必叶平韻，此曲「詳」正合。

第二十一出〔小梁州〕末韻須平，此曲「凰」及〔么篇〕「堂」皆合。

第二十五出四支首句二字「南」、「擔」、「原」、「冰」皆合。

第二十出二支首句第一字「嗣」、「這」去聲妙極。

二、失　律

（一）《紅蕖記》

第二出〔鳳凰閣〕末句末兩字須用去平，此「長吟較可」，末字不合。

第六出〔五更轉〕第五、六兩句應爲七字，作上三下四，此「故觸輕舟，心兒已解」，句法不合。

第十出〔江兒水〕第四句首四字須做仄仄平平，此「料他眼底」一、三、四字不合。

第十出〔川撥棹〕第五句末四字當做平平仄平，此「猶將淚將」第三字不合。

第十三出〔集賢賓〕第二支首句應用平平去上平去平，此「其中詞意不甚明」第三、五二字不合。

第十四出四支〔香柳娘〕末二句應做平平仄平平平平仄，此「定非商賈」、「死期難度」、「命乖誰訴」、「今日嘆吁」皆不合。

第十七出第三支〔尾犯序〕首句應做平平仄仄平，此「孩提從到今」三字不合。

第十九出〔懶畫眉〕第二、三支，首句當做仄仄平平仄平平，此「楚天雲雨盡堪疑」、「水平舟靜浪聲齊」，前者第二字後者第二、四字不合。

第十九出〔鮑老催〕第二支末句須做平仄仄平，此「酒遍湘筠」第三字「湘」爲平聲。

（二）《埋劍記》

第十二出第二支〔步步嬌〕首句須作仄仄平平平仄仄，此「身世伶仃如飄瓦」第一、六、七字不合。

第二十一出第二支〔園林好〕首句須對，此「告伊家休得見猜，我家鄉天各一汪」未對。第二支〔玉交枝〕第五句須作平平仄平平仄平，此「若還不嫌我賤骨骸」不合。

第二十一出第二支〔玉交枝〕七、八句應對，此「既不忍將僕撇開，僕豈不把舊恩擔帶」文法不合。

第二十一出第一支〔川撥棹〕首句須用三字，此「你不想狂藥是惹禍胎」文法不合。

第二十五出第一、二支〔香柳娘〕末二句須作平平仄平、平平仄平，此「愁懷強排、否極生態」、「相國遇灾、存亡變態」則不合。

第二十六出〔漿水令〕首二句須對，此「想當初周侯斬蛟、許旌陽亦曾著勞」未對。

第二十八出〔粉孩兒〕第四句應作平平仄平平仄平，此「當初失計劫賊巢」第三、四字不合。又，末二句須對，此「送得人百難千磨，生生地憔悴枯槁」未對。

第三十出〔一撮棹〕有六個五字句，前三句五字應做平平仄平平，此「不得久追攀」、「直北是長安」、「何處是彭山」第一句第一字、第二句第一、二字、第三句第二字均以仄聲。第五句五字句則須用平平仄平平，此「白髮永相盼」第一、二字不合。第四、六個五字句應作仄仄仄平平，此「愁聽唱陽關」第一、二字不合。

第三十一出〔金蕉葉〕首句須疊，此「背親事君」僅用一支。第二、三句須對，此「又誰知辱君與親，可憐你胸懷未伸」未對。

第三十三出第三支〔玉抱肚〕第二句末四字須作平平仄平，此「不須去爭」首字不合。

第三十三出〔一封書〕第三句「姪不自速死」不合上三下二句法。

第三十四出「痛悼」第二支〔集賢賓〕首句七字須作平平去上平去平，此「山拗抹過盼地頭」第二字不合。

（三）《雙魚記》

第八出第二、三、四支〔江兒水〕第四句首四字當用仄仄平平，此「極目黃塵」、「千里攜家」，此「極」、「千」及「吾兒略賣」均不合。

第十二出〔南江兒水〕第四句首四字當用仄仄平平，此「花發由來」首二字不合。

第十三出〔字字雙〕第七句應叶平聲，此「戲」仄聲不合。

第十四出〔滴溜子〕末句應作平仄仄平，此「釋褐未同」首二字出律。

第十五出〔八聲甘州〕二支第六句「赤手空囊卻傍誰」、「須有日文齊福齊」皆不能完全合平平仄平平仄平之律。

第十六出第一支〔玉交枝〕第五句須作平平仄平平仄平，此「無風驟然卻起波」，「卻」字不合。且與第六句「有何心事須說破」未對。

第二十二出第三支〔玉抱肚〕第二句末四字須作平平仄平，此「姻緣誤了」末字出律。

第二十五出〔香柳娘〕第一、二支「誰教這廝、陷人於死」、「分襟許時、可曾得志」其中「陷」、「可」出律。

第二十七出四支〔懶畫眉〕第三支首句「陵谷依然世情移」首字須仄，此「陵」為平。又第四句二、三、四字須仄平平，此四支除第一支外，其餘「諧佳配」、「添憔悴」、「難留滯」皆不合仄平平之律。

（四）《義俠記》

第四出〔北雁兒落〕末句須去韻收，此「橫」字為平聲，不合。

第六出首支〔玉抱肚〕第三、四句應對，此「念哥哥此地安居，小兄弟特來相看」未對。

第九出第一支〔集賢賓〕首句應用平平去上平去平，此「家家此時排酒果」不合處甚多。

第十四出三支〔香柳娘〕末二句須平平仄平、平平平仄。此「歡情正奢、可能卜夜」、「茶煙未絕、僧房客舍」、「私休計設、叩頭稱謝」無一句全合。

第十六出兩支〔玉抱肚〕第三、四句須對，此「料應他別戀歌樓，這時節不到茶坊」、「今日裡約定成交，被他人偶爾相妨」未對。

第二十四出第二支〔宜春令〕第三句末二字須做平方能發調，此「憚勞」首字不合。

第二十八出〔滴溜子〕二支末句須平平仄平，此「達人笑嗤」、「休得固辭」第二字皆不合。

第三十二出〔步步嬌〕首句須作仄仄平平平平仄，此「托跡天涯空勞攘」首二字出律。

第三十三出兩支〔一封書〕第三句「聞足下大名」、「聞兄苦陷弃」均不

合上三下二句法。

第三十五出二支〔出隊子〕末韻宜上。此「遲」、「機」俱平。又第一支第四句五、六兩字「羨鳥」不合上去之律。

（五）《桃符記》

第五出〔懶畫眉〕第一支首句「十里郊關接重闈」中「接」字出律。又，二曲第四句二、三、四字「遺風在」、「當年賜」皆不合仄平平之律。

第七出〔南江兒水〕第四句首四字當作仄仄平平，此「新做南衙」中「新」字不合。

第七出〔北雁兒落〕末句須收去韻，此「平」平韻。

第七出〔北新水令〕末句第三字「還」平聲壞調不可從。

第七出〔北折桂令〕第四、五句叶韻不宜從，此「萍」、「影」均叶。

第十四出〔步步嬌〕首句須作仄仄平平平仄，此「萱親失散歸何處」一、二、四字出律。

第十四出〔江兒水〕第四句首四字「分明天降」不合仄仄平平之律。

第十四出〔香柳娘〕末二句應平平仄平，平平平仄，此「欲將袋盛、桃符插定」首字出律。

第十九出〔一封書〕第三句「今事問必招」不合上三下二句法。

第十九出首支〔滴溜子〕末句「扭著士子」不合平平仄平之律。

第二十四出次支〔玉抱肚〕第三、四句「冷清清沒個人兒，只見一小廝相攜」兩句未對。且第四支次句末四字「查得眞實」、「卻在那裡」不合平平仄平之律。

（六）《墜釵記》

第四出四支〔宜春令〕第三句末二字須作去平方能發調，此除第三支外，其他「何如」、「怎吃」、「父母」均不合。

第五出〔折桂令〕四、五兩句偶有韻叶者，不宜從，然第四句「言」叶韻。

第五出〔沽美酒〕末句叶平聲，此「宴」為仄聲。

第九出〔北粉蝶兒〕通首用仄韻處，概宜用去聲，此曲首句「祇」上聲。

第十三出〔懶畫眉〕第一支首句須作仄仄平平仄平平，此「封陟持身學顏奴」，第一、五字出律。

　　第二十五出〔香柳娘〕末二句須作平平仄平，平平平仄，此四支〔香柳娘〕末二句分別爲「姻續慶娘、箜篌接響」、「罪不可償、乞從寬放」、「有病在床、何由相狂」、「有無慶娘、方知眞妄」無一完全合律。

　　第二十六出〔粉孩兒〕第四句應平平仄平平仄平，此「崔郎緣分猶未湮」，四字不合。

三、用　韻

　　吳梅《顧曲塵談》第一章〈原曲〉第二節「論音韻」云：「曲中之要，在於音韻。……音有清濁、韻有陰陽，塡詞者必須辨別清楚，斯無拗折嗓子之誚，否則縱有佳詞，終不入歌者之口也。」是知若韻不協，則使歌者低眉蹙目，有礙於喉舌間也。可知協韻的重要由此可見。

　　沈自晉《南詞新譜》中所引沈璟曲文，時有註曰：「原曲韻雜不足法，錄先生傳奇易之。」即能瞭解沈璟用韻之嚴格。如《南詞新譜》卷一仙呂引子〔望遠行〕，爲沈作《珠串記》中曲：

　　　　三冬二酉，自謂文章魁首，萬里雲霄，六翮尚羈陽九，過了官道槐
　　　　黃，早是旗亭柳瘦，辭不了郵程生受。（〔望遠行〕）。

此曲所用爲尤侯韻，《南詞新譜》註云：「原曲韻雜不足法，錄先生傳奇易之。二酉、萬里、過了，去上聲；早是、柳瘦，上去聲，俱妙。」

　　其次，如卷十九商調引子〔遶池遊〕，乃《埋劍記》第十三出「婦功」內曲：

　　　　白雲滿舍，孝念應牽惹，問征人幾時歸也。桑麻遍野，望天涯慵登
　　　　台榭，怕傷親低聲嘆嗟。（〔遶池遊〕）

此曲乃協車遮韻，《南詞新譜》註云：「原載《琵琶記》曲，云：恨其韻雜，易以先生傳奇，然此曲平仄與《琵琶記》一字不差，故妙。」

　　可知沈璟對曲中用韻的獨到與嚴謹。

　　南曲的犯韻，大致情形可歸爲二；其一爲混韻，其二是出韻。所謂混韻，即指主要元音相近甚至相同而造成的混用。如支思、齊微、魚模三韻；眞文、庚青、侵尋三韻；先天、桓歡、寒山、監咸、廉纖五韻等，都十分容易產生混用。張師清徽曾就《六十種曲》、《暖紅室彙刻傳奇》及《奢摩他室曲叢》作爲基本材料，每本傳奇按齣搜求，記下每一支韻腳，而後分類排比，統計出失律情形一千一百四十七條，其中「犯韻最多的是支思、齊微、魚

模，這一項有三百一十七條；眞文、庚青一百四十三條次之；先文、寒山、桓歡一百三十八條又稍次之。」（見《明清傳奇導論》第三編，第一章〈明代傳奇用韻的研究〉，頁69～71）可見「明代多數傳奇，用韻錯雜的毛病很甚。」（同上書，頁68）在明傳奇作品韻協方面，鮮少完全正確無可訾議之時，清徽師以少數完全合律的作品，稱其爲難能可貴。其中即有《義俠記》，「支思、寒山、侵尋、廉纖全都守律。」（同上書，頁68）六十種曲中僅錄沈璟作品《義俠記》一種，其餘現存五部作品，亦多能守律。如《紅蕖記》第二十出協廉纖韻，二十一出桓歡韻、二十二出寒山韻，皆通篇一韻到底，絕無混韻情形，實爲難得，其他如《埋劍記》第八出「解攜」十支曲子（包括引子、尾聲），排場二轉，由正宮及南呂組套，韻腳未移，均守寒山韻。十二出「敗聞」協眞文韻、《雙魚記》二十五出「聞命」，前四支〔香柳娘〕均協支思韻，後排場二移，改由中呂〔大環著〕及〔紅繡鞋〕加〔尾聲〕改協齊微韻組套，二者韻腳自明，絕無互混現象。諸如此類守韻情形尚有《義俠記》第十出「委囑」全用先天韻等等，較之犯韻俯拾皆是之明傳奇他作，沈璟用韻自有其一絲不苟之處。

自然，在寫下十七部傳奇作品的沈璟，也有出律的地方。如《埋劍記》十二出「敗聞」應協眞文韻，誤入家麻韻，十七出「拒讒」應協江陽韻，誤入先天韻；混韻方面則有《義俠記》八出「叱邪」，十九出「薄罰」，乃屬支思與齊微互混，九出「孝貞」歌戈、魚模互混，十五出「被盜」眞文、侵尋混用。王驥德所云更韻，更調的情形也偶有出現，如《義俠記》六出「旌勇」，〔鎖南枝〕第二支由歌戈韻轉入魚模韻，十二出「萌奸」七支曲四易其韻，而場面未嘗改變；這些都是沈璟所未盡完善之處。因其劇作甚多，舛誤紕繆，在所難免，然份量至微，所幸瑕不掩瑜。至於王驥德所言：「顧於已作，更韻、更調，每折而是，良多自恕，殆不可曉耳！」（《曲律》）其中「每折而是」，實有言之過甚之嫌。以《義俠記》更韻情形而言，沈璟並非無中生有，恣意爲之，前者〔鎖南枝〕三支雖爲武松向陽穀縣尹陳述打虎經過，其實第一支與打虎經過無關，僅爲自報身世背景，後二支方爲主要內容。後者三支〔一江風〕，前二支實爲潘金蓮與西門慶上場衝曲，兼具引子性質，第三支爲二人相遇之始；因此葉長海在〈詞隱先生論曲〉中，認爲上述更韻情況「其實並不難曉」，以「掌握了形式規律後，在創作時正可以合理地加以利用和突破。」的理由，爲沈璟辨駁。（見《中國戲劇學史稿》上，第五章第三

節「沈璟的曲學」，駱駝出版社，頁 204）此外，尚有人以沈璟劇作中些微疏漏與照顧不週之處，即言沈璟自我否定曲論的觀點〔註1〕，當然也就更不值得相信了。

從上述可知，沈璟在音律上仍有水準以上的成績，其所填南曲，在句數、字數及句式上表現得明晰準確，雖不能字字均守平仄，然相較不遠。在韻協方面，雖有出韻情形，但並不多。按律諧美的句子尤所在多見。北曲亦多守句式、平仄及韻協的規律，且出語頗工。後人對其《屬玉堂傳奇》作品，在音韻方面的表現亦頗多讚賞；如祁彪佳《遠山堂曲品》云：「字字有敲金戛玉之韻，句句有移宮換羽之工」（《紅蕖記》）。

吳梅《紅蕖記》跋云：

> 聯篇新巧，而律度又諧合也。

凌濛初《譚曲雜箚》：

> 非不東鍾、江陽、韻韻不犯，一稟德清。

可知沈璟在音韻方面所言之「矩矱」〔註2〕，不僅律人，尚能自律，正由於本身洞曉音律，故所作戲曲中，有許多音韻諧美之處，正可利於演唱，不惟徒逞文詞華美，亦求入樂之和諧美聽，實為難能可貴！

〔註 1〕見楊蔭瀏所著《中國古代音樂史稿》四，三十二章〈明、清戲曲的發展——南北曲〉中，在提到「沈璟是如何『運用』格律的？」部份引王驥德《曲律》中語並言道：「沈璟自己提出的清規戒律，他自己倒不執行。豈非奇事！言行如此矛盾，豈非可以說明，他所竭力堅持和宣傳的所謂格律，連他自己都並不真正相信……」（丹青書局，頁 4～205）

〔註 2〕明·呂天成《曲品》卷上：「……儻能守詞隱先生之矩矱，而運以清遠道人之才情，豈非合之雙美者乎？……」

結　論

　　沈璟以曲論爲核心，完成其戲劇作品的創作，使之搬演於場上。亦即實踐從「靜態的作品創造」到「動態的劇本搬演」的歷程〔註1〕。完成了戲曲藝術作品兩次創造的統一與實現性。在故事方面，皆前有所本，且取材廣泛，主題的呈現上也明顯地樹立其個人的風格。鋪寫曲文，並注意與劇中人物身份的配合，以質樸通曉的特色，目的在使場下觀衆可聽可解。前後互相呼應，主腦分明，其中故事情節穿插合宜，針線細密，使得布局大體而言不致散漫無章。且由於崑曲本身是一種曲牌體的音樂，曲牌粗細與演唱角色之間的搭配，都有一定的規則。從沈璟現存劇作中聯套運用的情形看來，其節奏與主腔方面，都能有規律的組織成一個延續的整體。

　　孫小英小姐論文第五章第一節，曾以後人對沈、湯的評價，分成崇沈抑湯，崇湯抑沈，以及兼論沈、湯得失三者（見該論文，頁 137～139）。其中第二類在對沈璟的非難中，以凌濛初（《譚曲雜箚》）及陳棟（《北涇草堂曲論》）二人爲主。對於凌氏的辯駁，參見本論文第三章第三節「文詞」部份，此不再贅述。陳棟所謂：「……今人捧九宮譜繩趨尺步，奏之場上，非不洋洋盈耳，及退而索卷玩誦，未數折即昏昏思睡。……」陳氏之言，也代表了當時及後世許多人論及沈璟作品，對其「斤斤三尺」的指責。但是戲曲必須受限於舞臺的搬演，文辭對音樂有極大的依賴性，從以上諸人的批評，不難看出

〔註 1〕李惠綿《王驥德曲論研究》，「結論」第一節「王驥德論曲的層面」中，曾就「案頭之曲」與「場上之曲」，以七個要素製成圖表，說明其中的不同。本文所言「靜態的作品創造」與「動態的劇本搬演」兩詞，分別取自其中觀點。（見該論文，台大中研所碩士論文，1988 年，頁 217～218）

他們枉顧戲曲兩個主要特徵，片面地從文學角度下斷言，實際上也暴露出自身的局限性。

此外，部份著作以主題思想的觀點出發，言其內容封建禮教，不具反映時代的精神，其中多數評論又與湯顯祖的比較有關。湯顯祖在揭舉人性黑暗面上，有他一定的成就和表現。在愛情戲方面，女性勇敢執著的無怨無悔，與其周遭客觀反對勢力恰成一鮮明的對比，充分抓住了戲劇結構的衝突性，但人性畢竟是多面的，處於正邪並存，善惡兼賅的廣大社會中，沈璟筆下所謂「典型」的人物，未必一定是紙上宣傳。且赤繩繫足的婚姻、三綱五常的倫理制度，雖然未必具備今日的時代精神，但確能反映其本身所處的明代社會。他的缺失，在於選用的故事素材較偏於絕對，使得作品內容變得陳義過高，難於一般人所接受。這一點是十分可惜的，至於他因著重於演唱藝術的角度，對於扮演角色面部與服裝之造型、以及唱念做打時所應注意的事項等略於論及，是可以理解的。沈璟當時面臨「案頭之曲」與「場上之曲」的分歧，必先解決「唱」的問題，才能使之成為「可演」的主體，他以針對當時傳奇作品堆砌典故的弊病出發，以「場上之曲」的主張，開啟後人在聲律方面的重視與掌握，使得傳奇落實於可供搬演的實際效果。而在與湯顯祖論爭的激盪方面，更推動了明代戲劇走向更成熟的藝術領域，對後世的貢獻與影響是十分深遠的。

參考書目

一、專著部份

（一）小說、傳奇

1. 唐・李昉等編，《太平廣記》，台北：文史哲出版社，1978 年。

2. 明・沈璟，《重校十無端巧合紅蕖記》，台北：北海出版社，1971 年。

3. 明・沈璟，《紅蕖記》，見全明傳奇，中國戲劇研究資料第一輯，台北：天一出版社，1983 年，據明萬曆繼志齋刊本照片影印。

4. 明・沈璟，《埋劍記》，見全明傳奇，中國戲曲研究資料第一輯，台北：天一出版社，1983 年，據明萬曆繼志齋刊本影印。

5. 明・沈璟，《義俠記》，明萬曆文林閣刊本（國立中央圖書館）。

6. 明・沈璟，《義俠記》，明萬曆富春堂刊本（中央研究院傅斯年圖書館）。

7. 明・沈璟，《義俠記》，見全明傳奇，中國戲曲研究資料第一輯，台北：天一出版社，1983 年，據明萬曆繼志齋刊本影印。

8. 明・沈璟，《雙魚記》，見全明傳奇，中國戲曲研究資料第一輯，台北：天一出版社，1983 年，據明繼志齋刊本重校本。

9. 明・沈璟，《博笑記》，傳眞社假海寧陳氏藏本影印（中央研究院傅斯年圖書館）。

10. 明・沈璟，《義俠記》，明崇禎汲古閣原刊本及清代修補本（國立中央圖書館）。

11. 明・沈璟，《桃符記》，康熙四十七年張仲雲手抄本（故宮）。

12. 明・沈璟，《墜釵記》，見全明傳奇，中國戲曲研究資料第一輯，台北：天一出版社，1983 年，據國立北平圖書館所藏康熙手鈔本影印。

13. 明・沈璟，《桃符記》，見全明傳奇，中國戲曲研究資料第一輯，台北：天一出版社，1983 年，據清乾隆間宋體字精鈔本影印。

（二）曲　選

1. 明・沈璟，《南詞韻選》，見王秋桂編《善本戲曲叢刊》第三輯，台北：台灣學生書局，1984 年，據明虎林刊本。

2. 明・太霞新奏，《香月居顧曲散人評選》，影印本（中研院傅斯年圖書館）。

3. 趙旭初，《元人雜劇鉤沉》，見《曲學叢書》第一集第七冊，台北：世界出版社，1964 年。

4. 錢南揚，《宋元南戲百一錄》，台北：進學出版社，1969 年，據 1934 年哈佛燕京學出版，《燕京學報》專號之九影印。

（三）戲曲專論

1. 元・陶宗儀，《南村輟耕錄》，台北：木鐸出版社，1982 年。

2. 王安祈，《明代傳奇之劇場及其藝術》，台北：台灣學生書局，1969 年。

3. 王季烈，《螾廬曲談》，見王雲五主編《人人文庫特種》一四七種，台北：台灣商務印書館，1971 年。

4. 任訥等著，《新曲苑》，台北：台灣中華書局，1970 年。

5. 任訥編，《散曲叢刊》，台北：台灣中華書局，1984 年。

6. 汪志勇，《明傳奇聯套研究》，國立政治大學中文研究所碩士論文，1986 年。

7. 汪經昌，《曲學例釋》，台北：台灣中華書局，1977 年二版。

8. 吳梅，《曲學通論》，見王雲五主編《國學小叢書》，1935 年。

9. 吳梅，《中國戲曲概論》，台北：廣文書局，1971 年。

10. 吳梅，《霜厓曲跋》，見任訥編《新曲苑》第三十四種，台北：台灣中華書局，1970 年。

11. 吳梅，《顧曲麈談》，台北：廣文書局，1962 年。

12. 沈堯，《戲曲與戲曲文學論稿》，北京：中國戲劇，1986 年。

13. 沈惠如，《尤侗西堂樂府研究》，私立東吳大學中文研究所碩士論文，1987 年。

14. 金聖敏，《沈璟義俠記研究》，國立政治大學中文研究所碩士論文，1984 年。

15. 林鶴宜，《阮大鋮石巢四種研究》，私立東海大學中文研究所碩士論文，1986 年。

16. 孫小英，《沈璟與湯顯祖之比較研究》，國立政治大學中文研究所碩士論文，1978 年。

17. 許之衡，《曲律易知》，見《樂府叢書》之三，台北：郁氏印獎會，1979 年。

18. 張敬，《明清傳奇導論》，台北：華正書局，1986 年。

19. 曾永義，《長生殿研究》，見王雲五主編《人人文庫》之三一七～三一八，台北：台灣商務印書館，1969 年。

20. 曾永義，《明雜劇概論》，台北：學海出版社，1979 年。

21. 曾永義，《說戲曲》，台北：聯經出版社，1983 年三版。

22. 曾永義，《說俗文學》，台北：聯經出版社，1984 年二版。

23. 曾永義，《中國古典戲劇論集》，台北：聯經出版社，1986 年五版。

24. 曾永義，《詩歌與戲曲》，台北：聯經出版社，1988 年。

25. 陳芳英，《明代劇學研究》，國立台灣大學中文研究所博士論文，台北：撰者自印，1983 年。

26. 葉長海，《中國戲劇學史稿》，上海：上海藝文，1986 年。

27. 楊家駱編，《歷代詩史長編二輯第二》六冊，台北：中國學典館復館籌備處，1974 年。

28. 楊蔭瀏，《中國古代音樂史稿》第四冊，台北：丹青出版社，1987 年。

29. 趙景深，《明清曲談》，上海：古典文學，1957 年。

30. 齊森華，《曲論探勝》，上海：華東師範大學出版社，1985 年。

31. 錢南揚，《戲文概論》，台北：木鐸出版社，1982 年。

32. 謝碧霞，《水滸戲曲二十種研究》，國立台灣大學中文研究所碩士論文，1978 年。

33. 日・八木澤元撰，羅錦堂譯，《明代劇作家研究》，台北：中新出版社，1977 年。

34. 美・威廉尼可遜著，李慕白譯，《李慕白》，台北：幼獅出版社，1986 年四版。

（四）戲劇史

1. 王國維，《宋元戲曲史》，台北：河洛出版社，1975 年。

2. 周貽白，《中國戲劇發展史》，台北：學藝出版社，1980 年二版。

3. 周貽白，《中國戲劇史講座》，北京：中國戲劇，1992 年三版。

4. 郭漢城，《中國戲曲通史》，台北：丹青出版社，1984 年三版。

5. 日・青木正兒著，王吉廬譯，《中國近世戲曲史》，台北：台灣商務印書館，1982 年四版。

（五）音韻、韻書、曲譜、曲目

1. 明・沈自晉，《南詞新譜》，見王秋桂編《善本戲曲叢刊》第三輯，台北：台灣學生書局，1984 年，據清順治乙未刊本。

2. 明·沈璟，《增訂南九宮曲譜》，見王秋桂編《善本戲曲叢刊》第三輯，台北：台灣學生書局，1984 年，據明末永新龍驤刻本。

3. 明·張楚叔（騷隱居士）、明張旭初（半嶺道人）同輯，《吳騷合編》四卷，見王雲五編《四部叢刊續編》第三十八冊，台北：台灣商務印書館，1976 年二版，據上海涵芬樓影印本影印。

4. 明·陳所聞編，《南北宮詞紀》六卷，台北：學海出版社，1971 年，據明萬曆乙巳年刊本影印。

5. 明·蔣孝，《舊編南九宮譜》，見王秋桂編《善本戲曲叢刊》第三輯，台北：台灣學生書局，1984 年，據明嘉靖乙酉三逕草堂刻本。

6. 清·周祥鈺，鄒金生編，《九宮大成南北詞宮譜》，見王秋桂編《善本戲曲叢刊》第六輯，台北：台灣學生書局，1987 年，據清乾隆內府本影印。

7. 清·王亦祥等，《御定曲譜》。

8. 清·徐迎慶，鈕少雅撰，《南九宮正始》，見王秋桂編《善本戲曲叢刊》第三輯，台北：台灣學生書局，1984 年，據清順治辛卯（1651）精鈔本影印。

9. 清·黃文暘著，董康輯，《曲海總目提要》，台北：新興書局，1986 年。

10. 清·葉堂，《納書楹曲譜》，見王秋桂編《善本戲曲叢刊》第六輯，台北：台灣學生書局，1987 年，據乾隆五十七至五十九年，納書楹原刻本影印。

11. 王國維，《曲錄》，台北：藝文印書館，1972 年 1 月二版。

12. 周明泰，《明本傳奇雜錄》，見許東方編《國文入門叢書》，台北：信誼出版社，1948 年。

13. 吳梅，《南北詞簡譜》，南京：盧冀野，1939 年，石印本。

14. 張隸華，《善本劇曲經眼錄》，台北：文史哲出版社，1976 年。

15. 莊一拂，《中國古典戲曲存目彙考》，台北：木鐸出版社，1986 年。

16. 傅惜華，《明代傳奇全目》，見中國戲曲研究院編《中國戲曲史資料叢刊：中國古典戲曲總錄之五》，北京：人民文學出版社，1959 年。

17. 鄭騫，《北曲新譜》，台北：藝文印書館，1973 年。

18. 鄭騫，《北曲套式彙錄詳解》，台北：藝文印書館，1973 年。

19. 羅錦堂，《中國戲曲總目彙編》，香港：萬有出版社，1977 年。

（六）史書、方志、傳記

1. 清·張廷玉等奉敕，《明史》，台北：藝文印書館，1956 年，據乾隆年間武英殿刊本影印。

2. 清・李銘皖等修，馮桂芬等纂，《蘇州府志》，《中國方志叢書：華中地方第五號》，台北：成文書局，1970 年，據清光緒九年刊本影印。

3. 清・陳荀炎等修，《吳江縣志》，據乾隆十二年刊本石印（中央研究院傅斯年圖書館）。

4. 清・錢謙益，《列朝詩集小傳》，台北：世界書局，1961 年。

5. 張慧劍編，《明清江蘇文人年表》，上海：上海古籍出版社，1986 年。

6. 姜亮夫撰，《歷代名人年里碑傳總表》，台北：台灣商務印書館，1965 年一版。

（七）文藝理論

1. 王淑珺，《剪燈三種考析》，國立台灣大學中文研究所碩士論文，1982 年。

2. 王夢鷗，《唐人小說校釋》，台北：正中書局，1983 年。

3. 朱光潛，《文藝心理學》，台北：台灣開明書店，1973 年。

4. 金榮華，《比較文學》，台北：福記出版社，1982 年。

5. 陳益源，《《剪燈新話》與《傳奇漫錄》之比較研究》，私立文化大學中文研究所碩士論文，1988 年。

6. 張曼娟，《唐傳奇之人物刻劃》，私立東吳大學中文研究所碩士論文，1985 年。

7. 陳鵬翔輯，《主題學研究論文集》，台北：東大出版社，1983 年。

二、單篇論著部份

1. 王永敬，〈中國戲曲的戲劇觀初探〉，《中國藝術研究院首屆研究生碩士學位論文集・戲曲卷》，北京：文化藝術，1985 年 12 月一版，頁 447～486。

2. 王長安，〈論徐渭「本色」的多層構建〉，《戲曲藝術》第三期，1988 年，頁 123～133。

3. 王鍾麟，〈蔣孝《舊編南九宮譜》與沈璟《南九宮十三調曲譜》〉，《金陵學報》第三卷第二期，頁 501～562。

4. 台靜農，〈佛教故實與中國小說〉，《東方文化》第十三卷第一期，1975 年 1 月，頁 28～56。

5. 朱萬曙，〈沈璟三考〉，《戲曲研究》第二十一輯，1986 年 12 月，頁 233～240。

6. 何加焉，〈試談中國古典愛情戲曲的大團圓〉，《中華戲曲》第三輯，1987 年 4 月，頁 222～225。

7. 宋光祖，〈戲曲結構類型與戲劇衝突〉，《戲劇藝術》第四期（總四十期），

1987 年，頁 102～112。

8. 延保全，〈古代鬼魂戲美學特徵初探〉，《中華戲曲》第二輯，1988 年 8 月，頁 223～241。

9. 李眞瑜，〈沈璟戲曲創作的再認識〉，《文學遺產》第四期，1985 年 12 月，頁 104～112。

10. 李眞瑜，〈關於沈璟戲曲理論若干問題的斷想〉，《中華戲曲》第二輯，1986 年 10 月，頁 152～169。

11. 呂凱，〈明代傳奇尚律崇辭二派的比較研究〉，《中華學苑》第十三、四期，1974 年 3、9 月，頁 83～110、151～196。

12. 林培志，〈水滸戲〉，《文學年報》第二期，1937 年，頁 245～250。

13. 林清奇，〈中國戲曲與中國美學〉，《中華戲曲》第二輯，1988 年 8 月，頁 208～222。

14. 俞爲民，〈重評湯沈之爭〉，《學術月刊》，總一七五期，1983 年 12 月，頁 48～53。

15. 俞爲民，〈明代曲論中的本色論〉，《中華戲曲》第一輯，1986 年 2 月，頁 128～147。

16. 張敬，〈南曲聯套述例〉，《文史哲學報》第十五期，1966 年 8 月，頁 345～395。

17. 張敬，〈吳炳粲花五種傳奇研究〉，《文史哲學報》第二十期，1971 年 6 月，頁 291～320。

18. 張敬，〈論淨丑角色在我國古典戲曲中的重要〉，見張敬、曾永義等著《中國古典戲劇論集》，台北：幼獅出版社，1985 年，頁 85～94。

19. 張秀蓮，〈「湯沈之爭」外論〉，《戲曲藝術》第二期（總十五期），1983 年，頁 36～44。

20. 葉長海，〈沈璟曲學辨爭錄〉，《文學遺產》第三期，1981 年 9 月，頁 102～117。

21. 傅惜華，〈明代傳奇善本七種題記〉，《中法漢學研究所圖書館館刊》第一號，台北：台灣學生書局，1970 年 2 月，頁 1～5，據 1945 年北平出版影印本。